U0018647

斂盡江山

上

盼若雙燕長相守

楚妝——著

目錄

瀲灩江山（上）

盼若雙燕長相守

瀲灩江山——作者序

我一直都在想，軍事、武俠、冷兵器時代的故事，不應該只是男人的世界。甚至於有了李文秀、練霓裳、謝豹花、歷勝男之後，還是嫌不夠。這幾個女子，哪個不是傷心一生？她們是兵器譜上的佼佼者，卻在情場上一敗塗地。唯一能得到愛人心的練霓裳，也是一夕白頭、永不相見，變成那讓人膽戰心寒的白髮魔女。

我不相信故事是這樣子的。

我不相信那讓豹盟裡上上下下都傾心，萬種風情、美妍如仙的謝豹花，到頭來竟然敵不過一個歡場女子。只因她的名字是「謝豹」，便須啼血？我也不相信溫柔可人、美麗善良的李文秀，到頭來只能在回憶中遠走，一次失敗的感情讓她看不見其餘。作為女性，我不肯相信這樣的故事。我更願意相信那銀刀紅馬、白髮尚可掛帥的穆桂英，與年紀輕輕便率領十多萬義軍、逼得嘉慶帝堅壁清野的王聰兒。她們有勇力、有謀略，更有志同道合的愛情。

於是我動念要寫一個勇敢女子的故事，任何時代都有可能發生的傳奇。我望她嬌豔欲滴、嬋娟本色，我望她鐵箭柔情、百步穿楊，我望她金戈鐵馬、令出如山……她可以傷心，卻絕非因為沒有人愛她，而是因為愛她的人太多；她可以善良，卻絕不是為了救負心人，而是憐憫天下蒼生；她生在這世上，便要身邊所有的人都感嘆：如果能再生出一個她來，該有多好！

終於，成就了這朵桃花。

這個故事寫了許久，因爲背景是虛構的，反而就更加小心，幾乎每個大事件都有歷史原型，甚至包括宮變時更換侍衛輪班這樣的小細節。但是這個故事顯然又不局限於歷史，我希望以此表達女性對自由平等的熱愛和嚮往，以及她們一直以來的努力。

陶花代表著一個女子的夢想，她有著令人豔羨的一切，而這些並非來自於作者的仁慈。書中屢次提及，她和柳葉兩人全都是自幼苦練功夫，最後落下了一身傷病。她收穫的愛情，大都源自於三番五次待人熱忱、廣施援手。不論是現代社會還是古代社會，付出與所得從來公平。她有過作爲女性最慘痛的遭遇，無論是精神上還是肉體上；她也一樣苦悶徬徨，在「職場」上被人當作花瓶輕慢，在感情上一片眞心毫無保留反倒遭人利用，在飽受創痛之後空有滿腹委屈亦無處可訴。經歷過千般萬種，這朵桃花開到了最後，如同所有堅強美麗的女性一樣，經雪傲霜而更加嬌豔。

既然是言情故事，感情的選擇向來是最受關心的話題。但我想這個選擇本身並沒有那麼重要，世無完人，難道書中每個男主角不都有讓人動心之處，也都有可恨之處？熱情似火的男人很可能暴躁，冷峻神祕的男人很可能不擅交流，如若完璧無瑕，那根本就不是故事，那根本只是——白日夢而已。

所以我一直覺得，最重要的還應當是對待感情選擇時的態度、責任感和之後的行動力，而不是這個選擇本身的內容和結果。姻緣造化由天定，取捨經營由己定。何況，即使是甜蜜如斯的愛情，也並不是生活的全部——愛情是這個故事的主線，卻顯然並不是這個女子生活中的一切，她擁有著更多的牽掛和讓人眼花繚亂的豐富多彩。家國天下，女兒豪情，即使是冷兵器時代以勇力決定勝負的天然男權社會，也一樣有敢作且敢爲一身擔當的堅強女性。

這是我的第一部繁體版小說。悉心寫就的故事能夠被更多讀者閱覽，身爲作者的我心裡非常喜悅欣慰。感謝好讀出版社給我這樣一個機會。我也一直覺得，繁體版來排古典故事，正是相得益彰的契合。感謝讀者們給我一直以來的支持，這是我寫故事的最大動力。

希望台灣的讀者們能夠喜歡這個故事，讓我們一同去體會古戰場殘酷冷漠中的豪情浪漫，當然，還有那其中纏綿悱惻、生死相依的執著愛戀。

我相信，它曾經發生過，或許正在你我的生活中延續。

楚妝

二〇一二年八月二日　於舊金山

第一卷

家事國事

家事為小，國事為大，是秦、陶兩家共同的祖訓。這短短八個字，會給這一對璧人帶來什麼？家國天下、江山紅顏，又到底孰重孰輕？她說：「天下人沒一個能比得過他。」他說：「就是不要大周天下，也要換得阿陶一笑。」

楔子

深秋，萬物肅殺。朔風捲著一股戾氣，吹起滿地灰土。落紅黃葉飛舞其中，尚不知所向西東。京北落霞山正被重兵圍困，咴咴戰馬嘶聲傳越數十里之遠。士兵雖是周國番號，穿著卻似北方外族，長靴短衣，隊列也遠比平時常見的周國軍隊嚴明整齊。附近村落的民眾無不驚懼，幾疑是契丹來犯京城。

圍山的軍隊嚴陣以待，弩車火砲都已架好，只待下令攻擊。眾人簇擁當中，一匹高大烏亮的駿馬緩步踏到陣前。馬上是個剛剛長成的少年，不過十六、七歲，一身細密服貼的黑色短衣被軟甲壓住，長靴直到膝蓋，穿著與士兵相仿，只有鐵胄邊緣隱隱露出的金色繡龍紋與眾不同，張牙舞爪、神態飛揚。與這大戰氣氛極其不相稱的，更與他千軍萬馬拱衛的主帥身分不相稱的是，他竟嘆了口氣。跟隨在旁的白鬚老者側頭寬慰道：「這也是不得已。」

少年點頭，「打仗殺人，從來都是不得已，敵我皆傷，受損的皆為百姓。所以孫子才說：『百戰百勝，非善之善者也；不戰而屈人之兵，善之善者也。』今天，唉，是真的沒有辦法。」說著他揚了揚右手，身旁的傳令官立刻朗聲大喝：「攻山！」

久候多時的火砲弩箭一齊發出，箭矢如雨，巨響連綿，天地為之震顫。大隊分成數個錐形陣自四面掩上，緩慢卻堅定地向上推進。

兩個時辰之後，軍隊已從山腳推進到了山腰，山上不時有陣亡屍體跌落，方才下令的黑衣少年在山下看見，微微皺眉。他一提馬韁，上了山路，回頭說：「戰局已明。不如我再勸勸山上眾人，讓他們散去吧。」

話音甫落，隨從還沒有跟上來時，一支冷箭倏地飛至，卻因他這一回頭的仁義，利箭只是劃過眼角濺出一道血痕，落入旁邊的草叢。箭自山上來，此處在戰陣之後，距離遙遠且是大風天氣，足見射箭之人功力深厚精準。

白鬚老者忙喚人：「軍醫呢？王爺受傷了！」

少年擺擺手，「不妨事，先看顧作戰受傷的弟兄吧。」說著低頭，右手在鬢邊一劃，擦去血跡，眼神就這麼一轉之間，正瞧見落入草叢裡的那支鐵箭。

寒風裡陽光若隱若現地薄情，卻依然照出箭頭上一朵桃花閃閃而動，光華燦然。

少年頓時僵住，片刻後抬頭大喝：「傳我命令，停止進攻！」漫山遍野的號令聲中，他翻身下馬，到草叢中拾起那一支桃花箭，仔細看了半晌，拿箭的雙手竟然微微顫抖起來。

落霞山頂，位置最好的箭垛要塞。

這處箭垛正可俯瞰全山，垛後站著一名紅衣女子，二十歲上下，身上紅衣已然被汗水濕透，鬢邊幾縷黑髮也濕答答黏在面孔上，形容一片狼狽，只有眼睛仍似搜尋獵物的蒼鷹一般，奕奕生光。她正搭著三支連珠箭在弦上，瞄準了敵方主帥。

這是山上首領中排行第五的陶花，站在這裡已經足足射了兩個時辰，例不虛發、箭箭傷敵。剛剛眼看敵方主帥上山，正好進入了她的箭距，她知道機不可失，急忙抓起一支箭射出去，那人卻躲開了。她趕緊搭上連珠箭重新瞄準，陶花的三箭連發既快且準，少有人能躲，可是那人的隨從立刻擁了上前。她還在這裡苦苦尋找機會的時候，敵方的攻勢卻驟然停住，號令聲此起彼伏，竟然收隊到了山下。

陶花與在遠處指揮的兩位首領羅焰、何四對望一眼，均不解對方意圖，只好原地站著觀望一陣，並不敢馬上收兵。身後有兄弟說：「箭用得差不多了，得去庫裡取些。」

陶花看眼前一時沒有戰事，立刻回身跟大家一起去搬運箭枝。

何四遠遠喊著：「五妹，你歇著吧，讓他們去就行了。」

她伸手一抹額頭大汗，搖頭說：「不用，不累！」

山下。黑衣少年正在軍帳內更衣，換上了士兵穿著。

剛自山上退下的副將踏進帳來，大聲叫嚷著：「奶奶的，這山上藏了個神準的鐵箭兵，不，不是箭兵，是他奶奶的飛將軍李廣！幸虧來的是咱們，要讓那田太師來，別說攻不上去，老命都得交代下！」

少年笑道：「我看她不似李廣，李廣終生不得志，應似楚國百步穿柳的神射手養由基。恁是跟誰打，一箭就能定勝負，連白猿看到他舉箭，都懂得流淚。」

副將這時才看見他已經換好衣服，立時驚問：「王爺這是要去哪兒？」

「我上一趟山，叫昨天來過的那位首領下山談談。」

「我去就行了。這山上都是沒規矩的悍匪，危險。」

少年笑笑，「我什麼時候怕過危險？」

「是，是。」副將趕緊改口，「我知道您一向衝在最前頭，但這事實在沒必要您親自去，找個弟兄替您跑一趟就成了。」

少年已經走到帳門口，回頭一笑，「你昨天出征前去百香樓找那小翠姑娘，怎麼沒叫個弟兄替你跑一趟啊？」

副將尷尬一笑，摸摸額頭，「這個……這種小事您也知道啊。」王爺待下屬向來親如一家，他也就沒有避諱，笑道：「這事，別人替不了啊。」

少年跨出帳門，腳到了外面，又笑著探回頭來，「我這事啊，也一樣，誰都替不了我。」

少年徒步上了山，一路健步如飛，輕快得很。他到了山寨附近，因著今天戰事激烈也不敢馬上近前，只是喊著：「我們長官請羅大俠下山談和。」一邊喊話一邊向內猛瞧，看見山上眾人仍在忙碌備戰，幾個箭垛旁邊都是箭手，卻沒有他想找的人。

因為首戰不利，羅焰聽見談和也就出來了，遠遠看見這個傳話的士兵探頭探腦的，他喝問一句：「瞧什麼呢！」

少年向他一笑，「瞧大姑娘呢！」

羅焰這才發現這人居然是昨日見過那位山下軍隊的首領，不免驚訝，「怎麼是你？你一個人就敢上山？」

少年一邊跟他向下走，一邊說：「怎麼就不能是我？我信得過羅大俠，你是俠義正道中人，不會把我騙到半山腰上推下去。」

羅焰苦笑，「我就算有這個心，現在也不好亂來了。」

少年平和一笑，隨口說道：「我知道羅大俠品行高潔，不屑與官兵為伍，可你們這麼硬來不是辦法，白白傷亡而已。」

「這話昨天已經說過一遍，不消再說了。」

「好吧，那就說點昨天沒說過的。你們山上是不是有個擅使箭的姑娘？」說著他把那支鐵箭拿出來。

羅焰不必看那箭枝就知道他問的是誰，不由十分謹慎，「你問這做甚？」

少年聽他不願明說，也不繼續追問，反倒扯開了話題，「這落霞山風景雖好，卻是太過險要，你看前面這座山崖，跌下去九死一生。」

這少年天生一股親和樂觀，與他談話應對之間無比舒服妥帖，縱然明知是敵人也一樣。因此這些無關緊要的話題，羅焰便就沒有避諱，「這裡是無情崖。聽說有個姑娘與人私定終身，出了事後遮掩不住，她就帶男人到這崖邊問他娶不娶，那男的面露猶豫，姑娘便跳下去了。」

少年點頭，「女子肩負繁衍重任，一不留神可就墜入萬丈深淵。要我說，該把這負心人也一併推下去做個墊背。」

羅焰微覺奇怪，「你倒眞是好心，我還以爲當王爺的個個好色無德，專會欺辱女子。」

「哪裡敢欺辱她們？」少年笑了起來，「我小時候當過農奴，吃飯穿衣全仰仗女人，什麼三從四德都是給達官貴人們看的，奴隸們誰顧得上那些。」說著他指指自己的腳踝，「這裡還有個烙上的奴隸印呢，穿著靴子不好脫給你看罷了。」

羅焰有些驚訝，卻也生了一絲親近感，正想開口問問他怎曾淪爲奴隸的時候，卻見那少年指完腳踝後重心不穩，身子一晃似地要倒墜入山谷。羅焰雖然恨不得在戰場上手刃敵首，此刻匆忙間卻也是急急伸手一拉。

少年並未摔下，反是攀住他手腕，猛地轉頭開口：「聽說你偷偷喜歡陶花，是不是眞的？」

羅焰剛才急著出手拉他，正心神不寧的時候，也沒有多想就斷然答道：「胡說！」

少年哈哈一笑，「那就好。」

羅焰頓時反應過來，這已然是把陶花的名字洩露了，何況他剛剛特地問及她，不免心下不豫。

少年笑道：「你不用擔心，我沒什麼壞心眼，阿陶是我的親人。」

羅焰知曉陶花的身世，她早已沒有了親屬。他重新警惕起來，「你是她什麼人？兄弟嗎？」

「當兄弟也行，不過得先問問她，反正她說什麼就是什麼。她讓我叫娘子那就叫娘子，讓我叫娘親那也得叫娘親……」說著他一揚嘴角，「只要她高興就行了，從前我倒是慣叫她姑姑的。」

羅焰更加懷疑，這少年看起來高大挺拔，年紀也差不了多少，實在不像是五妹口中那個瘦瘦小小的姪兒。他對少年起了疑心，走路略有些遲滯，也動了折返的念頭。

少年轉回頭來，正色道：「羅大俠，我既已跟你提過阿陶，就不會再讓你回去了。」

羅焰聞此言正要疾步後退的時候，少年一聲口哨，山路兩旁密密站起兩排箭兵，箭尖全都指著羅焰，恁是他武功蓋世，也要先變成刺蝟才能走得出去了。這裡剛過半山腰，正好進入官兵的控制範圍，想來這些伏兵一早就已設下。

滿山斜陽落霞之中，少年回頭拱手，雙目決然閃如晨星，「羅大俠，我無意爲難你，只是無論如何不能拿阿陶冒險，我怕你回去之後對她生疑而不利。等我見到她了，自然會向你賠罪。」

第一章　初見

遙望中原，荒煙外，許多城郭。
想當年，花遮柳護，鳳樓龍閣。
萬歲山前珠翠繞，蓬壺殿裡笙歌作。
到而今，鐵騎滿郊畿，風塵惡。

兵安在，膏鋒鍔。民安在，塡溝壑。
嘆江山如故，千村寥落。
何日請纓提銳旅，一鞭直渡清河洛。
卻歸來，再續漢陽遊，騎黃鶴。

大周天下建國已有百餘年，曾經繁華鼎盛，而自數十年前塞北契丹強盛以來，周朝天下逐漸衰落。二十年前，新帝登基，改元建安，江南節度使擁兵自立，以長江爲界分出吳越國，朝廷疲於應付契丹侵擾，竟是討伐不成。建安九年，契丹精兵更突襲幽州城，當時正駐幽州的太子趙齊及其幼子陷於亂軍之中，鑄成奇恥。

周國自陷南北夾擊，連年征戰，時局動盪，就連曾是繁華之地的汴京，如今也大不如以往。

黃昏將至，正值冷清冬季，整個城郭慢慢被黑暗籠入，只有亭臺舞榭、歌臺娼館，尙有幾許光亮。在微光之中，一隻白鴿撲打著翅膀，努力辨認出方向，停於一處府臺窗下。窗內立刻伸出一隻手來，托著十餘粒小米餵給鴿子吃，解下牠腳上的書信。

室內兩三個人立刻湊了上來，「怎樣？少將軍有消息了嗎？」

那解書信的老者細細讀過之後，連連點頭，「事已成。陶洪錫察覺不妙，連夜逃走，可他的獨子卻在契丹太子府遊玩未歸。少將軍當即設計，以陶洪錫幼子爲餌，賺得陶洪錫和他長女來救，陶洪錫死於亂兵之手，臨死前命女兒射死幼子，女兒倒是逃了。」

一個文官模樣的人徐徐點頭，「此事算是成了，跑脫一個婦道人家亦不打緊。」旁聽諸人馬上附和。

契丹都城上京郊外無牙山，大雪撲人面。一名紅衣少女伏於懸崖壁上，緊緊抓住枯藤，正是陶洪錫得以逃脫的長女陶花。天色已晚，前來搜山的契丹兵呼喝著收隊下山。冬季的無牙山是一座雪山，行走不便，危機四伏，搜山也就只能草草看過而已。

天色漸漸晚了，陶花順著枯藤攀爬上來，手腳早已凍僵，只能摸索著理好衣服，裹緊了滿是血污泥水的紅襖，在風雪中下山。

因爲心內焦急，越走越快，到半山腰時腳下一阻，險些跌倒。低頭查看，竟是一個小孩倒在地上，瘦弱不堪，渾身僵硬，顯然已躺在這雪地中多時了。她探了探他鼻息，還活著，剛要伸手相救，隨即想起自己是在逃命途中，救醒了他，又該如何安置？

陶花一咬牙，不顧而去。已走出快半里路，仍覺那孩子蒼白面孔恍似在眼前。一瞬間想起自己昨日親手射殺自己的幼弟，他的面孔也如那個孩子一樣，小小的，毫無血色，喊著：「姐姐！阿爹！」卻是一聲也未啼哭。他們的父親老早教過他們姐弟兩個：寧流血，不流淚。

陶花此時卻流出眼淚，拿袖子一抹眼角，又回山上去。

那孩子已全無知覺，她知道他命在旦夕，當即毫不猶豫解開衣服，將小孩捂入自己襖中。少女芳懷，本是多看一眼也不妥，此刻卻也顧不得了。

夜風陰冷，雪花漫天飄飛。陶花凍得瑟瑟發抖，仰望蒼天，心中暗想：「救了這個小孩，不知道還能不能活著離開上京，若是因此喪命契丹，那這蒼天可真是不公！」

小孩在她懷中慢慢甦醒了，漸漸看清楚四周。

風刀霜劍，雨雪不仁，萬物都如芻狗，只有這一個懷抱，溫暖如春。

烏雲緩緩被風吹散，雪花雖未停息，月光卻已透了出來。那女子仰頭看著月亮，滿頭滿臉髒雪污泥，連容貌都看不清楚，只有一雙眼睛明澈似水，清爽得沒有一絲晦暗。天地間的污穢昏庸，到她眼裡只剩黑白分明。

她察覺到他醒了，低下頭來。他向她一笑，虛弱，卻是溫柔。

她趕緊扶他起來，兩人連說話的力氣都沒有，默然在山上相互扶持著行走。

陶花本打算連夜趕路，可是看這小孩體力實在不支，就找了個砍柴人歇腳的山洞避避風雪。

她已經累得筋骨欲斷，進去先倚在草堆上歇了一會兒，那小孩自己默不作聲在角落找到火摺子，生起了一堆火。陶花看他不過七、八歲模樣，想自己七、八歲時哪裡會生柴火，知道他必然是生活困苦，於是伸手把他拉到身邊，「你先歇會兒，姑姑來。」

她這幾天來一直跟父親在一起，去救弟弟時，父親特地交代說漢話好讓契丹兵聽不明白，這時隨口也就說了漢話。她自己並沒發覺，那小孩倒是看了她一眼，有點警惕。

陶花性格並不敏銳，她自幼練箭，眼裡能看得住的就只有那一副弓箭，當下毫無察覺，接著問他：「你叫什麼名字？多大年紀？家在何處？」

那小孩眼神裡的警惕猶疑慢慢散去，也用漢話回答：「我叫小滿，十一歲了。我沒有家，爹爹娘親都死了。」

陶花這才反應過來兩人竟然說的都是漢話，不由一下子覺得親近許多。她看他約十一歲年紀，長得卻比自己十一歲的弟弟瘦小得多，微覺心酸地把他攬到懷裡來。

小滿轉頭問她：「你是契丹人嗎？」

陶花立刻搖頭，「不是，我是周國子民。」父親時時要她牢記，他們一家人都是大周子民。

小滿點頭，「我也是周人，想回汴京去了。」

陶花欣慰微笑，「那咱們正可同路。」

兩人把山洞裡的柴草攤開鋪在地上，和衣而眠。陶花看小滿衣服十分單薄，就把他撈到自己身邊，裹在大紅襖裡取暖，又覆了厚厚一層草在兩人腿上。

第二天一早兩人下山，辨明方位直奔南方而去。路上偶有遇見契丹兵，好在兩人小心謹慎，也沒惹上什麼麻煩。契丹地廣人稀，到傍晚時才看見一座小鎮，問了問，叫做錫蘭。陶花想看看能不能買到馬匹，就帶著小滿進入小鎮尋找集市。

錫蘭是個冷清小鎮，她本來料著多半買不到馬，卻是剛到集市邊上就看見一個年輕人牽著兩匹在叫賣，而且體形健壯，堪比戰馬。陶花高興地要上去問價，小滿扯住她，「姑姑，這是個偏僻小鎮，卻有這麼好的馬匹，我看咱們還是別招惹他。」

陶花想想覺得有些道理，兩人已經快走到那年輕人跟前，她目不斜視地穿行過去，正看見迎面走來兩個契丹兵。

陶花一愣之時，小滿順勢拉她到路對面的小桌子旁坐下，讓那兩個契丹兵從背後走過去。那兩個兵士停在了賣馬人身旁，三人低聲說話。陶花側頭看一眼小滿，眼神中十分欣賞。這孩子雖然瘦小幼弱，心思卻比成人更加深沉，他剛剛的懷疑果然應驗了。

陶花側著的頭還未回轉時，就聽見對面有人大聲說：「貴不可言哪，貴不可言！姑娘你的面相貴不可言！」

她轉回頭來，適才發覺這是個算卦的小攤鋪，對面坐著一位五十歲上下的老先生，故意把鬍子留得長及胸前。他身後掛著一面條幅，氣勢飛揚地寫著幾個不認識的大字。

她苦笑一回，低聲說：「我不看相，就是坐坐。」

那老先生卻不管她，搖頭晃腦自顧自說下去，「換了旁人，求我李半仙看，我也未必給看哪，可姑娘的相，不讓我看我也要說說。姑娘你的面相可不是常人，這是母儀天下之相，將來是要進宮嫁給皇帝的！」

陶花皺眉不答，倒見旁邊的小滿一笑，「你跟所有水靈靈的姑娘家都是這麼說的吧。」

老先生聽見有人拆臺，轉過頭來看了看，神情卻瞬間凝住，聲音低了下去，「這位小公子，你的面相，是君臨天下、一統四方之相！這話可不要外傳，我也怕掉腦袋的。」

陶花本仍有點半信半疑，還想著這「母儀天下」是不是說自己最終會嫁給青梅竹馬一起長大的契丹太子耶律瀾，聽到這兒，頓知荒謬——自己嫁給皇帝也許還有那麼一丁點可能，小滿要一統四方那是連邊兒都摸不著了。

小滿哼笑一聲，「我是個叫花子，連家門都找不著呢，你這牛吹得也太不著道。」

老先生連連搖頭，「現在雖然還找不到家，可你出身皇室之尊，不日就會見到家人。」

小滿微微一怔，還未答話，攤子旁邊一個賣水果的小販回頭便說：「李半仙，這話我今天已經聽你說到第五遍了！你也不想想，你捧臭要飯的捧到天高也賺不到半文錢啊。我看，你還是繼續捧這姑娘能做點生意。」

李半仙笑罵：「劉一刀，都說你削梨子不用起第二刀，可我看你今天要挨刀。」

劉一刀惱道：「你敢咒我！」

李半仙搖頭而笑，「你看，天機說多了就會惹人生氣。我沒有跟這姑娘多說，就是因爲她雖然母儀天下，卻是命帶桃花，情路坎坷哪……鼻梁太寬，性子過於剛強；目光似水，招惹情場是非。」

劉一刀揚起嘴角嘲笑，「這母儀天下的，還情路坎坷，你是越來越會謅了。」

陶花無意受這些愚弄，聽見背後那兩個契丹兵連同那賣馬人一塊走了，她也就站起身來拉著小滿快步離去。誰知剛剛走出幾步，就聽見背後有急促的腳步聲，她凜然一驚，正要起步飛奔，聽見背後有人說：「陶姑娘，我們是太子帳下的人，請你不必驚慌。」

陶花回頭瞧，是剛剛的賣馬人，細看之下果然面相有些熟悉。她微一沉吟，說聲：「好，我隨你們去，小滿你自己快走吧。」
賣馬人忙道：「不可。」還沒來得及解釋，小滿已經開口，「我不走，咱們患難與共。」
幾個契丹兵已經遠遠圍了過來，想走也走不脫了，陶花無法，只好跟著他們往鎮外走去。
她剛剛離開，後面就有另一隊契丹兵趕過來，帶走了剛剛說話的劉一刀。他們四下找了一遍李半仙，沒有找到，也就算了。
話說李半仙回到家裡，連連驚怵，繪聲繪色誇大其詞跟妻子描述了一遍。
李夫人說：「你這意思，是說今天老天有眼，讓你鐵口直斷準了一回？」
李半仙連連點頭，「是啊是啊，我剛走，那劉一刀就被人捉走了，看樣子當真要挨刀！幸好我跑得快。我一看那勢頭不對，大姑娘惹上兵，那還不得趕緊收攤啊。」
李夫人撫著胸口，連連說：「謝天謝地。」
李半仙一邊擦著額上的虛汗，一邊說：「看來今天是老天爺照顧我李半仙的鐵口直斷，那就讓我再來直斷兩句——咱們家一定平安興旺，總有一日發筆大財，帶一包金元寶回家，最好明天早上一出門就能撿上一個半個！」
李夫人照著他的老頭皮猛敲一記，「說什麼明天？誰知道明天老天爺還照顧你不？應該說今天！」
李半仙連連懊悔，「是啊是啊，該說今天的，可這鐵口直斷，說了就不能改了。唉……」
天色已漸黑，陶花剛走到鎮外就看見了綿延軍帳，不由心內暗驚道：「怎麼這次來了這麼多人？上次搜山不過一百人的小隊，如今卻似大隊兵馬。」她心內驚疑，就將小滿攬得更緊些。

小滿顯然也看出來形勢嚴峻，他處變不驚，只是一笑，「咱們今天是亡命天下，命帶凶煞了。」

陶花被他逗得一笑，緊張心情散去一些。跟這個小孩子一起，說話做事都覺有說不出的舒適，凡事都不用費心多想。她也低聲打趣道：「眞有母儀天下那一天，你放心，我先來這裡把你救出去。」

「我用得著等你來救？我自己就一統天下了，你還是先去救那劉一刀吧。」

「怎麼？他也被抓了？」

「是，我們在街角轉彎的時候，我正瞧見他被綁住，那個嘴巴抹了蜜的算命先生倒是逃了。」

「你眼還挺尖的。」

小滿噗哧一笑，「我靠人施捨過日子的，眼不尖、嘴不甜、心不黑，能活嗎？」

陶花又是一笑，小滿側過頭，神色嚴肅起來，「姑姑，待會兒你見了那個什麼太子，眼尖點，嘴甜點，心也黑點。還有，別濫捕無辜，讓他放了劉一刀。」

陶花還未回答，帳簾已經掀起。一個錦衣貴冑的少年公子正在帳內來回踱步，頗顯焦急。看見陶花進來，他揮退左右，大踏步過來相迎，「阿陶妹妹！我聽師傅說你往錫蘭過來了，所以特地替下都察將軍，接了這趟差事。」

陶花點頭，「那天在刑場北邊的埋伏是師傅帶隊的。他暗暗放了我一條生路，不然我怎能逃得過他的三箭連發？」

「你現在怎麼打算？」

「回周國，報仇。」陶花答得十分爽利，說完卻覺到小滿在身後狠狠拉了她一把。

果然耶律瀾緊接著便神色不豫，「阿陶妹妹，有些事情你還不知道，你父親雖在契丹爲官十餘載，卻始終心向大周，既不願訓練士兵，也不願爲我契丹著兵書戰冊，只肯領兵征伐別族部落。我父皇倒也並未因此怪罪於他，本來以爲他可在契丹終老，誰知周國來了密使，定要置他於死地。」

陶花想了片刻，問他：「你可知道，那個人叫什麼名字？」

耶律瀾搖頭，「除了我父皇和蕭丞相之外，再無第三人知曉。」

「好，天網恢恢，終有一日要教他落在我手中。瀾哥哥，我有一件事想求你。」

「你說吧。」

「我想請你幫我收斂父親和陶若的……屍骨，」她只覺說出這兩個字來，既生疏又疼痛，「將他二人葬在燕子河邊，那裡靠近周國邊境，我爹爹曾說，如果歸不了家，那就在燕子河邊終老。」

耶律瀾點頭，「好，都依你，只是你不必囑託我，自己去不是更好？你今日跟我回府接棺，明早令我帳下侍衛送你出京，難道還有誰敢攔阻我的親兵營不成？」

陶花微微抿唇，垂首不語。

耶律瀾又忙補上一句：「阿陶妹妹，你別多心，我沒有強留你的意思。我……我只是捨不得你走，我……」

陶花伸手攔住他後面的話，「瀾哥哥，你放心，我明白你的心意，咱們是從小一起長大的，我對你還有什麼信不過的？只是……」她微微低頭，望向別處，「我從小在草原上長大，這裡雖不是父親的家，卻是我的家。如今家中既然有變，我就想到草原之外的地方去看一看，我也想知道，周國山河是否眞如父親所說的美麗？」

耶律瀾眼中漸現失望之色，看著陶花的眼神也十分猶豫，似乎難以決定是否讓她走。

小滿又在背後悄悄拉了她一下，陶花立刻警醒，知道此刻不能得罪耶律瀾，於是柔聲說道：「等我回去周國看過了，也許三五個月吧，再回來找你不好嗎？到那時我就哪裡也不去了，一輩子都心甘情願做你的好妹妹。」她特地強調了「心甘情願」這幾個字。

耶律瀾將她攬入懷中，柔情無限地說：「我才不要你做妹妹，咱們都已經長大了，我要你做我的妻子，每天陪著我。」

陶花在他懷中點頭，「好，等我回來時，全都依你。」說罷她脫開溫暖懷抱，拉起躲在帳篷一角的小滿，就想出去。

耶律瀾擋在門口，「我帶你出去。不過，這個小孩，不能跟你走。」

第二章　同途

陶花皺眉道：「他是因我之故才被抓，當然要跟我一起走。」

耶律瀾輕輕搖頭，「阿陶妹妹，你弄反了，他們要的是他，不是你。我送你出去。」說著過來要拉走陶花。

「他們是誰？」陶花頗爲警覺。

「此次要我父皇剿滅陶家的人。他們已經不願糾纏圍捕你一個女子，但是這小孩還是要的。」

陶花退後一步，緊緊攬住小滿，想起這些天來的事情，想起小滿的漢話說得如此流利，雖然並不很明白前因後果，卻也知道自己和他應該是友非敵。想通此節，頓時起了同仇敵愾之心，她沉聲問道：

「若是我非要帶他走呢？」

耶律瀾緩緩搖頭，「阿陶妹妹，別這麼傻。」

陶花沉思片刻，抬頭一笑，迅即放了小滿。她放手時，卻飛快地在小滿背後輕輕一捏。

「好吧，那我自己走了，同路一場，你們一起送我出去吧。」陶花款款含笑而言。

耶律瀾從來不曾疑心她，當即出帳去牽戰馬。

夜幕已深，陶花看他牽來一匹通身雪白的高頭大馬，在黑夜中十分扎眼，神駿異常。陶花認得這是他自己的坐騎「飛雪踏」，她料到他會以戰馬相贈，不然她如何走得出這茫茫草原，只是沒料到他竟送了自己的坐騎。她心裡有些感動，一時再也笑不出來，一手牽馬，一手牽著耶律瀾，跟著他向外走。

剛走了兩步，陶花轉頭問跟在一旁的小滿，「你腳上的傷好了沒？」

小滿愣住，他腳上並沒有傷，他和陶花朝夕相處，同睡草垛，她怎會不知道？他乖巧地不作聲，轉頭看陶花。但見陶花臉上又有了笑容，一邊伸臂將他抱上馬匹，一邊說道：「黑燈瞎火的，別再傷著，那就真的沒法動彈了。」

耶律瀾仍未阻止，他仍把陶花當作那個親密無間的夥伴，卻不知她驟逢巨變，已經不再是以往那個什麼事都靠著他來拿主意的小姑娘了。

三人一路走到曠野，太子帳下親兵都在十丈之外跟著，陶花看軍營已遠，就拉耶律瀾站住，「瀾哥哥，你留步吧。」

耶律瀾點頭，剛想探手去抱小滿下來然後再跟陶花道別，陶花卻一把抱住他，用力奇大，將他衝得後退兩步。他以為她只是撒嬌，不由微笑。

陶花埋著頭，好一會兒才抬起來，雙目通紅。耶律瀾知道兩人離別在即，眼眶也開始變紅。

陶花緩緩言道：「瀾哥哥，世事難料，我若在外有了不測，也沒法說給你知道。你若碰到了合適的女子，也不要等我，明白嗎？」

耶律瀾皺眉，「剛剛還說要嫁給我的，現在又說這種話。」

陶花含笑，「是，如果我回來契丹，一定嫁給你。」說罷她仰頭往耶律瀾的臉龐攏近。耶律瀾以為她要親自己，隨即閉上眼睛。

草原兒女們不似中原拘謹，兩人也不是第一次如此親近，然而這一次，他等了許久，等到的卻是親兵們在背後的呼喝之聲。他睜眼看時，陶花已跨在飛雪踏之上，緊緊攬住身前的小滿。她回首喊道：

「瀾哥哥，記得，別等我！今天在錫蘭鎮跟我們說話的人，我們也都不認識，請你放了他們吧！」說罷縱馬而去。

飛雪踏是草原上萬裡挑一的好馬，一旦跑起來，尋常馬匹都追不上。耶律瀾先是驚怒劇咳，隨即斷喝「別放箭」，到最後又不免生了離別感概。他奔跑幾步，知道無望，於是雙手合攏，衝陶花喊道：「這次我不怪你。可你要是說話不算數，我必率鐵騎踏破你大周河山！」

陶花再未回頭，只有雙肩抽動，兩滴淚水落在小滿頭上。

小滿十分懂事地仰頭，「姑姑，你別怕，咱們大周人才濟濟，我……我定護你周全！」

陶花拭淚搖頭，回說：「姑姑……不是害怕。」

兩人有了寶馬之後行動快速許多，第四天傍晚到了燕子河畔。

陶花帶小滿靠近河邊去看，此時剛是初冬，上京內外都已冰封，這裡卻見河水滔滔奔騰萬里，儼如巨獸咆哮。飛雪踏在岸邊徘徊，被那聲音震得咴咴長嘶，卻並不退後分毫。

陶花沿河四望，不見有渡橋或船隻，於是便沿著河流逆行而上，指望找到過河之處。走了小半個時辰，遠遠望見前頭有人正來回踱步巡視，一身黑衣戎裝，左臂上繡一條赤龍。

小滿仰頭急道：「姑姑小心！這裡是邊防要塞，這人卻不像周國士兵。」

果然，那人看陶花停住了馬，立刻摘下弓箭。陶花頓時一驚，知道這個距離拿下弓箭，必然是敵非友。她迅即一帶飛雪踏的韁繩，讓牠斜著往遠處跑去，再轉頭看那人時，卻見他一箭往天上射去。那支箭上天後開出五彩焰花，似是信號，緊接著那人的第二支箭到了跟前，只是飛雪踏跑得迅速，在身後堪堪擦過了。

這番遭遇之後兩人小心許多，路上遇見閒雜人等再不敢輕易靠近。眼看天色全黑，兩人正走到一座觀音廟前，進去查看了無人，是座廢棄多時的廟宇，遂就在這裡歇宿。

陶花走到觀音像前，跪下雙手合十，「求觀音娘娘保佑我二人平安，保佑我爹爹、弟弟大仇得報。今晚我在這裡歇宿，多謝觀音娘娘收留。」

小滿也學著樣走過來跪下，認眞念著：「求觀音娘娘保佑我快快長大，完成爹爹的心願，幫姑姑報仇，還有，要保護姑姑。」念罷重重磕頭。

陶花聽他兩次念及自己，無比欣慰，拉著他到角落裡半躺著睡了。剛開始兩人都覺得冷，緊緊裹著棉襖，睡到半夜卻又熱了起來。陶花在夢中只覺大汗淋漓，彷彿正在烈日下的草原奔馬，身旁尚有耶律瀾相伴，她側頭對他說：「我也不想騙你，可是……」

話還沒說完，聽見一把童聲大喊：「姑姑快起來，著火了！」

她睜開眼一看，只見整間廟宇一片火海，小滿正用力推著她。火光中模模糊糊看見一抹黑影剛走到廟外，陶花咬牙，拿起手中弓箭飛快射出三箭。木箭穿火而過帶上火苗，那人躲過第一箭，後兩箭一齊中了，當即失去平衡，往後跌進火海。本來箭傷並沒能讓他立死，這一入火中他立刻像宰豬般叫起來。

廟宇內的木柱頂梁正紛紛倒塌，直逼近陶花和小滿所在之處，到處火光耀眼，間中還有那人淒厲嘶喊聲。他在火中未死，掙扎著四處撲逃，又看不清方向，竟然滿身是火朝陶花撲過來。這一撲正倒在她面前，火光清清楚楚照著他半邊臉孔焦黑，骨肉分離十分可怖。

陶花嚇得失聲，顫抖著緊抱住小滿，忽覺手上一濕，還以爲是有了水源可以滅火，轉頭一看，卻是小滿尿了褲子。他到底是小孩，聽來的故事再多、性子再沉穩，亦未曾親眼見過這麼殘酷的死法。

陶花的懼意驟去了些，起了保護幼小的念頭，將他摟得更緊了。濕漉漉的尿順著褲子下去，到乾涸的地上分成兩條直線，陶花一愣，「這廟裡的地面本來是土質，這裡分明是有個縫隙，否則水流不會成兩條直線。」

她立刻伸手到地下探摸，在半掌深處摸到一塊石板，馬上叫小滿一起幫忙，兩人手腳並用把上面的覆土挖開，拚盡全力一抬，那石板被挪開了。往下一看，裡面黑洞洞的竟有空間，兩人頓時欣喜若狂，進入那個洞穴，又把剛剛挪開的石板托到頭頂闔上。

陶花抱緊小滿躲在洞內，聽得地面上斷垣殘梁跌落之聲不絕。兩人都有些害怕，緊緊相擁，彼此劇烈的心跳聲都聽得清清楚楚。

也不知道火燒了多久，陶花睏倦不堪，迷糊了一覺沉沉醒來時，只覺外面萬籟俱寂，無半點聲響。她試探著掀起石板一角，見大火已熄，就跟小滿一起挪開了石板，探身出來，只見到處斷壁殘垣、焦黑一片。感激之餘，陶花回身看了一眼方才藏身的洞穴，瞧見角落處放著兩個箱子。她不由好奇，復又下去拆開來看看。

一個箱子裡滿滿都是書，陶花翻看幾本，可嘆她並不識漢字，只看見許多工件圖譜。另一個箱子裡放著一件金絲背心，陶花聽父親說起過，這款金屬爲線密密織成的盔甲自西域傳來，中原叫做「鎖子甲」，質地愈細密則防護功能愈佳，上等貨色可刀槍不入。這一件乍看之下不見有孔眼，那必然是織得極密的寶物了，最難得的是拿在手上並不覺厚重，不知用的是甚材料。

箱子裡還有幾只小木盒子，那木盒子上明顯有機關，陶花觀察半晌，想起剛剛翻過的工件圖譜中有一冊書頁圖譜跟此物外形類似，找出來細看，那圖譜中演示了如何使用，原來是一套弩箭。她試了一下，力道速度都十分威猛。小滿孩子心性，立刻喜歡得不得了，拿著出去獵飛鳥小獸了。

陶花拿了一只弩箭盒貼身放著，又把金絲背心給小滿穿上。整理完畢，兩人走出廢墟，看見飛雪踏在遠處悠閒吃草，只覺得脫了大難如獲新生。

出來之後先覺得餓。小滿雖認得些野菜，這卻是寸草不生的冬天，帶的乾糧只剩半塊饅頭，兩人你推我讓半天，最後一人一口分了。分到最後一口時，本來該是小滿，可他堅稱自己吃飽，無論如何硬塞進了陶花口中。

小滿的褲子雖然已經乾了，陶花摸著卻還是單薄，隨手在包袱裡找出一條自己的大紅棉褲，挽了挽褲腿給他換上。

之後兩人愈發謹慎，遠遠沿著河尋找橋梁。經歷了這場大火後，倒是再沒有遇見追兵，直到晚上找到一座石橋，橋上守著周國士兵。大周與契丹交戰多年，沒有通關文書過不了邊防關卡。若是只有陶花自己，尚可搏命一闖，帶著小滿卻不能胡來了。

此時兩人早已飢腸轆轆，所幸這裡是關口，不遠處即有民居給過往旅客提供飲食住宿。他們便住了下來，白天到石橋附近觀察士兵數量和換崗時間，晚上仍是同床而居互相多一分警惕。如此過了數日，依然找不到一個過關的好辦法。

陶花越來越愁，蹲伏在草叢中觀察橋上士兵時，始終緊鎖眉頭。小滿笑著到她眉間一捋，「姑姑，你就是愁白了頭髮，也沒用，不如放開胸懷吧。」

正說話間，聽見遠處馬蹄聲急促，一騎紅馬正朝石橋方向疾馳。後頭有十數人緊緊追趕，全都是清一色黑衣，左臂上顯出一條赤色火龍，跟曾攻擊過陶花的那人穿著如出一轍。這些黑衣人全都弓箭在手，一人帶著至少兩匹戰馬，顯然是長途追逐、志在必得。

陶花在一側舉起弓箭，大有救人之意。小滿卻急拉她手臂，微微搖頭。這些時日相處下來，兩人早已生了默契信任，她也知道這孩子機靈得很，當即放下弓箭，靜候其變。

橋上的哨兵走下來，遠遠觀望，其中一人說：「那不是……咱們理當過去相救。」

旁邊一個軍官模樣的人立刻攔住他，「你沒瞧見後頭的追兵是赤龍會嗎？」

紅馬越跑越近，陶花漸漸看見前面馬上是一名白衣少年，身量還未長足，滿頭滿身都是斑駁血污，看不清細緻面目，依稀只覺容貌俊朗，英挺不群。

白衣少年在馬上大叫：「石橋渡的弟兄，幫我殺兩個追兵！」

剛剛說話的兵士立刻摘下弓箭，對那軍官說：「吳將軍，恕我今天不聽您勸告，若是因此惹怒了赤龍會，您綁起我交給田太師就是。」

吳將軍卻舉目遠眺，「我反正什麼都沒瞧見，你就看自己的造化吧。」他此言一出，旁邊幾個兵士全都摘下弓箭，紛紛向白衣少年後頭的黑衣追兵射去。

白衣少年在馬上長笑一聲，勒馬折返。他迅即無比地衝入追兵當中，探右手搶過長刀一揮，將那長刀的主人劈落馬下，接著刀口橫掃，頃刻間又有兩個黑衣人落馬。

如此不到一盞茶工夫，便只剩下了兩名黑衣追兵。那兩人互望一眼，趁著他刀在前人身上之時一起落刀。

少年展左手一抓，生生用蠻力將其中一個抓落下馬，同時一夾戰馬，想要躍向一邊避開剩下一刀的時候，卻見那人驀地頓住，手中長刀落地，連人一塊跌下馬去。他看了看那人胸口的箭，遠遠朝石橋方向一拱手，提馬緩步過來。這邊幾個兵士連同軍官也一起迎上前去。

陶花在瞬間看到他空手入敵，連殺數人，功夫比人還俊，不由全神貫注呆望，滿面仰慕之色。

小滿卻迅速起身，「姑姑，現在正可過橋！」

一句話驚醒夢中人，守橋的士兵都向白衣少年走去，橋上正無人。陶花立刻在草叢中站起，與小滿一起躍上飛雪踏，向石橋飛奔而去。士兵們回頭呼喝，追趕已然不及，眼睜睜看著紅衣女子帶了個小童飛馬過橋。

陶花奔下石橋兩里多遠，放緩了馬匹，心情也一下放鬆了，隨口置評：「爹爹說得沒錯，中原大地果然是人傑地靈。」

小滿何等聰明，當即問道：「姑姑是在讚歎剛剛那個男子吧？」

陶花本來只是隨口一說，被他這麼揭開便有些羞赧，只好爲自己開脫，「我在契丹就沒見過這麼俊的功夫。」

小滿哼笑，「契丹人在馬上長成，功夫好的遍地都是，姑姑你看不進眼罷了。」

陶花沒聽出他的微微嘲諷，認眞想了想，「也對，我在契丹總跟瀾哥哥在一起，師兄弟們也都是全力練箭，不怎麼練近身功夫。」

「契丹太子習文，那是治理天下的功夫，比一時勝負的武功更加長久。」

陶花已然聽出了小滿不喜歡剛剛那人，於是故意撇嘴逗他，「說不定他文才更出色呢，爹爹說過，中原多的是文武雙全的俊才。」

小滿果然被逗到了，氣嘟嘟地回嘴：「他再好，咱們也不理他！」

陶花微覺奇怪，問他緣故，小滿卻是怎麼也不肯說。

兩人正磨嘴皮子的時候，背後傳來馬蹄聲響，一回頭竟是剛剛那白衣少年追了過來。

小滿頓時大喝：「快走！」

儘管陶花方才還爲了這少年與小滿鬥嘴，此刻卻也十分聽話地提馬狂奔。這裡是平原，是硬碰硬考驗騎術和馬匹腳力的地方，她本以爲飛雪踏很快可甩脫追兵，誰知這少年竟是直追了她十多里遠。想起剛剛的黑衣人追這少年時，每人都多帶了馬匹，輪番騎馳，顯然他的騎術和馬匹亦皆不凡。

想到此，陶花不敢再僥倖，由背上摘下弓箭，回身發出幾箭，全都是堪堪擦過他的額角耳邊，是爲了警告他不要再追。他卻只是微頓，並未停下。

小滿在風中大聲說：「姑姑，你這樣嚇不退他的。一旦被他追上，咱們兩個可絕不是敵手。」

這句話頓時警醒了陶花，確實，如果被後面這少年追上，那眞的是難以逃脫。

陶花不再猶豫，發了狠三箭連發，全往他左肩去了。她的三箭連發學自名師又苦練多年，既快且準，少有人能閃躲，何況是在馬上。

那少年果然了得，竟然連躲了兩箭，最後一箭才中到肩頭。他一中箭即伏低勒馬，也知道是對方留了餘地，不然勁力再大些，他必落馬摔傷。他便放棄追趕，只遙遙望著前面兩人離去。

第三章　落霞

過了石橋渡便進入大周邊界，陶花帶著小滿一路前行，路上越來越熱鬧，頓頓都有店鋪吃飯。兩人想著已經離開契丹，也就不再似原來那般小心。

小滿體貼懂事，跟陶花一起吃了幾頓飯，便記住她的口味，以後就總是把她愛吃的留給她；天氣冷暖寒涼、雨雪風霜，也都是他想著告訴她穿備些什麼衣物；路過州府各縣，有些什麼風土人情需要留意小心，他也一件件提醒她。陶花卻注意不到，心思疏落如她，從不去注意這麼細微的小事，所以她一直覺得是自己在照顧小滿。

中原山河壯麗，風物宜人。這兩個孩子一路相依爲命，走走停停，過了好多天才到汴梁京城。小滿進城之後，找了幾個小販打聽汴梁府在何處，又問過府尹是否姓顧，得到肯定的答覆後，便順著指引走過去。陶花見他十分篤定，也就沒有過問。

轉過街巷，遠遠望見汴梁府門，氣派非凡。契丹國自遊牧民族發展而來，雖然早已開始建築定居城郭，卻遠沒有大周京城的熱鬧。陶花四處張望，帶些羨慕說：「要是留居汴京，也不錯。」

小滿聽出了弦外之音，微顯驚訝地側頭問她：「難道你還想去別處？」

陶花點頭，「我在汴京本沒什麼親友，把你送到也就放了心，再轉到別處去看看。」

小滿聽見她這麼說，完全停下腳步，「你要去哪裡？等我安頓下來，一塊陪你去好了。」

陶花張口結舌，她有心想說我總帶著你這個小孩多累贅啊，可終只是苦笑，「我也沒什麼地方去，就是想各處走走。」

小滿在原地沉吟一刻，「我看你這一路也勞累不堪，先跟我在汴梁府休息一陣好了。」

陶花微覺好奇，問了一句：「這位府尹大人是你的親戚？」

小滿搖頭，「不是，算朋友吧。」

「那我還是不叨擾了。」

陶花起步要走，小滿一把拉住她，「咱們兩人一路走來，患難與共、生死相依。你答應跟我一起，咱們再往前走，不然哪裡也不去了！」

陶花微覺驚異，沒想到這小孩子這麼重義氣，讓她有些感動。她是個性情直爽的人，當即攬過小滿的肩膀點頭說：「好吧，咱們一起，患難與共、生死相依。」

小滿這才泛起笑容起步前行，拉著陶花走上汴梁府臺階。門口站崗的軍士低眉看了看他們兩個，揮手趕道：「一邊去，一邊去！」

陶花正要跟那人理論，卻聽見身後有馬蹄聲，兩旁軍士一齊行禮，口中稱「顧大人」。

陶花轉頭一看，一個官袍朝服的中年人剛剛下了轎子，看姿勢便知身懷武功。他看見陶花和小滿頓時一愣。小滿抬頭仔細看他，十分謹慎地並不先開口。那人回神之後，威嚴詢問兩人：「二位來自何方？」

陶花爽直，搶先答道：「我二人來自契丹……」

話音未落，那中年人哈哈大笑，「真是踏破鐵鞋無覓處，來人！將這兩個契丹奸細給我拿下！」

陶花大驚，拉著小滿想要斜刺裡衝出時，那顧大人上前來一把拉住小滿，手中不知何時多了一把鋼刀，當頭向陶花劈下。陶花只能鬆了小滿，疾步後退，兩旁兵丁卻已經擁了過來。她退到街角，重又看向小滿，但見顧大人一掌拍在他前胸，小滿當即倒下。

顧大人大笑道：「這娃娃已死，快去追那女奸細，格殺勿論！」他口中雖如此說，人卻踏前一步，恰巧擋住了官兵對陶花放箭的視線。

陶花倉猝之間，驟見小滿在她面前遇害，悲痛莫名，一時竟顧不得自己，取下弓箭想為小滿報仇。飛雪踏卻通人性，奔到她身旁來，陶花這才想到自己不是對手，只能跨上白馬飛奔而去。

她順著來路奔出城門，一路上行人紛紛躲閃，後面的士兵並未追來，城門口的士兵也未攔阻她。到得郊外停住腳步，她以為已經脫險，卻忽見遠遠十數個黑衣人朝自己這邊奔來。陶花舉目四顧，見西面是一座高山，想起自己在上京郊外逃命時，曾在無牙山上與敵周旋，當即縱馬向西而去。

飛雪踏雖是寶馬良駒，卻揹負兩人長途奔跑多日，一時間竟甩不開追兵。陶花到了山腳下，看地勢迂迴，索性將馬放慢些，取出弓箭來連射五人於馬下。可是這一緩的工夫也讓那些黑衣人趕得更近了，她放下弓箭，打算轉回身全力驅策馬匹時，一轉頭卻見前面近處赫然站著幾個裝束一樣的黑衣人。陶花心內叫苦，那幾人橫刀在胸，硬衝必然會斃於刀下，她只能勒停馬匹，站在原地，後面的追兵也趕上來停下，將她圍在正中。

陶花舉目四顧，高山巍峨險要，敵人窮凶極惡，只怕自己一踏足，便要葬身在這大周的大好河山。站在道路前面的黑衣人中走出一個，冷冷開口，「你最好束手就擒，回去聽我們首領問話，免得大家動了刀槍，保不住你性命。」

陶花還未答言，山路邊上響起略帶嗤笑的聲音：「你們這麼多人圍攻一個小姑娘，也不怕丟了赤龍會的臉面。」

眾人聞言一齊轉頭，見山道邊一株大楊樹的樹杈上坐著一個年輕男子，正低頭俯看山路上的眾人。那領頭的黑衣人看見他，聲音明顯有了忌憚，「羅三，此事與你無干。」

羅三沉下臉來，「與我無干？你且看看你站在何處？是我的落霞山還是你們赤龍會的青峰嶺？」

黑衣人退後一步，雙手抱拳，「不錯，這是落霞山，是我禮數不夠周全，請羅三哥恕罪。這女人是契丹人，與你非親非故，容我們捉去，日後我親自上門賠罪。」

羅三側頭看了陶花一眼，一笑，「我管他什麼契丹、西涼，她既然此刻在我落霞山上，便該由我所得，你說是也不是？」

黑衣人再後退一步，與夥伴們低聲耳語幾句，又仰頭看了看四周。羅三當即笑道：「你不用找，我大哥二哥都不在，山上弟兄們也不在。這裡只有我一個，你盡管來試試，看你們這些人能不能在我羅焰眼前帶走這位姑娘？」羅焰說到最後，聲音中仍是滿帶笑意，那黑衣人卻似受驚，拱手言道：「我們沒這個意思，只在商量怎麼跟主人回話。」

「你去跟你們的戚二爺說，此名女子，我羅焰留下來做了壓寨夫人，看他賣不賣給我這面子。若是不肯賣呢，你們盡管回來，再把羅三嫂劫去青峰嶺便是，只要你們有這個本事。」

那黑衣人當即收刀回鞘，「不敢。我們也只是想問她一句話，還望姑娘如實告知。」他已知今天帶不走這個女子，言語間也就客氣起來。

陶花冷冷看著他，並不回答。

黑衣人續道：「我們只是想問問，姑娘從契丹一路帶來的那個小孩，現在何處？」

陶花卻被這一言問出了氣惱，「他已經死了！天網恢恢，總有一天要你們償命！」

黑衣人還想再問，羅焰卻已不容他多話，自樹杈上一躍而下，正落在白馬上陶花身後。他一扯韁繩，白馬便在眾人注目中踏蹄遠去。

陶花見他坐在自己身後，覺得有些唐突，又知是自己的救命恩人，亦不便推他下去，只是身子朝前傾了些，不欲與他接觸。羅焰察覺到，一笑跳下馬來，在前頭牽著飛雪踏奔跑。

陶花看他身形極其迅速，竟然不落後於馬匹，不由讚歎一句：「你真厲害。」

羅焰仰頭，「你不是契丹人嗎？怎麼會說漢話？」

陶花搖搖頭，「我不是契丹人，只是在那裡住過。」說著勒停馬韁，「多謝羅大哥救命之恩，來日定當報答，只是，你……你能讓我走嗎？」

羅焰也停下來，「你要去哪裡？」

「我想離開這裡，我……我可沒打算做你的……什麼夫人。」陶花臉紅低頭，聲音變得細小。

羅焰大笑起來，半晌才停住，「真是個小姑娘。我可不敢動你的心，你就是想跟著我，我還不敢要你這累贅呢，連赤龍會那幾個人都對付不了，恐怕我這後半生會三天兩頭被人要挾。」

陶花本來對他存有疑忌，怕他對自己別有用心，剛才見他跳下馬時，疑忌已去了一半，這時聽見他如此說，頓時完全放了心，也跳下馬來與他並肩而行。

羅焰指指背後，「你要是想走我管不著，只是這些人未必這麼容易就退。你還是小心些，先跟我上山避幾天吧。」

陶花就跟羅焰上了落霞山。這裡是羅焰幾個結義兄弟避居的地方，他們厭煩了武林爭鋒，躲在這裡尋個清靜。近些年周朝天下不治，常有附近黎民百姓投奔他們而來，也有平時路見不平救回來的民眾。這樣下來，山上遂聚集了數百人，日常在山上耕種自給自足，也跟他們兄弟幾人學習武藝防身，奉他們為首領。

大哥二哥都是武林中盛名人物，平時各處雲遊，不在山上，只有羅焰與何四在。何四見過陶花後，上下打量半天，對她殷殷囑託：「你記住了，晚上務必把門關好，我三哥可什麼事都幹得出來。」

羅焰冷笑道：「我可告訴你，這位陶姑娘的好箭法我見識過，就是在武林當中也算得上數一數二，你別偷雞不成蝕把米。」

陶花剛也見識過了羅焰不羈的調笑風格，不以為忤地笑看他們二人唇槍舌劍。兩人笑著鬧著順勢動起手來，羅焰身手如鬼魅般，雙手推了幾下就按住了何四的胳膊。陶花只覺這幾推之中深有玄機，便問道：「羅大哥這是什麼功夫？」

何四被按著，仍勉強抬頭回她：「這麼有名的『推雲手』你都不知道？這『推雲手』博大精深，在敵人跟前未必有用，對付自家兄弟最為有效。哎喲……你看，我說對了吧。」

笑鬧一場後，何四問道：「我們兄弟共四人，陶姑娘可願做我們的五妹？」

陶花一聽，當即下拜，喊道：「三哥，四哥。」

何四本來最小，從來都是他拜別人，這下有了更小的墊底，也有人來拜他了。他立刻笑得嘴都合不攏，高興地扶起陶花，叫一聲「五妹」。

羅焰卻閃到一旁，「她箭法雖好，近身功夫卻是不堪，我丟不起這個臉。」

陶花十分羞愧，「我從小就只天天練箭，其他的都沒學過。」

何四拉回羅焰，「她功夫不好，等三哥來教啊。你不願認她做義妹，難不成是別有用心？」

羅焰被他擠對得無法，只好也回來叫了一聲「五妹」。

此後陶花便留在山上，平日跟羅焰學習功夫。羅焰也曾問起她的遭遇，她把自己經歷細細講過，說起小滿死於顧大人之手時，仍難掩悲憤。羅焰當夜就帶她去汴梁府找那顧大人尋仇，只可惜府中卻換了主人，羅焰把那新府尹從臥榻拖出，刀架在頸子上，新府尹抖抖索索說出顧大人剛剛獲罪被斬，陶花只好作罷，回來給小滿燒些紙錢了事。

陶花閒暇時也會想起草原，想起那裡曾有她青梅竹馬的戀人。可是家有深仇，要回去也須先向契丹皇帝尋仇才是，而這契丹皇帝卻偏偏是她愛人的父親。

這麼一想，相思漸漸跟著消淡了。

山中無甲子，寒盡不知年，轉眼間陶花在落霞山已過了五個春秋。她來時門口的小楊樹，如今已經參天，而這個當年的稚氣少女，也變成了能在山匪窩裡領頭兒的大姑娘。

這天山下忽然來了一支官兵軍隊招安，羅焰自是不從，談和無果，第二天便交上了手。大家本以爲官兵羸弱，折了銳氣自然退去，不怎放在心上；可等到開戰了，才發覺這支軍隊比之其他更難纏，不過兩個時辰便已攻到山腰，戰況遠比想像的艱苦。

陶花站在位置最好的箭垛後面，放眼望去，滿山遍野都是朝廷的人馬。她隱隱望見一身黑衣的敵方主帥上山，立刻射出一箭，卻被躲開了。兵家出身的她見識過對方的凌厲攻勢，心知今日再也無幸，正要傾力以連珠箭三箭連發射殺主帥，驀見大隊驟然停攻，號令聲此起彼伏，竟然紛紛收隊到了山下。

陶花與在遠處指揮的羅焰、何四對望一眼，均不解敵人意圖。

箭枝所剩不多，她與兄弟們一同到庫房取箭，再回來時便聽說羅焰下山議和去了。

陶花與何四在山上等候羅焰回來，直等到月亮升上中天也不見人影。兩人開始著急，略作商議，在山上選了幾個功夫不錯的，一道下山去探聽情形。

第四章　重逢

月黑風高之夜。

山腳下四處密佈巡邏崗哨，陶花近看這些士兵的穿著，像極了契丹軍，與她在汴梁城見的那些周國士兵很不一樣，不由覺得奇怪。

何四一向厭煩官兵，當即對陶花打了個手勢，帶人把距離最近的兩名哨兵給擊暈。陶花則拉開弓箭，將附近兩名站在原地的哨兵射倒，一行人便過了山腳下這第一道防線。何四悄聲對陶花說：「官兵軍心渙散，將領又不懂訓練之道，不必害怕。」

他話音未落，卻聽得背後一隊巡邏哨兵路過，有人高聲呼喊：「這裡倒了兩個弟兄！這裡還有兩個！」聲音一出，霎時間腳步紛沓，幾隊士兵拿著火把過來，立時發現了陶花一行，將他們團團圍住。

何四毫無忌諱，起手落腳間傷掉數條人命，陶花見他如此，遂也不再留情，箭箭穿喉，第一撥過來的士兵很快被擊退。然而緊接著就聽見響雷般的馬蹄聲，全身鎧甲的重騎兵急馳而來。陶花聽父親講過用兵之道，知曉重騎兵的厲害，當下示意何四退回山上，保持箭距；何四卻怎麼都不肯，他與官兵交手從未敗過，執意要先去救出羅焰。

領頭的將軍看見他們，又看了看遍地屍首，冷冷道：「王爺不欲傷你們性命，若束手就縛，可免你們殺害官兵之罪。」

何四在他說話間縱身躍起，一刀橫掃過去。那將軍豎起長刀相迎，兩人戰在一處。何四雖然功夫頗強，卻因在地上十分受限，不能即刻斃敵。後面的重騎兵已紛紛擁上來，陶花拉弓，照臉面沒有盔甲處射去，前面數人倒下，本以爲可嚇退後面敵人，誰知後面的士兵並不畏懼，變換隊形提盾推行過來。

箭枝既已無用，在前面交戰的何四就先被大隊重騎兵圍住擊傷。那將軍命人綁住何四，對餘下眾人喊道：「你們今天來的那姓羅的匪首已經被俘，若想留住性命，就來此請降，否則大軍不日攻山，再不留活口！」

陶花聽得羅焰被俘，又看眼前實在插翅難逃，打到最後必然是力盡而亡。她自己並不懼一死，只怕連累山上眾多弟兄，當下再無辦法，只得放下弓箭，帶眾人過去。那將軍沒想到領頭的就是這個女子，垂馬鞭抬起陶花下巴看了看。陶花頓覺受辱，拍開他的鞭子，他見她如此不馴，翻身下馬一掌往她臉上摑過去。

陶花後退一步躲開他的手掌，袖箭甩出直射他臉面。他仰頭想躲開，箭枝擦破他鼻尖過去。陶花不欲重傷他，否則這般距離突然出手，他絕難躲過。

那將軍卻不曉道她手下留情，當即大怒，回頭拿過長刀劈頭就砍，登時對身後眾人說：「拿下這廝女賊！」

身後的兵士卻沒有行動，只是急忙提醒：「張將軍，王爺有令，不得傷害女眷。」

他一邊揮動長刀進攻，一邊說：「這他媽是什麼女眷！這就是一……」

他不在馬上，地下長刀施展不開，又沒有旁邊的鐵甲重兵護衛，三兩下便落了下風。陶花的近身功夫不算強，對付他倒還綽綽有餘，不容他說完，手中一柄小小袖箭已經指住他右眼。

她笑了笑，「這就是什麼？」

那張將軍脾氣火爆，遇上這關節卻也懂得愛惜眼珠，老老實實說：「這……這就是……一活姑奶奶。」

陶花哼了一聲，「我告訴你，姑奶奶想殺你剛剛就動手了，留你的命是為了讓你們別傷害山上百姓。」說著將那張將軍往懷中一帶，小箭指住他咽喉，「快叫你的人全都退下去！」她話音尚未落下，突見三枚白羽箭自三個角度射向張將軍。

陶花大驚後退躲閃，卻仍是不及，一聲都沒響人質便在她手中被射死。一個蒼老的聲音在敵陣中說：「張將軍違抗王爺號令，死罪不可免，厚待家屬。這位姑娘，你還是束手就擒吧。」

陶花仰頭，對方陣中燈火通明，明晃晃照得她眼睛生疼，什麼也看不清楚。她冷冷喝道：「本來我是不想打了，可你們欺辱我是個女子，姑奶奶今天偏就不降了！」

敵陣依舊傳來那老者的聲音：「無禮之人已被處死，是在下治軍不嚴，讓姑娘見笑了。只是，老夫今年六十有三，倒是有兩位姑奶奶，都早已化作了黃土。」

說話之時，兩邊的鐵騎兵倏地展開一張大網，將陶花縛於其中，掙扎中聽見那老者的聲音：「本來不該綁你，但姑娘你實在太過兇悍，怕傷到王爺。」

落霞山一行人全都被俘，押在一間軍帳當中。

陶花雙手被牢縛在身後，兩個兵丁緊緊壓制住她，生怕她又甩出什麼暗箭。她被迫得身軀前傾，只能看見地面。聽到身旁的兵丁喊話：「請王爺吧。」

不一刻腳步移動，帳內進進出出，陶花費力仰頭，看見進來一個長鬚長者，目光威嚴掃視眾人。她猜想這應當就是王爺了，別過頭去不理他，只待發落。

那長鬚長者卻並不說話，又等得片刻，外面一陣疾風驟雨般的腳步聲，顯然來人行動極其迅速。帳門「嘩」的一聲被推開，幾雙腳踏進屋內。

陶花認得周圍都是一式一樣兵丁的軍靴，只有正中間一雙腳有些突異，也是一雙長靴，卻是不同的款式。陶花一見之下覺得十分熟悉，猛然想起這是契丹人愛穿的樣式，又想到剛剛交手時對方的服飾，心裡忽然一凜，「莫非這是個契丹降將？那我該多半認識。」

想到此處，陶花抬頭看向此人，是個黑衣少年。她本來估摸著會看到一張很熟悉的面孔，可真正看到時，又覺得陌生，她凝神想想自己確實不曾在契丹皇帝麾下見過此人。既然已經知道猜錯，她再定睛細瞧，心裡放下了多半熟識此人的念頭之後細看，竟又覺得並不完全陌生，眼梢唇角，依稀彷彿似曾相識。

陶花在這裡看了半晌的工夫，這人正一個個把他們幾個人全部審視一遍，大家全都是一色夜行衣，陶花位在最角落裡，到得最後才看到陶花這兒。此人看見陶花之後，面色驟然大變，一句話也不說逕直走過來，推開兩個兵丁伸手就解繩索。

陶花看他的面色和行動，再加上剛才似曾相識的感覺，知曉必然是舊識。她努力苦思，腦海中把但凡有點印象的契丹將領都慮過了一遍，卻還是對不上，轉頭再看向他，見他雙唇微抖不能成言，雙手也激動發顫，一時竟然解不開繩索。旁邊的兵丁伸手幫忙，才把縛著陶花的繩子卸下。

陶花立定身形，疑惑中瞪著這人，觀他行爲態度研判多半是友非敵，也就放下一些擔心。

那少年見她凝視自己，輕輕抿住雙唇，轉頭環顧一周後穩住聲音吩咐：「全都出去，把人也帶出去，別為難他們。」

最先進來的長鬚長者卻未即刻離開，反倒走近少年身旁。少年側頭低聲道：「鄭伯，你們先到外面去吧，過會兒我跟你說。」

陶花本來指望這少年開口說話後，從他聲音中聽出端倪，哪知聽了他聲音後卻更覺陌生了，連先前那一點點熟悉感都失去。

老者似顯憂慮，低聲勸道：「這女賊驍勇異常，王爺還是小心為上。」

少年哈哈一笑，「這是我從前跟你提過的陶姑姑，我說呢，哪裡又跑出來一個百步穿楊的女子。姑姑再兇，也不會殺我，她要真想殺啊……」他抬頭看陶花一眼，眼神中的笑意一閃而過，「那就殺吧，我認了。」

這一聲「陶姑姑」，頓時讓陶花醍醐灌頂，她再次細看這少年眉目，不是小滿又還是誰！

她一直以為小滿已經不在人世，而他正值成長年歲，體型外貌都變化甚大，聲音更是粗壯了很多，壓根沒想到會是他。陶花一時驚喜異常，抓住他的手臂細細上下打量。

小滿也是滿面歡笑，回握陶花手臂，仍覺不能表達，乾脆一頭撲進她懷中磨蹭。這是他當年做過許多遍的動作，那時他是個瘦弱小孩，伏在少女懷中尚是小輩，如今他已長成壯碩少年，這一撲竟然就將陶花給撲倒。

陶花身上的繩子雖然卸下了，卻仍在四周牽絆著，這一下撲跌就沒能穩住，狼狽萬分仰摔到地面，小滿倒在了她身上。

鄭伯在旁連呼「小心」，陶花因心中滿是喜悅，只覺滑稽好笑，並不覺疼痛，拍拍胸前人的額頭說：「快起來。」卻覺到他身子一僵沒有動彈。

陶花大驚，以為他是摔傷了，驟然驚懼詢問：「你怎麼了？哪裡傷到了？快跟姑姑說。」那時一路奔逃，陶花最怕的無非就是這個小孩子受傷，哪怕不是與敵人作戰，也怕馬行顛簸累傷了他。她彷彿又回到了當年，臉上盡顯擔憂之色。

他手一撐地站起來，微微一笑，本來不想說話，看見陶花面色緊張，低聲答了句：「沒事。」

陶花皺眉，「怎麼沒事？這麼重跌到地上。」她想也沒想就伸手到他腰間揉撫。

他退了一步，臉色有微微尷尬。

她有些不明所以，鄭伯在旁圓場，「姑娘先起來，王爺大了……」

她似乎明白過來，立時大怒，「你、你、你，你還害羞呢！當年尿濕了褲子換上我的穿，怎麼就不害羞！」

小滿苦笑，又有些臉紅，轉頭說：「鄭伯，你吩咐外面嚴防守衛，我要是不叫人，任何人等不能靠近。我這姑姑一向口沒遮攔。」

鄭伯點頭，「我知道，她還想當我的小姑奶奶哩。」說著向門外走去傳令。

陶花已經站了起來，「哼，王府規矩大，話都不許我說了！」一邊說一邊氣嘟嘟也要往外走。

在小滿面前，她向來不隱忍脾氣。就連在心愛的人面前，她也有不得不虛與委蛇的時候，可是在他面前，不必。他們見過彼此最狼狽的樣子，也有過最親密的依靠，萬里奔逃時常常十多天都不能洗漱，寒夜裡只能裹著她的大紅襖緊擁而眠。那時候，只有這一個懷抱可以取暖，只能給予對方全部的信任，好在，他們都沒有辜負這份信任。

他們兩個，是生死考驗過的交情。

陶花「咚咚」故意跺著腳往門口走，小滿過去拉住她，「這就走啊？我欠你那麼多東西，總得一樣樣還清吧。」

陶花揚了揚嘴角，頓住步子，「那是！你欠我一條命呢。」

鄭伯正走到門口，清咳一聲，顯然是覺得這話大逆不道。小滿也搖了搖頭。

陶花也覺這話過分了，好端端的咒他做甚，她以爲他死了的時候還不是拚了命去尋仇，何況，他現在顯然身分不同以往了。她低下頭，「呃，是我說話造次了……」

小滿依舊微笑搖頭，打斷她，「我欠你的，不止是一條命呢。」

她笑了，又抬起頭來，仔細想了想，「嗯，還有一條褲子，幾兩銀子，一件背心……」

他一邊大笑著，看了看鄭伯已經出去，一邊繞到她耳側來，悄聲說：「還有一個好夫婿。」

她怔住，嘴巴張得老大。

「像你的瀾哥哥那麼好的。」

她這才明白過來，收起大張的嘴巴，「那個……那個……」一下子有些羞澀。

小滿退後了一步，仰頭做沉思狀，「耶律瀾年紀太輕了，這個輩分好像不對。」

陶花沒聽懂，問了一句：「什麼輩分？」

小滿搖頭晃腦，「剛剛有人說，要做鄭伯的姑奶奶。嗯，鄭伯是我的仲父，這輩分要是算起來，那你就是我的太姑奶奶……」

陶花大窘，撲上去打他。他一邊招架，一邊威脅：「我這是報一箭之仇，你以後再敢提借褲子給我穿的事，我有的是你的短來揭呢！」

「喂，誰說是借啊，我那條大紅棉褲上面可還繡了花呢，也沒見你還給我。」

「你！」小滿咬了咬牙，捏尖了嗓子，「阿陶妹妹，我不要你做我的妹妹，我要你做……做……」

陶花撲上去狠狠按住他的嘴巴，「你再敢學瀾哥哥說話，我就告訴你媳婦兒你尿褲子的事！」

小滿卻是愣了一下，捉住她的手，「我還沒成親呢，我……我怎麼會成親？我……我……」他瞪著她，眼神裡有些著惱。

她毫無察覺，臉上帶著兇相畢露的得意，「那就等你成親了我再告訴未來的姪媳！反正我是你姑姑，也就是她的姑姑，她總得來見我！」

他聽見這話卻似想起什麼，抿了抿唇正色道：「其實，我也不比你小多少，你看我現在還比你高這麼多，能不叫你姑姑了嗎？」

陶花看他神色認真，也就細細思量了一會兒，沉吟道：「是啊，你現在當了王爺，那你的姑姑該是公主吧？我確實配不上……」

他連連搖手，「算了算了，還是先叫著吧，以後再說。」

「以後？以後你就不認我這門親了？」

「我認，太姑奶奶，我就是做了皇帝，這一輩子，你也都是我的太太太長公主。」

她顯然沒有被這麼尊貴「偉大」的稱呼給唬住，「有什麼了不起，算命先生說了……」

「是，算命先生說了，」他接過話來，「你將來是要亡命天下，命帶凶煞的。」

「胡說！」

「說錯了、說錯了，算命先生說的是，母儀天下，命帶桃花。讓我來想想啊，父皇雖然已經有幾百位美人服侍，多加一位也未嘗不可。」

陶花沒想到他是皇子，愣了片刻。

他接著說下去，「反正我欠你一個好夫婿，不如就把你送進宮去算了。」

陶花聽他說得有板有眼，立時羞怒，「我才不要嫁老頭！」

他笑了，湊到她面孔跟前，「那你嫁我？」

她不害羞了，一掌推開他，「我更不要嫁小孩！」

第五章 爭執

月亮爬上了樹梢。陶花與小滿在帳中席地而坐，互道別後種種。說的都是機密大事，帳外的警戒線一直到了數十丈開外。

原來小滿是當朝皇帝趙征的親生長子，本名趙恆岳，皇后于氏所出。老皇帝當年選儲之時，本來是選了趙征的哥哥——長子趙齊，可惜趙齊無嗣，爲了社稷安定，老皇帝命過繼一個族孫過去。當時還是王妃的于氏覺得機會難得，盼望著兒子日後繼承大統，就把小滿送了過去。沒想到趙齊和小滿兩人雙雙陷於契丹人之手，趙齊更是含恨病逝，反倒讓趙征撿收帝位。皇后于氏心念愛兒，不久也病逝，趙征於是立了寵妃田氏的兒子趙恆江爲太子。

從此朝中分爲兩派，一派審時度勢，擁順田家，力保當今太子；一派仍想著迎小滿回京，再圖後業，這一派人中有趙齊的舊日擁戴者，有皇后于氏族黨，也有朝中舊臣顧念老皇帝心願。

小滿從契丹脫逃之時，早有人報信給了兩方。他雖是個小孩，卻因自幼陷於敵國而經歷駁雜，素知人情險惡，之所以回來找開封府尹顧大人，乃因趙齊曾對他說過顧大人是可託付之人。顧大人確實是想幫助小滿，但當時皇帝並不在汴梁，田家勢力正在暗中大肆搜捕小滿，而直爽的陶花對答又十分高調，所以他只好演了一齣假戲，將小滿打暈，對外稱說已被他打死。

皇帝回宮後與小滿相認，封爲徽王，田家悔恨莫及，尋個藉口殺了顧大人。不過，趙征知道兒子回來雖然歡喜，卻禁不住田妃在枕邊日夜吹風，小滿從小就困苦掙扎，跟生於安樂、脾氣任性暴戾的親生父親也無甚共性，兩人相處並不算融洽。期待趙征改嗣顯然無望，擁戴小滿的這些人於是蟄伏休養，跟隨小滿研習契丹軍事，以期將來有厚積薄發之一日。

這次招安落霞是田家的主意，他們知道落霞山有許多江湖高人，慫恿皇帝讓小滿率本部親兵征伐，用心險惡可見。小滿卻覺這是個練兵的好機會，欣然前來。

陶花聽得天子家事如此複雜，不由微微嘆氣。她只覺若讓自己來應付這些那是難比登天，此時看看小滿，頓時面露憐惜，「你受了這麼多苦。逃命的時候，總想著你年紀小，要先顧著你，可是逃回來了，卻還是這樣。」說著右手撫上他的面孔。

小滿抬頭望住她，輕握她的右手，「這哪裡是苦？看見百姓受難、逼上落霞，卻不得不興兵斬殺，那才是苦。還有，」他微微低了頭，「五年來每天都在想念姑姑，到處派人查訪，還是找不到，那……那種孤單，才是真苦。」

陶花微笑道：「姑姑承你的情，我也一直內疚，當時沒能從顧大人手裡把你救出來。以後，有我，有落霞山這麼多好兄弟，你再不會孤單了。」

小滿知道她沒有聽明白，抬眼看了看她，「我早就知道，世上沒什麼可全心依賴之人，即使親生父親亦如是，所以我常常覺得孤單，多少人在身邊都一樣。當然，我對寄父，那是全心信任，因爲我們亂兵中共過生死；對你，也是一樣。」他看住她，雙目炯炯，手上微微用力想把她拉到自己身邊來，卻看見她抬頭打了個呵欠。

陶花在契丹的生活遠比小滿好，她的父親爲一家老小性命歸降了求賢若渴的契丹皇帝，她又與契丹太子耶律瀾同歲，青梅竹馬一起長大，多蒙他照應；儘管經歷了五年前一場巨變，卻又接著入了落霞山這個大家庭，所以她心思依仍單純，並不理解這種連親生父親亦不能信任的感受，自然也就不明白小滿對她的這份信任之分量。她睏倦難掩，打完呵欠，只隨意「嗯」了一聲。

小滿當即收住話頭站起身來，幫她把床舖理好，「你累了，在我帳裡休息，我到別處去。」他剛要出門，陶花一把扯住他，「差點忘了正事，我三哥呢？」

小滿頓住身形，先沒答話，回過頭來看見陶花滿面淨是擔心神色，不忍讓她如此，才趕緊開口說：「他沒事。我拿你的箭問過他，便不敢放他回去，怕對你不利。」

陶花含笑回道：「不會，我們拜過把子，都是生死與共的好兄弟。」

小滿微微沉吟，笑了笑，「既然生死與共，羅大俠又對你心心念的好，怎麼還沒嫁給他？」

陶花大笑著推他出門，「別瞎說！大人的事你不懂。快去睡吧，我都睏死了。」

第二天一早，小滿拔營回汴梁，交代羅焰和何四帶同眾人到後山居住，避人耳目。陶花本來沒想過跟他回京城，卻拗不過他軟硬兼施，只好同意。她先回山上取了隨身衣物，裝滿箭壺，而後跟大夥兒告辭。正站在山路上依依惜別時，卻見一名官兵飛馬上山來找她。

山腳下，小滿在營帳中踱步，邊走邊說：「幽州軍情定是刻不容緩，不然秦將軍也不會飛鴿傳書給咱們，讓田太師知道又是大麻煩。」

在旁的鄭伯點頭，「秦將軍沒有與契丹交過鋒，硬打興許能贏，卻必然損失慘重。好不容易拿到這十五萬大軍的虎符，如此損耗太過可惜。」

「是，田仲魁這隻老狐狸，軍權一直抓得死死的。原本，虎符向來都由秦府掌控。秦家是開國功臣，一門忠烈，世代爲我大周樞密使，就只有本朝，父皇多疑，太師專權。」

「那也正是爲此，秦家才暗暗投效了王爺，將來必可助咱們與太子一支較量。」

「那，鄭伯你覺得誰可擔當此行？」

「秦將軍說，契丹人用兵詭異，他知道咱們徽王府一直在演習契丹兵法，希望能找個熟悉契丹軍事的將領去助他，以期盡快退敵，又不至於太過傷損所轄兵力。其實麼，眼下有個再合適不過的人選……」

小滿垂首應道：「我知道，你是說姑姑，只是……」

鄭伯插話贊同，「陶姑娘在契丹十多年，熟悉那裡的官員將領、行軍布陣，再說陶洪錫精通兵法，當年在朝中便赫赫有名，他教養出來的女兒既能上陣，就必然不同凡人。」

「可姑姑畢竟是女子，行軍打仗多有不便。」

鄭伯笑道：「我倒是覺得，此行女子會更方便些。那秦將軍的脾氣滿朝皆知，清高自負，憑誰也不放在眼裡。派人去指導他用兵？怕是不出三天就吵個劍拔弩張，倒是女子說話更易入耳些。」

小滿笑起來，「難不成到了最後，還得讓姑姑來使美人計。」

鄭伯卻未笑，正色說：「這美人計是三十六計之一，就是使出來也名正言順，如今大敵當前，當然是方方面面都要顧慮周全。更何況，咱們也早已在用了，此次出兵，若非秦將軍以婚約相誘，田家又怎肯交出虎符給他。」

小滿點頭，「鄭伯你說得是，成大事不能顧慮太多。只不過，我不肯讓姑姑去戰陣冒險，她跟我才剛久別重逢，昨天又經歷苦戰，元氣尚未恢復……」

小滿還未說完，陶花一挑帳簾進來，「誰說我元氣未復？不服就上來單挑，別在背後說話！」

陶花一直想找機會報仇，誅殺契丹皇帝耶律德昌，而要殺這個馬上皇帝，就得先打敗契丹鐵騎軍。這回遇到如此良機，當然是不願錯過，更有鄭伯在旁撐腰，兩人雙管齊下，小滿不答應也不行了。

她想到是用人之時，又回山去叫何四和羅焰。羅焰擔心山上眾人安危，讓何四陪陶花去；何四雖然一向不願與官兵為伍，但聽到是契丹來犯，熱血男兒收拾了行裝就跟陶花啓程。晚秋夕陽，朔風古道，薄暮就要收盡最後那一點餘光。

小滿送陶花直到幾十里路之外。最後是陶花受不了了，行到了一處長亭，終於開口說：「就這裡，你不能再往前了。」

小滿眼中佈滿離別傷情，他摸了摸陶花牽著的白馬說：「不知道這『飛雪踏』還認不認得我？」

陶花卻是躊躇滿志一笑，「牠當然認得。我也認得，這裡才是我的國家。」寒風吹起她的紅衣，在滿天紅彩中獵獵舞動，她拱手向小滿和鄭伯一拜，「陶花告辭了，此番定傳捷報！」

小滿望著她，「姑姑，萬一有失，你也要好好的回來見我。」

陶花翻身上馬，飛雪踏前蹄騰空一聲長嘶，她回頭朗聲答道：「皮若不存，毛將焉附？陶花捨生忘死，也必退敵寇！」說罷轡繩一轉，白馬紅衣，率眾絕塵而去。

一場大戰才剛剛結束，陶花、何四和幾名徽王府親兵，馬不停蹄日夜兼程趕往幽州。

到得城外，但見己方軍隊營地縝密，秩序井然。正是晚飯時刻，炊煙升起，來往繁忙，忙碌熱鬧卻絲毫不亂。陶花暗讚這帶兵之人有才，問過哨兵即被帶到元帥駐紮的主帳。

帳外豎著一杆大旗，迎了晚風颯颯飄揚，陶花仰頭，見旗上寫著一個字，她卻不認得漢字。父親是武將出身，又加上她是個女兒家，就沒有刻意教她；耶律瀾倒是有老師教，也叫過她一起去學，她卻哪裡有那個心性坐下來認平時用不到的漢字，能認幾句契丹文就不錯了。

哨兵見她看那旗幟半晌，不無驕傲地說道：「這是秦將軍親筆，自然是好字。」

陶花一臉尷尬笑了笑，她懂什麼書法，只是看了那字半天確認不識得罷了。

不一會兒哨兵通稟完畢，帳內有人出來，引她往帳後走去。

陶花跟著來人，漸漸聞到煙火味道越來越重，最後忍不住嗆咳起來。狼狽之中聽見前面人說「到了」，她勉強忍住咳嗽，卻是沒忍住嗆出來的眼淚。一片迷濛中向前看去，一行人正圍在火堆旁烤東西，地上血跡斑駁，想來是剛剛打獵所得。

人群中一位青年男子長身而起，一身白衣潔淨清爽，煙火瀰漫下無半點邋遢，未著片甲，布衣素袍在夕陽中十分寧靜。他走到陶花身前，等發覺是個女子時便遠遠停下，微微拱手作揖。

陶花還禮，眼前仍是有些迷濛，只能不停擦拭淚眼，隱約中看見對方氣質清冽，行爲態度微帶點冷傲之氣，卻又被一身儒雅掩蓋得不露半分怠慢。她取出書信，朗聲道：「在下陶花，願助元帥一臂之力，擊潰敵軍。」

男子頷首，溫言回答：「秦文謝過。」說著命人接過書信，又喚兵丁過來帶陶花一行人安頓歇息去。

陶花日夜趕路，很是勞累，當晚連飯都沒入口，倒在床上便睡著了。第二天起來，覺得困乏已去，就到外面找人通報要見秦文。她自幼生長於契丹，兵法上深受父親教誨，有滿肚子話想跟周營主帥好好討論。

可是通報的人即刻回來，答說秦文出營打獵去了。

陶花不由微怒，契丹人打仗從來不講禮法，偷襲之事更是常事。哪像中原人等，宋襄公待對方軍隊過江之後才攻擊，還傳爲千古美談。如果敵人一早進攻，主帥不在營內，也不見有什麼布置，豈不危險？

她當即牽了飛雪踏，問明方向即縱馬而去。

追出去三四里地，卻仍未看見秦文等人的蹤跡。陶花覺得奇怪，又四面兜轉一番，依舊看不見人。眼看太陽越升越高，陶花覺得又餓又累，只好原路回營。

剛走到門口，卻迎頭碰見秦文帶了一隊人馬出去。

他今日已穿戴整齊，銀甲緊緊壓住羅袍，馬鐙上一對鐵槍擦著甲冑邊緣鏗鏘作響，全然不似昨日炊煙中入世的模樣。雖然一樣安閒隨意，卻彷若與人間隔開了萬丈冰淵，只有讓人聽命的餘地，再無閒談空間。

陶花長在契丹，再不經心也是懂些馬的，一眼已知他胯下戰馬是汗血良駒，神駿勇猛。那匹紅馬焦躁不安，四蹄翻動，一副隨時撲擊獵物之勢；馬上的人卻是沉靜如古井之波，勇力又內斂。

陶花爲他威嚴所折服，心底的怨怒散了一些，翻身下馬，先行禮再開口道：「我今早差人去請元帥，可帥帳裡的人說你去東南方打獵了。我四處尋元帥至此刻才回來。」她已猜到必是他屬下應付自己，他根本就沒有出去打獵。

秦文沉默一瞬，淡淡答道：「我有軍務在身，改日再與陶姑娘謝罪。」言畢即鬆韁而去，留下陶花一人在原地。

陶花倒是烈性女子，明知這是對方輕慢自己，當即大怒，本想再也不理會這人，隨即又想到這是兩軍交戰，父親自她幼時就教誨過「家事爲小，國事爲大」。她深吸幾口氣，平息怒火，翻身上馬去追這一行人。

陶花的騎術乃契丹名師所授，飛雪踏又是草原上萬裡挑一的良駒，片刻之間已提韁橫馬於秦文面前。因停頓甚急，紅衣尚在翻飛，飛雪踏長嘶立起。

秦文面上有不悅之色，陶花搶先開口：「元帥，我有些話要跟你說，請你移步。」

秦文尚未回應，他身側的親兵忽然笑了兩聲，「如果每位姑娘要跟我家將軍說話，我家將軍都要移步，那我們連汴梁城也出不了了。」

陶花臨行之前早聽說秦文性格冷淡孤傲，所以被他冷落雖然生氣，倒也算意料之中，可如今連一個親兵都奚落自己，今後如何服眾？她想到此，一言不發，袖箭甩手而出，正中那親兵面頰嘴側。

她發箭時早估量好力度，剛剛傷到那人而已，不至致命。秦文伸手來救，可近在咫尺又事起突然，況且桃花箭如何能防？竟是沒能救下。

那個中箭的士兵受痛哀號，失衡跌下馬去。周圍的士兵立刻躍下幾個去照顧同伴，其餘人等除秦文外全都提馬後退幾步，看陶花的眼神雖然有些敵對，卻再無調笑而變成敬畏。

秦文面色如舊，仍是冷淡無波，「陶姑娘傷我家將，意欲何爲？」

陶花傷人之時，便知道一旦出手，今日是無法跟眼前這人心平氣和談論軍務了。事已至此，她也不再隱忍，朗朗回道：「秦將軍，徽王書信說得明白，我熟悉契丹軍事，此行來助你退敵。可我幾番跟你說話，你都故意迴避。你若瞧不起人，我陶花倒也不在乎，只是延誤軍情、禍及國家，你我如何承擔得了？你這家將，哼，我原來聽說秦家軍個個驍勇善戰，若都似這般油嘴滑舌，訓誡一番也無妨！」

秦文沉默半晌，冷哼一聲，「多謝陶姑娘教誨我家將。只是我今日要出營與契丹約戰，恐怕無暇聽你高論了，等我此戰告捷，再來與陶姑娘紙上談兵！」說罷縱馬而去，眾親兵紛紛隨附。

陶花被他一句「紙上談兵」噎得反駁不出，只好帶飛雪踏避於路邊，冷冷看眾人離去。

第六章 鐵箭

陶花氣呼呼回營，一到帳中就先看見一大鍋米飯，當即皺眉，「大早晨的吃什麼米飯？」

何四拍手，「我也正說這事呢！咱們是跟著帥帳吃飯的，聽說那秦將軍祖籍在南方，從來都是連早晨也吃米飯。要麼咱們自己偷偷煮點牛肉麵吃？」

陶花看看何四，「四哥，你果然是兩手不沾陽春水，咱們既沒有麵也沒有牛肉，怎麼煮牛肉麵啊？」她嘆息著盛好米飯，「吃吧吃吧，多吃他兩碗飯也好！」

何四聽她言語不善，就沒答話。

過了一會兒，陶花猶豫著問：「四哥，你有沒有覺得，這個秦將軍，有點面熟？」

何四頭搖得像撥浪鼓，「不覺得，我沒見過長這麼俊的漢子，要是見過肯定記得。」

「他長得很俊？」

何四一口米飯噎在嘴裡，顯然對她這個問題十分驚訝，「五妹你眼睛長哪兒去了？看你一雙眼睛也水靈靈的，敢情中看不中用啊。」

陶花認眞想了想，「昨天見面，我被那煙火嗆出眼淚來了，沒看清楚。今天早晨，他重盔重甲，我又忙著吵架，所以沒顧得上看，就是覺得馬上的姿勢有點熟悉。」

何四臉上的驚訝之色更盛，「你跟他吵架？」

「啊，其實是他跟我吵，我只是還了一下口。」

何四攤開雙手，「我的小姑奶奶，你跟他吵什麼架啊！不看僧面看佛面，不看他這傻面孔你也得看咱這牛肉麵啊。」

「牛肉麵？」

「是啊，你跟他吵架，咱還怎去問他要牛肉麵吃呢？唉，眞是。」

陶花垂下頭，「一人做事一人當，等明兒個我去問他要。」

此後，陶花每天早晨去帥帳拜候，連續五天，每次都被秦文以各種理由避而不見。於是，米飯一共吃了五天，十五頓。

陶花尙能忍受，何四無論如何不幹了。他長久吃慣麵食，這會兒連連叫喚著沒力氣。陶花也有同感，即使吃得再多，還是覺得餓，北方人身體不適應米飯的緣故。

第六天早晨，陶花一拍桌子，「等我去要點麵食回來，軍營這麼大，總有吃麵的吧。咱們不能餓著肚子上戰場。」

她沒打算去找秦文，僅打算去帥帳找個親兵問問做麵食的伙房在哪裡。誰知，剛走到帳門口，恰碰見秦文從內快步走出。陶花走路一向飛快，秦文自幼長在軍營，從來都是別人避讓他，也就不怎麼注意對面。兩人正撞了個滿懷。

兩人都身有武功，同時躍後避開。等看清對方是誰了，又同時再退後一步。秦文退後是爲了與女子避嫌，陶花退後是因爲有點怕他。

兩人相視一眼。這次距離非常近，陶花又覺得他的樣子有些熟悉，她性情爽快，當即問了出來：

「秦將軍，我們是不是在哪裡見過？」秦文身後跟著的幾個親兵一齊笑了出聲。陶花奇怪地瞟他們一眼，他們旋即收住笑容，飛快地後退數丈之遠。

陶花莫名其妙，不理他們接著說下去，「我覺得你看著相當面善，好像在哪裡見過似的。」

那幾個退後的親兵掩住嘴，雖然仍是有笑意由眼角溢出，卻沒人敢說話。

既然沒人敢說話，秦文只好自己開口。他眼神冷冷的，連一絲嘲弄都沒有，只是十分淡然地回答：「姑娘，這話我已經聽過不下二十遍了。」

陶花愣了片刻，猛然明白了話中含義，立刻就臉紅起來，爭辯說：「我……我……」

他溫和而認真地接答：「我自幼長在軍營，不可能見過你。今日大戰在即，還是請姑娘讓路吧。」

陶花迷迷瞪瞪讓開路，等秦文去遠了才想起此行目的，當即大叫：「等等！」

饒是溫雅如秦文，也難免帶了些不耐煩回頭。

陶花嚷說：「我想問問，哪裡有牛肉麵吃？我吃不慣米飯。」

他微微皺眉，言語中帶了些斥意，「我們是來打仗，不是遊山玩水！」

陶花萬分失望，一邊盤算著怎麼安慰何四，一邊悻悻回帳。剛到帳外，卻見何四已然等了她半晌，忙叨叨過來問她，今天是周軍與契丹首戰，怎麼陶花自己回來了？

陶花頓時想起剛剛秦文提過今日有戰事，看來不是虛言。她頓覺一口怒氣衝上心頭，雖然恨得牙癢，卻也深知戰事不容耽擱，當下顧不得其他，匆匆叫上同來的弟兄，往秦文離去方向追趕。

陶花不熟悉地形，找路又耽擱了一陣，這幾番下來，追到陣前時兩邊軍隊已經交戰，遠遠只見人仰馬翻，沒有她插手的餘地。陶花帶著眾人，縱馬到一側地勢高處遙眺。

契丹軍前鋒是大隊輕騎兵，與周軍前鋒的重騎兵和戰車已然兵刃相交，契丹軍隊靈活，周軍盔重甲厚，一時分不出勝負。因爲契丹人善射，所以安排己方的重裝軍隊在前鋒可以減輕弓箭傷害；這裡平地作戰，一時不需要追擊敵人，正是重騎兵用武之地。陶花暗暗點頭，讚秦文指揮得法。

她看完兩軍戰勢，仰頭望向遠處。在自己對面一處土坡之上，秦文的帥旗高揚，陶花細望過去，見他正心無旁騖在馬上觀看戰局，其身周以及土坡之下置有一隊輕射手，以防游敵靠近己方指揮臺。

陶花再看向敵方，因爲相距遙遠，望不見指揮臺，只能隱約看見陣後的旗幟上畫著一副弓箭。陶花一驚，這正是她的授箭恩師哈布圖的旗幟。哈布圖是契丹軍中聞名的神射手，契丹皇帝耶律德昌特請他教授太子箭術，陶花也拜了哈布圖爲師，因此與耶律瀾相熟，且更得哈布圖寵愛與眞傳。

這一驚之後，陶花就往敵陣中細看過去，後面幾隊待命的騎兵個個身揹大號鐵弓，有數百人之眾，箭壺烏黑錚亮，沒有揹在背上，而是放在馬上，正是哈布圖的鐵箭騎射兵。一般士兵用的箭都是木杆鐵頭，雖輕便易射，然在這種大規模作戰的距離射到重盔甲上卻無致命傷害，哈布圖的這些鐵箭兵則不一樣，箭身箭頭是一體而成的堅固精鐵，配上特製的大號鐵弓，如同寶劍傷人。只是鐵箭太重，所以只有騎射兵，以馬負擔，並無步射兵。

陶花正在此處觀望著，敵營鼓響，那些騎射兵橫列成排，個個掣滿了弓，又一陣鼓響後，箭枝一齊放出。原來這些人在周圍已觀瞻多時，一爲等戰局變化，二來尋個合適的射發點，哈布圖並不想讓自己心血栽培的騎射兵輕易上陣，只是看苦戰多時不能得勝，希望憑此扭轉戰局。

陶花暗叫不好。這些騎射兵一輪輪放箭，箭壺空了之後，就換下一隊上前，前一隊下去補充箭枝。好在因爲鐵箭太重，一個人也帶不了太多，但如此下去，對周軍必然不利。

她微一沉吟，已生主意，轉頭交代過何四，自己則催馬趕往秦文所在的土坡。這些騎射兵的缺陷實在於防禦，只要一隊善戰的輕騎兵能夠靠過去近身攻擊，當即可破。但是她沒有士兵可以調派，只能去找周營主帥。

她剛停馬於土坡之下，就見秦文飛馬而下，自一個士兵手中拿過一面盾牌，高聲喊道：「有馬匹的，跟我走。」指揮臺附近全都是訓練有素的秦家軍近衛，當即轟然應一聲「遵命」，一支幾十人的小隊迅速形成，隨秦文而去。

陶花本來希望他能從戰場上抽調些人過去，雖說臨時從戰場上撤下正在參戰的隊伍會動搖軍心、紊亂戰局，可是這麼小一股隊伍過去，著實有些行險。陶花看他已走，遂就衝何四遠遠一揮手，何四便帶著弟兄自另一側往鐵箭兵衝過去。

陶花縱馬高臺之上，細細觀望。見秦文一馬當先，向鐵箭兵隊伍疾馳而去，等對方發現朝這邊放箭時，已經相距甚近。秦文一手持盾，一手持槍，鐵槍翻飛中箭枝紛紛落地。這些鐵箭兵全都集中射向跑在前頭的人，跟在秦文身後的士兵就安全了許多。何四那邊亦有箭枝過去，遠不如這邊猛烈。偶有人中箭落馬，秦文自己和胯下戰馬也中了幾箭輕傷，卻毫無停留，反倒更迅速往敵陣中衝擊。

箭兵擅於遠處傷敵、靈活作戰，近身攻擊時往往勝少敗多，訓練一個優秀箭兵又十分不易，哈布圖通常會教諭他們，避免面對面的硬仗，遇到近距爭鬥時以保存自己實力爲先，換句話說便是逃跑。此使得這些鐵箭兵占優勢時盡可發揮，稍遇到點問題就容易自亂陣腳。秦文還沒到近前，已經有人開始後退，若非哈布圖訓練有方，只怕他們早已全隊退後了。然而，汗血寶馬如何能讓他們輕易跑脫，秦文扔掉盾牌，雙槍拿在手中，衝過去一槍一個，兩名鐵箭兵同時落馬。後面的秦家軍和何四接著趕到，衝入鐵箭兵陣中。

陶花在高臺之上，遠遠望見秦文白衣紅馬，在敵陣中如入無人之境，不多時已刺殺十數人，銀甲變成了血紅，十分刺目。正稍稍放心時，卻見遠處鐵箭陣後旌旗移動，幾人簇擁著中間一個黑袍白髮之人走上前來。

她不由擔心，雖然看不清面目，此人必是哈布圖無疑。哈布圖箭術超群，馬術亦精良，平時連甲胄都不穿，以讓自己拉弓不受限制。

陶花遠遠看見這黑袍之人手臂動了三次，當下再不猶豫，急催飛雪踏往敵陣方向奔去。哈布圖臂力奇大，可以在頃刻間連發三箭，而且箭箭都不失準頭。三箭瞬間齊至，極難躲避。哈布圖剛才手臂連動三次，必然就是在箭壺中取了三支箭出來。

陶花在馬上奔馳，看見哈布圖對著秦文拉開了弓，心內越發焦急，出聲示警難及他耳中，何況哈布圖的三連箭就算是提早知道面對面看著他射，也是難以逃脫。她別無他法，從背上抽下鐵弓拿在手中，陶花所用鐵弓是東洋玄鐵所製，結構精巧，比尋常鐵弓易拉且力強，契丹軍中僅此一把，乃是當年她在箭術比賽中奪冠時，契丹皇帝親手授予她的寶弓，恰彌補她的臂力不足。

她又在箭壺中摸出一支鐵箭，搭在弓上。因爲鐵箭沉重，遇風時更易控制準頭。她剛剛搭好箭，就看見哈布圖第一支箭已經發出，當下再無細思的餘地，手中鐵箭離弦而出。

秦文看見有一支箭往咽喉過來，倒也不以爲意，左手揮槍掃開。那箭的勁道卻比他想的要強，手臂振得一麻。左臂還未恢復過來，右手槍正刺在一個鐵箭兵身上，不及回撤之時，第二支箭已到了。他吃了一驚，在馬上後仰，堪堪躲過第二箭。鐵箭兵看他仰於馬上，立刻有人過來襲擊，秦文瞬時一挺腰，左手槍刺入右前方趕過來的鐵箭兵腹中。此時，第三箭已在他腰腹前一尺之處，再無迴避餘地。他甚至都能清楚看見，那箭尖上綠油油的奇異光影，一看便知必有劇毒。

秦文心內不由嘆息，自己性命並不足惜，馬革裹屍是英雄，可是，十年之內，朝中再無可抗衡契丹之將；十年之後，呵，恐怕等不到那個時候，大周已亡於契丹之手。他心念電轉間，猶不及哀傷，卻見斜刺裡一枚短小些的鐵箭突至，正擊於那毒箭箭身正中，「噹」的一聲，小箭力盡落地，毒箭被擊得偏了方向，擦著他身側斜飛出去。

要擊中行進中的箭枝，原是極難的。哈布圖這一箭，速度夠快，他距離秦文也比陶花近，等陶花瞄準而阻擊根本不可能。陶花能夠擊中，只是因為她對哈布圖三連箭的方向速度太過瞭解，她發箭之時，只管自己箭枝的方向，靜等著大箭按預想方位撞上來。而剛好，哈布圖就按平時慣用的手法，未加改變。當然，這麼遠的距離，又是在奔跑的馬上，能把方位控制得此般精確，亦非要陶花這樣的箭手才能做得到。

秦文得脫大險，倒抽一口涼氣，指揮臺上的士兵原原本本看到了剛才的一幕，全都高聲叫好。秦文回頭遠遠望了一眼，自敵兵身上抽出雙槍，急催戰馬向前奔去。他不再殺路上的鐵箭兵，只直奔哈布圖的方向而去。

哈布圖從來沒有近身作戰的準備，這次失利，也完全是意料之外。當下別無他路，慌忙撤退，眼看秦文風馳電掣般奔過來，他連指揮命令都不及發出便縱馬而去。

陶花早轉身向己方指揮臺招手，示意擊鼓。指揮臺上的士兵此時人人信服於她，毫不猶豫立即按她指示行事。周營鼓聲大作，群情振奮，正在交戰的契丹軍抬頭看時，看見己方的帥旗半掩後撤，鐵箭兵也被殺得七零八落，頓時一片混亂，一齊隨主帥逃跑。

這一戰周軍大勝，契丹軍死傷無數。待戰俘安置妥當、收兵回營之時，日已偏西。陶花一天沒有進食，已經飢腸轆轆，回營之後先打算吃飯，可是才一入營門，就聽見四處在說，今晚要飲慶功宴，所以晚飯免了。她心想自己可再也等不了了，急急回帳找人想辦法。

還沒走近帳篷，先遠遠看見一人跪在門口，手還捂著腮幫。陶花愣了一下，看他服色是秦文親兵，怎會在這裡？她走到近前，那人看見紅鞋踏入視線，當即咚咚磕頭，口裡嚷嚷著：「陶姑娘恕罪。」

陶花命他抬頭，一看見腮幫上的血痂，才想起是那天早晨被自己袖箭所傷的士兵。她看他像是跪了半晌，心想秦文未免過於嚴厲，揮手命他起來，「無妨。你家將軍也太較真了，小事不值一提。你去吧。」

那個士兵倒是站起來，卻不動，苦笑著回答：「我家將軍倒沒提姑娘口中那件小事。」

「提不提都不打緊，你回去吧。」

「那個……我家將軍提的是，陶姑娘初來此地，人生地不熟，」他的臉越來越苦，「他命我來當你的隨從，帶你熟悉各處情況。如果……如果陶姑娘再有什麼事情不順心、生了氣，我的腦袋就不保了。」說罷又跪地磕頭，「我叫金德貴，兄弟們都叫我小金，以後便在陶姑娘帳下聽候差遣了。」

第七章 故人

小金極為健談，愛嚼閒話，就是有些抓不著重點，把軍營裡裡外外的事情跟陶花一樁樁說了個清楚，連秦文家幾個兄弟姐妹都數了一遍。陶花雖然很想吃點東西，數次打斷話頭，可是小金這三寸不爛之舌總能立刻接上話茬。到最後陶花只好放棄了此念頭，只等晚上一起迎慶功宴。

小金說到秦家如何終日媒人盈門的時候，尤變本加厲地誇張了一通，算為自己今天早晨口出惡言變相解釋一下。秦文生得英俊，文武全才，又是歷代執掌兵權的秦家唯一繼承人，自然受到眾多關注。

陶花聽罷一笑，「早知道秦將軍這麼忙，我就不去添亂了。多謝小金你提醒我，以後我少跟他說話便是。」

小金急忙大大搖頭，「不是不是，陶姑娘你這樣的人才，跟我家將軍才正正般配。」說完又趕緊捂嘴，怕自己冒犯了陶花。

陶花生長在草原之上，混跡於綠林之中，對男女之防並不太上心。她在契丹時跟耶律瀾在一起，從不避諱眾人，大家也不覺得有甚不妥，只羨慕小兒女的甜蜜。那時，人人也都說他倆最是般配，可結果又如何呢？

陶花苦苦一笑，「般配不般配，也要先看喜歡不喜歡。就算是喜歡，也未必有緣。」

小金聽得這話只覺深奧不解，遂就不再追問，換個話題說起今日戰事，說到「將軍抓了那個老黑怪，拿下了他的弓箭，扔到我跟前，我以為是叫我綁呢，沒想到他是叫孫二哥去綁，對我說：『小金，你別在這裡跟著了，先回營聽陶姑娘發落你吧』」之時，陶花愣了一會兒才反應過來，趕緊追問：「他抓了哈布圖？」

「誰？喔，是，好像是叫哈什麼圖。」

陶花即刻起身，「帶我去帥帳。」

陶花到的時候，帳外已然擺開了宴席，不停有人向她躬身行禮，小金跟在陶花身後極爲得意，時時替她引見一下這個，閒話一下那個。陶花不及細聽，快步踏入帳中，小金正跟帳外士兵說通稟一聲時，看見陶花早衝進去，只好也跟著進去。

秦文看見陶花闖進來，微微一笑。小金在後頭立刻低聲咕噥：「將軍笑了，秦將軍笑了！我跟了他八年，這才是第三回看見將軍笑呢。」

陶花無暇理他，先掃視帳內，不見有戰俘。她急問秦文：「哈布圖呢？」

秦文向門外一指，「在我親兵帳內押著，兩人輪班看守，跑不了。」

陶花不及答言，疾步轉身出帳往他指向的帳篷走過去。一進門，就看見哈布圖被五花大綁，坐在角落。陶花五年未見哈布圖，白日戰場上不過是道影子而已，此番一見之下，恩師頭髮已經全白，比五年前更蒼老了些，綁得結結實實像個粽子坐在地下。

一見故人，往日種種俱湧上心頭，陶花撲過去跪倒在地，牢抓著哈布圖被綁住的臂膀，哽咽一聲「師傅」。哈布圖見她過來，又驚又喜，細細上下打量，「花兒，是你嗎？你怎麼在這裡？來，快給師傅鬆綁。」

陶花趕緊解開繩索，哈布圖空出手臂，撫著陶花面龐說：「五年了，是嗎？咱們草原上這朵會射箭的花兒，讓瀾兒天天念到現在。」

陶花聽見提起耶律瀾，不由一震，「瀾哥哥，他……他還好嗎？」她從小叫慣了「瀾哥哥」，如今是大姑娘了，這麼叫法不明就裡的人恐怕會覺得太過親密，可是陶花和哈布圖都習以爲常。

哈布圖面有憂色，嘆息道：「他咳嗽更重了，有時晚上咳得睡不著。他常常會提起你。」

陶花眉頭一皺，一陣酸楚翻湧心口，正努力平復情緒之時，聽見帳內一聲清咳。

她回頭，看見秦文正站在帳篷一角。他剛剛不明所以，一路追著她到了俘虜營帳。

哈布圖看見秦文，冷哼一聲轉過頭去。陶花起身扶起師傅，「我送您出去。」

兩人走到帳門口，秦文面色沉鬱，「周營是這麼容易出入的嗎？」

陶花剛才與哈布圖對話全都用契丹語，此時便跟秦文用漢話解釋一遍：「這是我的授箭恩師，我要送他出去。」

秦文停頓片刻，明顯不願跟陶花正面衝撞，「此事關係重大，我須稟過徽王由他定奪。」

陶花毫不停頓，「若是徽王因此怪罪下來，由我承擔！」

秦文看著她，「國家大義，豈容如此兒戲？」

陶花凜然回視，朗聲答道：「我的師傅只是箭手，並非契丹皇帝，你留住他，於戰局無任何幫助。他年事已高，我一身本領都是他所授，當年我從契丹逃出，也是他老人家抗旨才放我一條生路。若是師徒、朋友間的小義都不能顧及，又何來大義？」說罷即帶哈布圖出了帳門。

秦文苦笑搖頭，終是沒有強留他們。

陶花本是性情中人，待人最講義氣，不論大義還是小義，對她來說皆願傾盡全力維護。她送恩師到營門口，指明方向，又從士兵手中牽了一匹馬給他。

哈布圖點頭作別，等走出兩三步，又回頭道：「花兒，其實，這次出征乃是太子殿下領軍，你要不要見他？」

陶花呆了一瞬，輕輕搖頭，「過去的都過去了，只要他好好的，那就好。」

陶花送別哈布圖，回到帥帳中。帳內已經坐滿了軍中將領，正等著開席。

秦文眼望門口，瞧見陶花進來，即刻端起一杯酒走上前。諸位將領察現秦文離席，也一齊把目光挪向這邊，看見是陶花，就全都站了起來。

秦文將手中酒杯遞與她，揚聲說道：「今日大敗契丹，我周國已有多年未曾打過這般痛快的仗了。頭功自然歸於陶姑娘，這杯酒是周國百姓敬你，保住我邊境不受敵擾。」

陶花當此情景，就是刀子也得喝下去，客套一番接過酒杯，一飲而盡。

秦文拿過酒壺又斟上一杯，「陶姑娘來時匆忙，我們不及給你接風，這第二杯酒是大家一起敬你。從此後，你在我秦家軍中，無人敢不服！」

陶花一晝夜未進粒米，酒意上來有些頭暈，可這杯酒同樣不喝不行，當下咬咬牙，也飲盡了。在座諸人跟著飲盡了自己杯中酒，空杯示敬，歡呼聲過復坐下，三三兩兩觥籌交錯，吵吵嚷嚷的熱鬧非凡。

在這一片鬧嚷聲中，陶花只覺有些恍惚頭暈，模糊中看見秦文又替自己斟滿了一杯酒。恍惚間，她似聽他低聲說道：「這第三杯酒，是我給你賠禮，我本來看輕了你一個女兒家，多有怠慢。請陶姑娘恕罪，恕在下無知，不知巾幗之中，有如此英雌……」

也不知道是因爲他聲音漸低，還是陶花眩暈漸甚，後面的話陶花沒有聽清楚，只覺天旋地轉，一個踉蹌之後再無知覺。

陶花是被香噴噴的牛肉麵味道喚醒的，她睜開眼睛，頭一眼看到的是小金。小金一眼不眨地守在她床前，看見她醒了，即刻大叫「陶姑娘醒了」，讓外面的人傳話出去。陶花勉強起身，端過桌上的麵就狼吞虎嚥，小金在旁邊不停幫她吹氣，怕燙著她。

吞下大半碗之後，陶花問：「我昏了多久？」

小金伸出一根手指，「一夜。將軍聽軍醫說你是餓著了，就讓人每隔一個時辰送一碗熱麵過來。」

陶花聽到此言，剩下的小半碗麵連碰也不敢再碰，又放回了桌上。她總覺得，如此冷傲的秦將軍熱情起來，那是件挺讓人害怕的事情。他又不是小滿，欠著她一條命加一個好夫婿，何須如此體貼？

外面天色已微亮。她從帳縫裡望見，剛要起來，卻覺全身還是軟綿綿的無處使力。小金急忙扶住她，「你先別動吧，再歇歇。將軍說你一醒便喚人通報，他人應該快過來了。唉，你要是再有個半點閃失，他眞得把我拿軍法處置了。」

陶花笑道：「我閃失了豈不更好，少個人攀著你家將軍說話。」

小金皺眉作無地自容狀，「陶姑娘我求求你，別再提這事了，再提就眞要拿我處置了。你現在是我家將軍的寶貝，我可從來沒見他這麼高興過。我家將軍爲人清淡，我跟了他這麼多年，這才是第三次看到他笑呢。第一次，還是五年前他拿武狀元的時候，那時他才是個十六歲大的孩子；第二次見他笑，呃……」小金忽然似有悔意，開始含糊其辭，陶花也不點破，他馬上就跳到了第三次，「從昨天，我看到他笑了好多次，連我都替他開心。」

陶花微微頷首，「大敗契丹，你家將軍當然高興，跟我沒甚關係。」

小金點頭，「我問將軍的時候，他也這麼說。他說武狀元那次，他尚不懂事，爲一己功名而笑；第二次，呃……第二次他沒說；這一次麼，是爲家國天下、爲黎民百姓而笑，所以笑得久一點。不過啊，要我說，怎麼能說跟陶姑娘沒有關係呢？沒有陶姑娘我們能打勝仗嗎？」

陶花微笑著好奇打岔道：「他第二次笑是因爲什麼？你跟我說說吧。」

小金忸怩不安，仍是不好開口。

陶花微微一笑，「我聽人說，小金知道的事情最多，也最會說話，所以秦將軍才把小金安排到了我這裡。」

小金更加忸怩，這次卻開了口，「第二次麼，唉，無非是兒女私情……」話音未落，帳簾忽被挑起，秦文走了進來，一進帳先定定瞟了小金一眼。

陶花無端讓人打斷，十分不悅，連著昨天被怠慢的怒氣一起，將面孔沉下來，「將軍，你進我營帳不該通報一聲嗎？我畢竟是個女兒家，怕見人。」

秦文目光掃視帳內，直言：「這裡，似乎是我的營帳吧？」

陶花四顧，果然不是自己的住處，不由尷尬。秦文卻無問責她的意思，接著說道：「你昨晚進帥帳也沒有通報，我以爲這是你們契丹人表示親密的意思。何況，小金也在帳中，有什麼狀況是可見他卻不能見我的？」他說到最後臉色完全沉下來，小金嚇得雙手連頭亂搖，「沒有沒有，將軍我這就出去，這就出去。」

小金連滾帶爬挪出去，陶花忽然覺得有點不自在，面孔轉向帳壁不說話。秦文到她床邊坐下，端過一旁桌上剩下的小半碗麵，「吃飽了嗎？」

陶花點點頭，卻不看他。

他叫人來把麵收了，待眾人都退去後，緩聲說：「行軍中烹製食物不便，戰鬥中的軍糧其實都是乾糧，北方人應該吃麵做的乾糧多些，南方人可能吃米做的乾糧多些，但無論如何都是吃不到牛肉麵。你能吃到新鮮米飯，也只是因爲跟著帥帳的伙食，並非我虧待你。」

陶花從未參加過實戰，平時聽父親提起戰例也甚少講到飲食，這會兒難免有些慚愧，低頭不語。

秦文見她如此，立刻和聲安慰：「無妨，我知道你不是個嬌氣的姑娘，若是嬌氣，練不成這麼一手好箭法。以後，我留著意給你做麵就是了，今天這些是昨晚連夜快馬到幽州城取回來做的。」

陶花終於無法坐視，開口說：「不用了，是我不懂事，給你們添了這麼多麻煩，竟還要勞累士兵半夜趕路……」

秦文一笑打斷她，「你是不知道，昨晚我說誰願意去一趟幽州幫我取麵，沒一個應聲。後來我說是陶姑娘想吃，嘩地一群人全都站起身來了。」

陶花低頭笑笑，有點不好意思，也有點微微的得意。

秦文接著說下去：「雖然飲食上我沒虧待你，但……」他望住她，含笑凝眸，「姑娘，你我確是舊識，請恕我昨日言語衝撞。」

陶花一怔，「我們果眞見過面？」

他微笑點頭，自隨身箭囊中取出兩支箭來遞與她，一支木箭，一支鐵箭，箭頭上都鑄著一朵桃花，春意盎然。木箭的箭尖已經不甚明亮，變得溫潤圓滑。

她一眨不眨看著，猛然就大怒，「你竟敢偷翻我的東西？」

他聞言苦笑，「姑娘眞的這麼健忘？」

陶花仍是不解何意，只去查看自己的箭囊，想看看裡面的箭枝有無短少。

秦文一邊苦笑一邊搖頭，抬手解開自己的領襟，推開衣服，健碩的肩膀緩緩露出來。他外貌清俊，身上的筋肉卻一點也不瘦弱。

陶花立時震驚，緩過神來後就往床裡面躲，驚懼地囁嚅：「你做什麼？」這還是她頭一回瞧見一個成年男子裸露的身軀，心裡頭頓時七上八下的，臉色變得通紅。

他已經解開左肩的衣服，指著肩上一處傷疤說：「這是拜姑娘所賜，你還記不記得？」

陶花回想起來，這必是她五年前帶著小滿過燕子河時遇見的白衣少年，她和小滿還爲了他鬥嘴半晌。

此刻她緊靠在床內，面前是個半裸的男子，心思完全混亂，顫抖著問他：「你是不是要尋仇？」

秦文繼續苦笑，「你想哪兒去了？我要是想尋仇，還用得著半夜替你尋牛肉麵去？再說，當年也是你手下留情，難道我會看不出嗎？」

陶花啞然半晌，依然抖個不停，「那……那你要做什麼？」

秦文望她一陣，忽然笑得側開頭去。回過頭來時，他帶著滿眼笑意睨她一眼，把衣服重新掩好，說：「我什麼也不打算做，是否讓姑娘失望了？」

陶花在情事上笨拙些，想了半天才意會這語中隱義，頓時羞惱得抓起手中箭枝就想往他身上扎去。

秦文握住她拿箭的手，「是你不停問我要做什麼，其實我什麼都沒想做，只是不忍讓你一個姑娘家獨自胡思。」

陶花的面孔已然紅似煙霞，用力想抽出自己的手，卻是怎麼都抽不出來。他含笑望著她，也不說話，就那麼握著她的手。她只覺心神激盪不堪，手中鐵箭「噹啷」一聲落到地上。

就在這一聲當中，她猛然一凜，想起來這桃花鐵箭是耶律瀾命人鑄造送給她的。鑄造之前，用她的玄鐵弓，試過了十餘支不同大小重量的箭，每一支都陪著她試射，選出最中意的一支木箭和一支鐵箭。木箭共造了九千支，鐵箭鑄了九百支，他說，漢話裡面，這叫做「長長久久」。這朵桃花，是他瞞著她加上的，爲此她的爹爹大怒，後來還是師傅哈布圖來跟爹爹說情，勉強才說通了。

如今，雖然她用的早已不是當年鑄造的那批箭枝，後來這些卻一直仿了當初的分量樣式。雖然她也知道自己和耶律瀾已再無續緣的可能，他們卻始終沒機會明明白白把話說清楚，聽哈布圖說，他還時常念著她……想到此，陶花的臉色頓變得凜然端正，坐直身軀不再動作。

秦文見過的姑娘太多，早就百煉成鋼。他見此情景立刻明白，眼神一滯便放手，正色道：「我對姑娘不敢有半分輕薄之心，請別誤會。自五年前相見，我即惦記著姑娘紅衣白馬，箭技騎術當世無雙。沒想到竟有重逢一日，也算是上天眷顧。」

陶花抽回手腕揉撫，儘管神色端正，被他連番誇讚難免有些飄飄然。

他拿起那支桃花鐵箭看著，這鐵箭射在廣漠戰場之中，那也得費番力氣才能尋到，想來是他十分用心。半晌他又開口：「我性命是姑娘所救，無論怎樣報答都是應該的。只是，今日我另有一個不情之請，不知道姑娘願不願再幫我一次。」

陶花在飄飄然中拍了拍胸脯，「那是當然。說吧，是想讓我夜探敵營還是幫你訓練箭兵？」

秦文瞅著她，眼中帶著一絲猜不透的誘人，「我想請姑娘與我演一齣戲，假扮愛侶。」

第八章 假戲

故人相見，床頭談心，本是旖旎情狀。秦文卻坐在床前，把朝中局勢一點點講給陶花聽：「秦家暗托於徽王帳下，姑娘若是於我有意，那便再好不過。如今咱們徽王派系足可與田太師一鬥，只是王爺礙於父子兄弟情分，有些猶豫罷了。咱們兩人結親，田太師必要發難，到時局勢逆轉，勝算有一半以上。

「只可惜姑娘對我無意，那只好請姑娘幫襯演這一齣假戲。一來，可以分明局勢，幫徽王下定決心；二來，此次出兵，是以婚約換了虎符，我回去就再也拖不住，非得迎田家小姐進門了。我不想與她共度一生，然過門後若再有變動，我秦家可也失不起這個臉面。」

他開口求人時低眉頷首，姿態伏低，與初次相見時那不冷不熱、卻分明拒人千里的神氣大不相同。

陶花默然半晌，喃喃說了一句：「中原政事竟如此複雜，連情事都要牽扯其中嗎？我若眞的有意於你，你所謂的『再好不過』，也只是爲了我的身分嗎？」

秦文低頭，不與她目光接觸，「國家動亂非常之時，理當心在千秋功業、家族榮辱。我也知道這對姑娘清譽有損，當初我布虎符這一局時亦是想妥：要是眞逃不開，這一生便只好與她相對終老。這也是沒有辦法，都是爲了秦家的將來、徽王的天下。」

陶花沒有答言，秦文看她並未拒絕，就接著說了下去，「這件事鄭伯在密信中曾提過。他說你在汴梁亦無甚親人，不論結親結友俱是好事。我家世代襲爵，雖然當朝軍政布局錯綜複雜，我家……」他一笑，「也差點給媒人踏破。我的命到底是你救的，我們兩個想在一起可謂是再自然不過之事，旁人不會生疑的。」

陶花聽見這事經鄭伯首肯，就知推脫不過，於是笑道：「我在契丹時知道的規矩，是女方欠了男方家的人情，才會嫁過去。怎麼，中原風俗是要男方欠了人情才娶的嗎？」

秦文大笑，知道她已示答允，便拿鐵箭在她肩頭一敲，「你去打聽打聽，看我要不要施人情才能娶到妻子。」

陶花當仁不讓道：「你也去契丹打聽打聽，看看人家都是怎麼給我家送人情的。」

秦文聽見這話，收了笑容自懷中取出一封書信放在桌上，「今天早晨，契丹來使送了這封書信，是契丹太子耶律瀾親筆。」

陶花一骨碌爬起來，抓過書信小心展開。書信是漢文寫就，耶律瀾精通漢語，一手蠅頭小楷寫得極秀麗遒勁。

陶花卻不認得漢字，她又將信放下，問：「他信中寫了什麼？」

「他信中說，兩國交兵，生靈塗炭，希望周營主帥能與陶花姑娘過去一談，以期講和。」

「那你作何打算？」

「我已捎信給徽王，呈報我們倆可以一試，若能免用兵之禍，也就值得行險一回。」

陶花想了想，「你去就成了，我去多半拖累你。我只懂射箭和馬術，馬上兵刃遜你太多，到時若真有危險，你一個人大可在萬軍叢中殺出一條血路，帶著我便難了。」

秦文看看陶花，嘴角微微揚起，「我獨自前去，難保耶律瀾不給我埋伏下火砲炸藥，有你同去反倒能令我放心些。」

陶花愣住，揣摩他話中意味，稍一尋思，即問道：「你懂契丹語？」

「知己知彼，方能百戰百勝。」

陶花面紅低頭，明曉自己與哈布圖的對話必然全被他聽懂了去。

秦文站起告辭，臉色復又凝重，「你先在我帳中好好休息，假戲之事絕不能讓旁人知曉。」

陶花點頭，「我明白。」

「除了我和鄭伯，還有我家老祖母，就連徽王都不知情。」

她微覺驚異，「小滿也不知道？」

「徽王待你恩重，萬萬不捨得拿你冒險去觸太師的霉頭。何況，我們本就是為了勸徽王早日下定決心，再拖下去於我方不利。」

她正色點頭，「將軍放心，陶花明白國事大義。」

天已大亮。晨練收隊的呼喝聲此起彼伏，周營中一片秩序井然。

秦文步出營帳，面色深深，又微帶了些睏意。其實他一宿未睡，這會兒又得去巡防並安排昨日戰後的傷兵、給養等各項。

朝陽映照他清逸冷俊的面孔，他在光影中回首望了望自己剛剛走出的帳門，眼中掠過一瞬說不清的纏綿。然而那只是一瞬，他立刻便搖了搖頭讓自己清醒些，眼神也重新變得如刀似鋼，終於振奮精神，大步離去。

當日天氣大晴，萬里無雲。過了晌午秦文就帶陶花巡營，一處處帶她認識軍中各重要將領執事，再無保留。這支軍隊不過才剛剛交到他手上，已是軍容威嚴、有模有樣，頗符鄭伯口中稱讚的秦家軍風範。陶花曾受父親教誨過帶兵用兵之道，心裡讚歎不已。

秦文在人前人後都對她十分親近，且從不避言仰慕之情。陶花被他怠慢所積的怨怒慢慢散去，重新審視此人：才華品貌都是上乘，又對自己處處溫柔體貼……雖知是假戲，也生了好感。短短數日，兩人已經相熟。

往後的日子，默契備添。陶花把在契丹軍中所見所聞和盤托給秦文，他則細心揣摩聆聽，及時調整士兵訓練和戰備規畫。白日練兵，往往都是晚上在帥帳秉燭夜談，兩人談及軍事常不謀而合，大有相見恨晚之憾。有時興起談得晚了，或者一人太過勞累瞌睡了，另一人覺得話還未說夠而不捨離去，就一塊在帳中席地歇息。軍中諸人不久全都知道這一對小兒女如膠似漆。

又過了數日，小滿的書信到了，答讓他們自己安排即可，不必事事請示，又大大褒獎剛打的勝仗。

秦文讀信後，嘆道：「徽王英明睿智，愛才信才，乃百年一遇的明君。若能承繼大統，周朝必可得數十年安定。」

陶花從未從這角度看過小滿，在她眼中小滿一直是個不怎麼懂事的小孩，大家口中的「徽王派系」，在她耳中「派系」是主，「徽王」是輔。不過聽人誇他，還是很高興，畢竟她把他當作自己的親人。

陶花正笑得合不攏嘴時，秦文又補上一句：「這話我只說給你聽，即使在幽州軍中也不能外傳，免起禍端。」

陶花連連點頭，「我明白。你放心，小滿跟我是親人，我必然處處小心維護他。」

「親人？」秦文疑惑地覷她一眼，「我只聽人說，你是徽王的救命恩人。怎麼，你們還是姻親？你是先太子、皇上還是于皇后那邊的支系？」

「不是不是，」陶花急忙搖手，「我們……唉，不是那樣，就是跟親人一樣，但並無血脈聯繫。你聽明白沒？」

秦文顯然更不明白了，他咀嚼半天陶花這句話，凝視她半晌，又突然展開書信重讀一遍，自言自語道：「嗯，字字如金的軍情密信中，他還特地提醒你塞北寒涼多添衣服，還囑咐我做些麵食給你吃。」

他面色凝重起來。良久，秦文一字一頓道：「陶花，你可千萬別告訴我，徽王與你有私情。」

陶花聽他語氣極其鄭重，又連名帶姓喚自己的名字，遂也一臉嚴正地聽著。聽到最後一句，對她來說實在太過突兀且荒謬，忍不住爆出一陣大笑。她笑得彎下腰去，「你……你想法也太突異了，我是他長輩。長輩你明白嗎？就像母親、姑姑、嬸娘……這樣的長輩。」

她只覺得，這世上所有可能跟自己有私情的人當中，小滿定是排在最末位的。不，不，他根本不可能排進來。

秦文牢牢盯住她，「他不過比你小四歲而已，又不是姻親，你怎麼就變成長輩了？」

她怎麼變成了小滿的長輩？這句問話讓陶花憶起往事——雖是滿載痛苦的冰冷回憶，卻因有這個「晚輩」的參與，而變得有了些溫暖的顏色。

汴梁，太師府書房。落葉鋪滿了窗外的花園。

田太師聽罷隨從在耳邊的低聲密報，點點頭，命他把小姐請來。

隨從出去了，室內無人，田太師搖頭晃腦地想了想：「陶花……陶洪錫……秦文……」終於一下子笑起來，「怎麼？天底下原有這麼巧的事情？」

女兒田倩如走進書房，含羞低頭，「前方是否有書信捎來？他……他一切可好？」

田太師把女兒拉到身邊，「倩如吾女，你與他雖有婚約，但我田太師的掌上明珠不會沒人要，你不必被他限住。」

田倩如一驚抬頭，「怎麼？出什麼事了？」

「他在軍中與人有染，不知緣何有個女人去纏他。我查過，這女人是落霞山的草寇，她父親曾降順契丹爲官。我看，還是立刻收回他的虎符，替你另謀賢婿。」

田倩如默然半晌，垂首說：「爹爹，我與他尚未行禮，他是青年男子，有姬妾陪伴原屬情理之中，難道你指望他做和尚不成？他非但不是和尚，爲人還風流得很，這也不是第一回了，爹爹您怎麼又輕言退婚？」

田太師哼了一聲，「若非爲了你呀，我眞不願蹚他這個渾水。」

田倩如嬌聲倚到父親身邊，「爹爹，您可別這麼說，他能應了這門親事，我……我開心得很……」

田太師嘆道：「是，女大留不住，我說不過你。爲父只能幫襯你這外向的姑娘家把她趕走。」

「又要殺人？」

「這次倒不必，有的是好辦法。何況，這女人居然是陶洪錫的女兒，哈哈……」

徽王府。秋意漸深。

小滿久久地看著面前這封密信，面色沉沉。

鄭伯倒是喜上眉梢，笑出聲來，「我說呢，上次秦將軍寫來的信居然寫滿了三頁，他以前可從來是幾句話就說完，一個字也不肯多寫。原來他不但是寫信囉唆了，待人也和氣喜樂了很多。」

小滿卻未笑，「前方的軍士說，他與姑姑兩情相悅，這才歡聲笑語。」

鄭伯笑得更加歡暢，「這是好事，天大的好事！秦將軍若有意於陶姑娘，咱們更不愁秦家對徽王的忠心了。田太師也不會忍這口氣，到時候必然是要刀兵相見。」

小滿手按額頭，「也未必刀兵相見，也許田家會想辦法加害姑姑。」

鄭伯笑言：「那也要看能不能辦得到。依秦將軍這麼孤傲的脾氣，看中了誰，還能讓她受害不成？早晚是刀兵相見。」

「這麼說，秦文，可以保護姑姑了？」小滿口氣中滿是質疑。

鄭伯深深看他一眼，篤定回答：「當然。秦將軍是人中龍鳳，勇力有餘，遑論為人斯文，這汴梁城哪一個姑娘不喜歡他？我明白王爺愛護陶姑娘，但秦將軍與陶姑娘，足可匹配。」

小滿沉默許久，呼出一口氣後抬頭道：「好，只要姑姑喜歡，那便好。」

鄭伯低聲呢喃：「王爺是不是擔心田太師……」

小滿搖頭，「我不是擔心他，我擔心的是……唉，當年……」

當年……小滿靠到椅背上去，彷彿回到那雪花漫天的無牙山上，他與陶花初次相遇的地方。

往事樁樁件件如水漫過腦海。小滿輕輕嘆口氣，「總之，都是我欠姑姑的。欠她一條命，還有一個好夫婿。」

中軍帳內。

陶花仰頭把前情細細回憶一遍，發了一會兒呆，然後篤定點頭，「嗯，我跟小滿，就是姑姪，頂多是姐弟。沒有別的，也不可能有別的。他自然要提醒我添衣，我當年還借衣服給他穿呢，這點義氣總歸要有的。」

秦文答道：「眞是這樣最好，我只是怕萬一。徽王雖然待人寬厚，到需殺伐決斷時，卻也毫不手軟。你若與契丹太子有情，或許猶存迴旋餘地；可你若是與徽王有私，那……那只怕是爲難之至了。」

陶花盯住他半晌，「什麼爲難不爲難？咱們演完這齣戲，不就一拍兩散了嗎？」

秦文抬頭看她一眼，似乎話到嘴邊，卻終究沒有說出來，就只那麼看著她。

陶花又等了片刻，等到他終於低頭一嘆時，她自己也低下頭去，蕭索中問了一句：「和談之期選哪天好？」

「你說呢？」

「那盡快吧。我已經五年沒見過瀾哥哥了，也眞的是……想看看他了。」

秦文又抬頭看她一眼，緩緩點頭，「好，我帶你去見他便是。」

第九章 和談

約好的和談之日到了，是個蕭瑟的陰天。

陶花一早起來就裝束停當。她聽小滿的話，特地穿多了些，裹上了大紅襖，配在她的飛雪踏之上，格外醒目。而秦文則恰恰相反，他一身素甲白衣，與陶花並轡而行。遠遠望去，兩人堪稱一對璧人。

爲了表示誠意，兩人未帶任何隨從。一路上都很順利，到了契丹營中，兵士未加爲難他們，亦看不出半點埋伏。

領頭哨兵帶他們至一間大帳，陶花進去之後，心內小小吃了一驚。這帳內完全似她契丹舊家裡的布置，就連屏風擺設都跟以前一模一樣。陶花過去拿起幾件小東西看，分明就是她的舊物。

她一件件把東西看過去，找到一件陶若親手雕刻的小木馬，雕工拙劣，卻是舊情無限。陶花把木馬放入自己懷內口袋，而後坐在自己「家」中，萬分感慨。

秦文一看這情勢已然猜到八九分，看陶花坐下之後，便走近她身邊，「等我們大破契丹之後，你帶我到你長大的地方去看，可好？」陶花仰頭向他微笑，一時舊日感慨散去，心中重新盈滿鬥志。

話音剛落，帳外腳步聲響，先進來幾個侍從，奉上瓜果茶水，而後哈布圖進來，陪陶花閒聊幾句，不怎麼理會秦文。

耶律瀾進來時，陶花即刻站起，看見他竟是一點也沒有變，跟五年前分別時幾乎無甚差異，只是偶爾以手掩面輕咳。

幾人坐下敘話。

耶律瀾看陶花情緒平靜且隻字不提舊事，不由顯露出失落神色，言談間話語甚少。

陶花與秦文已頗為熟稔，經常會互相開幾句玩笑、說幾句家常，如今深入敵營之中，唯只他們兩個是自己人，自然態度十分親昵。耶律瀾看在眼裡，重把秦文打量一番，點頭道：「人都說秦將軍是人中龍鳳，今日一見果然不虛。」

秦文忙答：「不敢當，我大周朝這數十年來與契丹國交鋒，勝少敗多，是我等無能，哪裡敢當謬讚。」

耶律瀾又咳了兩聲，「這一仗，兩位看如何打法？」

陶花不語，看向秦文。

秦文拱手，「太子殿下有何高見？」

耶律瀾微微一牽嘴角，似想微笑卻沒有笑出。帳外微風吹過，簾布沙沙作響，宛若兒女低吟之聲。他轉頭望向陶花，眼中柔情無限，緩緩言道：「我們倆打小一塊兒長大，你在契丹十五年，自曉事開始我們幾乎天天在一起，是吧？」

陶花默然低頭。

「我一直以為，你必然是要嫁給我的。每年春天咱們跟大人去長白山圍獵，我跟你從來是同桌吃飯，一張氈子共眠。你怕黑，半夜裡要是醒了，就得叫醒我陪著，等我把你哄睡著了，我可就完全清醒，再也睡不著了。」

陶花低頭咕噥：「也不是每次都叫醒你的。」

「嗯，你好心的時候就不會叫醒我，悄悄起來放個捕鳥夾子，等著看我的笑話。結果你自己忘記了，一早起來踏進夾子裡，疼得大聲叫喚，連隔壁帳篷都被驚動，以為我把你怎麼了。」

陶花聽見提起此事，不自覺地摸摸腳踝，那道傷痕直到今日仍在。耶律瀾望著她腳踝，「你的傷疤就留下了，是吧？我身上可也不少，一樁一件，你比別人都清楚。後來，你十三歲那年，拿了我們契丹箭術比賽的頭名，那時你還是個小孩，臂力不強，我們草原上箭法好的青年可也不少，你一個娃娃是怎麼拿到的頭名？」

陶花仍是低著頭，「是瀾哥哥你偷出你父皇的玄鐵寶弓給我，我才能跟他們比賽。」

「不錯，後來我父皇看見了，就把那張弓當作獎賞賜給你，也未責罰我。如今，你拿著這張弓來對付我們了……」陶花不語，耶律瀾又咳嗽兩聲，才接下去，「從那次比賽之後，你就矜貴了許多，平時一起走路也不手拉手了，跟我出去圍獵也不住一起了。可是我知道，你心裡頭，其實更想跟我在一起了，對不對？我每次喚你出來玩，你都會穿上特別鮮豔的衣服，其實，你穿什麼又有甚打緊，我們草原上美麗姑娘也不比你們中原少，可是，我從小偏只看得見你一個。有一天，你突然問我喜歡什麼顏色，我看你那天正穿著一件紅襖，就說我喜歡紅色，後來你便天天穿紅的，整天像根火苗跳來跳去。其實，我早與我阿媽說好，隔年一開春就跟我父皇說，讓他去你家提親，誰知道、誰知道……」

耶律瀾的聲音低下去，隨即大聲咳嗽起來。陶花以手握拳，緊緊抑住啜泣。沉默良久，他又緩緩開口：「五年前，你帶那個小孩走的時候，我就覺得你變了。以前，你何曾對我說過半句謊話？可是，我還記著那天晚上你答應我的事。我對你說，如果你敢違背，我會怎麼樣，你還記得嗎？」

陶花面色發青，「瀾哥哥，兩國交兵，事關重大，你不要意氣用事。」

耶律瀾徐徐點頭，盡量讓聲音溫和些，「只要你跟我走，我即刻退兵。」

陶花還未回答，秦文已然起身，「難道太子殿下約我們前來，就只爲了自己的兒女私情？」

耶律瀾冷冷看他一眼，轉頭問陶花：「阿陶妹妹，你告訴我，你是不是喜歡上他了，所以才這樣對我？」草原兒女性情爽直，也不覺得這是什麼該避諱的事，所以他當著三人之面直接問了出來。

陶花受驚抬頭，面孔發紅，不知該如何回答。

耶律瀾盯著她，「你喜歡的人若還是我，這就跟我回去，我不會爲難你們。」

陶花緩慢卻堅定地搖頭，「瀾哥哥，無論如何我已無法跟你回去了，你若是因此生氣，那我也沒有辦法，要打我殺我都由得你。只是，今日之事，是你請秦將軍過來，就該讓他平安歸營，你若定要爲難於他，那我們也只好拚死一戰！」

耶律瀾聽見陶花說出「拚死一戰」之語，不由長嘆一聲，想著自己跟阿陶妹妹竟疏遠到了如此地步，半晌低頭不語。

陶花見他如此，心下酸楚，知是自己負了對方深情。她緩步走到他跟前，想要安慰卻無從開口。

兩人就這麼相對無言了半天工夫，耶律瀾終於抬頭拉住她手，輕聲說道：「從小到大，我們都是一隊，玩捉迷藏、打架，從不曾分開過，更別說做敵人了。要讓我在兩軍陣前跟你對壘，那如何能做得到？既是躲不過，那我們倆今天乾脆就在這裡打吧，我們兩個人的事，不用那麼多兵士來陪著。」

陶花瞠目結舌望著耶律瀾，他們倆怎麼打架？耶律瀾雖然習過武、練過箭，也就僅算是學過而已，他自幼有咳疾，大部分時間都耗在讀兵書和習文。

他說著走出帳去，手提一副弓箭，指著不遠處一根拴馬的木樁說：「當年呂奉先轅門射戟，咱們今天也來效仿，射到那根木樁的就算勝了。」說著他拈弓搭箭，連看也不看，一箭衝天而去，片刻後軟軟落在地上，自是什麼也沒射到。他把弓箭遞給陶花，「換你了。你若能射中那根木樁，我方即刻退兵。」

陶花接過弓箭，反倒不知如何是好。他這是擺明了要讓陶花贏，可是這樣以強欺弱的事情，到底讓陶花覺得十分不光彩。

她猶豫半晌，把弓箭遞給秦文，「你箭法不如我，你來吧。」

秦文從鼻子裡哼出一聲，接過弓箭扔在地上。他把陶花拉到自己身邊，朗聲對耶律瀾和哈布圖說：「承兩位相讓，我替陶花多謝你們。無功不受祿，既然你們客氣，那我們也就不再乘勝追擊，以免你們有全軍覆沒之憂。我會令士兵休戰三日，請你們三日內退出幽州邊境。」說罷即攜陶花離去。

兩人的馬匹就在左近，雙雙上馬後，飛雪踏卻不肯挪動，無論陶花怎麼催促，牠就是直望著耶律瀾咴咴叫喚。

耶律瀾走上前來，撫摸飛雪踏的頭，剛要輕聲安慰。卻見秦文縱馬來到近前，一手拉住馬韁，一手攬住陶花腰間一提，陶花即凌空而起，穩穩落在秦文的馬上。

秦文向耶律瀾一拱手，「就此別過，但願後會無期。」即與陶花共乘出營而去。

已出敵營好幾里遠，陶花還有點恍惚，說不出話。一是因爲見到了耶律瀾，多年心事一起湧到眼前；二是因爲被秦文攬在懷中，男子氣息撲面而來，讓她心跳得飛快，不敢出聲。

秦文看她一直低頭恍惚，於是溫言道：「我的坐騎，叫做『火雲追』，你讓人家馱著你，不跟人家打聲招呼嗎？」

陶花終於破涕爲笑。她拍拍馬頭，開口說：「我叫陶花，以後有誰欺負你，盡管來找我。」

秦文看她笑了，自己也跟著笑了，且柔聲勸慰道：「過去的都過去了，以後總會有人對你更好。」

她低聲答他：「我不是在想過去的事情。」

「那你在想什麼？」

她沉默一陣，「今天，要是沒有你，我多半會撐不下去。」

秦文半晌無語，陶花回望時，他猛然雙臂一緊將她擁在了懷中。

月華如練，光影皎潔，漫空密密情意。她怔了片刻，既未躲閃也未掙扎，卻忽見前面就是崗哨，於是茫茫然抬起頭來，傻乎乎地問：「是……是做給他們看的，是不是？」

身後的人沒有答話，只是懷抱漸放鬆了許多。

到了崗哨近旁，他低頭附到她耳邊，「亂世無奈，你莫怪我。」

她一臉失望，卻仍勉強笑道：「怪你什麼？沒事的，我在草原上長大，不看重你們中原的規矩。」

他不語，她接著便是嘆息，「將來，等到天下平定，我再也不過這種亂世的日子，我要卸甲歸田。」

他沉吟半晌後，見崗哨已在遠處，才把手臂放開，「我們秦家的規矩，是要在朝中掌著虎符。」

火雲追緩緩前行。

明月如歌如訴。

陶花轉回頭來，「那，將來你在朝中，我卻歸隱了，你……你會不會去田間看我？」

他攬在她身側的雙臂收了收，卻未收成懷抱，終是放開。

兩人無語半晌，氣氛已微微浮現尷尬隔閡，而營門就在前方，一眾兵士正於附近巡邏。

秦文復又抱住她，忽地一笑，「不必到田間去看你，今晚，到你帳中去看你，可好？」

話音未落，一柄小箭已經指住他前心。秦文點了點頭，「嗯，果然是我秦家的媳婦。」

陶花握箭成拳，重重擊在他前胸。他受了這一拳，順勢握住她的手，輕聲說：「你力氣倒不小，我可受不住第二下了。」

他們就這麼迎著月光緩緩進了營門。外人看上去似十分親熱的模樣，何況她臉上尚帶著羞暈。

三日內契丹大軍果然退去，耶律瀾自是以情相讓了，然而他們首戰大敗，銳氣傷盡，這仗打下去，他們其實勝少敗多。正如秦文所說，周軍同意休戰不追擊，其實也算是相讓了。爭戰由來如此，雙方各讓一步即得天下太平。

契丹軍退去之後，周軍隨即整理行裝。十五萬幽州軍分散各地布防北境，秦家軍親兵由秦文帶回京城。大批人馬分頭開拔，各往目的地，井然有序離去。

秦文特地安排陶花和自己一隊。

陶花的戰馬已然不在，交代小金去尋一匹來。結果小金回來說找不到，陶花看他鬼鬼祟祟的樣子，十分惱怒，「重騎兵一人配三匹戰馬，怎可能找不到一匹給我先用著？」小金聽憑她訓斥，反正就是找不來。陶花遂走上前牽過小金的馬匹，說：「那我就先用這匹，你走路吧。」

陶花騎上小金的大灰戰馬，一邊得意前行，一邊回頭看嘟著嘴跑的小金。

秦文聽見這邊吵鬧，縱馬過來。瞧見眼前情景，他不禁笑道：「你別欺負小金，他是老實人。」

陶花撇嘴說：「可惜啊，我的雪兒不在，不然用得著受你們的氣？」

秦文附和道：「是，是，你的雪兒最好，天下第一，古今無雙。」

陶花繼續撇嘴，「不但好，還是別人送的，我沒有好馬趕路，瀾哥哥脫手就把他的馬給我了。」

秦文微笑著拍拍自己的汗血寶馬，「聽見沒？以後你就歸陶姑娘使喚了，人家都開口來要了。」火雲追似通人意，當即衝陶花長嘶兩聲。

陶花大喜，低聲問他：「當眞？不是做給別人看的吧，以後要不要還的？」

他毫不猶豫，「當然要還的！」她的臉剛苦下來，他接著說：「十年後還吧，借給你十年。」

一匹馬的全盛時期不過十年，陶花低頭一笑，在馬上探手過來拍拍火雲追的腦袋，同時斜眼看看馬上坐的人，「那你還不下去，騎著我的馬做甚？」

秦文伸臂過來，「先把你放上來我再下去，不然牠不認你。」

陶花想想也有道理，就聽任他把自己攜過馬上。可是挪身過來多時，他仍不見下馬之意。隊伍中兵來將往，人多眼雜，有人看見就笑笑。雖是作戲，陶花也會害羞。她坐在馬上越來越不安，自己的功夫卻又不足以趕他下去，想要自己跳下去時，他用臂膀攔住了。

兩人遂這麼共騎而行半日之久，到陶花窘得一句話也說不出了，心跳得快躍出喉嚨時，秦文才去幫她找了輛馬車獨坐，讓她能好生歇歇。

隊伍日行夜息，緩緩行回汴梁。

一路上秦文對陶花照顧有加，形影不離。

接近汴梁城外時，秦文下馬，跳上陶花所在的馬車，掀開簾子進去。

陶花皺眉，「我不是跟你說過，進女兒家的閨房，定要通報一聲。」

秦文不與她理論，到近前坐下，叫一聲「陶花」，伸手握住她的手。陶花看他面色認眞，便無反抗，仔細聆聽。他尋找著措辭，緩緩說道：「到汴梁城後，人事複雜，你只管去見徽王，聽他指示即可，不消理會旁人。」

陶花點頭。

「你最好時常跟在他左右，沒有他、沒有我，你別輕易出門，明白嗎？」

陶花想撇嘴說「那我不得悶死？」，但看他神色認眞，就沒打岔。他深深看她一眼，眼中五味雜陳，正挑簾要跳下車時，陶花在背後出聲：「等等！」

他踩在車轅上弓身回頭，簾子一半挑起，一半散下。冬日正午的薄陽映照得他面色溫潤輕柔，雙眸如星，光芒隱隱四射。

陶花坐在車內陽光照不到的角落裡，輕聲問他：「你沒其他要跟我說的了嗎？」

他慢慢地一閉眼又睜開，讓眼睛適應車內外的光線，「你還想聽什麼？」

她不說話，只是看著他。

微風吹拂車簾，在他手中微微顫抖，掃過二人相交的視線。他整個人如鐵似鋼般的堅硬，「你不說話，那我先走了。」

「喂！」

「什麼？」

「如果……」她抿了抿唇，「如果我眞的那個什麼清譽有損，嫁不出去了，怎麼辦？」

「眞正愛惜你的人，自會明白體諒，若不肯體諒的，也不必嫁他。」

「如果……如果是你，」她一咬牙，說了出來，「你會愛惜體諒嗎？」

「我早就說過，你要是想嫁給我，隨時可得。咱們兩個聯姻，大周軍權便固若金湯。」

陶花刷拉把他挑著的簾子奪過放下，「快滾，省得我一箭穿了你的喉！」

又行得一會兒，車速漸慢，最終完全停了下來，外面隱約傳來鑼鼓樂聲。陶花下了車，看見汴梁城門就在眼前，城牆下眾多歡天喜地的百姓們在等著凱旋歸來的士兵，有敲鑼打鼓的，有舞獅踩高蹺的，一團喜氣。陶花被這份喜氣感染，不由也微微綻起笑容。

與這份喜氣十分相襯的，她聽見一把蒼老卻興高采烈的聲音大嚷著：「賢婿，賢婿！你運籌帷幄，大敗契丹，此番立了頭功一件！」陶花好奇地側頭一望，看見一位富態的白鬚老者，正扶起跪在地上的白衣將軍。那將軍站起身來，獵獵丰姿掩不住一身儒雅氣息，正是秦文。

秦文對那老者極爲恭敬，一副俯首貼耳的樣子，他在軍營裡、在陶花面前的那股傲氣全然消失不見。那老者身後跟著一位少女，包了頭巾看不清面目，只見身姿窈窕，顯是深閨小姐不願以面貌示人。二人身後僕從如雲，陶花不懂分辨官階服色，只知道這必然是朝中大官。

她還在這裡疑惑觀看，忽聽耳旁一聲馬嘶。陶花轉過頭來，但見何四一邊輕拍火雲追的腦袋安撫，一邊對她說：「小金剛剛讓我交給你的。」陶花心裡驟安穩了些，可還是有種說不出的不舒服。

正神思不定的時候，有人大叫著「姑姑」撲過來。陶花聽見叫聲已然微笑，還不及轉頭，就被小滿給撲了個結實。

第十章　嚼酸

小滿似乎又長重了些，陶花險險不能應付，好在有羅焰從背後扶住。

陶花許久不見羅焰，一迭聲地連叫「三哥」。羅焰也很高興，抱起陶花轉了好幾圈。陶花以前沒覺得這樣有什麼不妥，可是自從在馬上被秦文抱過就變得有些通人事了，面孔發紅地掙下來後，湊到小滿跟前拍他臉龐。

在她心目中小滿一直是個孩子，與他如何親昵都不覺不妥。見他下巴彷似尖了些，不免捏捏他手臂，關心問道：「怎麼臉瘦了？身上倒沒瘦。」

小滿十分認眞地回答：「想念姑姑啊，先生今天剛教過，『一日不見，如三秋兮』。」

陶花笑著擰了擰他的嘴，左手牽起小滿的胳膊，右手拉著羅焰的袖子，一邊進城，一邊細細問過別後情形。三人身後跟了數列徽王府的隨從，陶花不免又想起方才所見來迎接秦文的那位老者，於是又朝那邊覷了一眼。

小滿也隨她看了一眼，低低問：「大冬天也能吃到楊梅啊？」

陶花一愣，「沒啊。」

「喔，我還以爲你剛剛呑了楊梅嚼到酸，不然怎麼這副臉色。」

羅焰已經大笑，陶花才反應過來，嗔道：「小滿，大人的事你不要管！」

小滿臉掛笑容，眼神卻是隱隱不悅，「你這小大人不讓我管，將來哭的時候可也別來找我。」

陶花冷哼一聲，「我才不哭，你何時見過我哭？」她的眼睛黯淡下來，「自從爹爹死後，我只哭過一次，就是在無牙山上……」

小滿那一點點不悅的神色迅即被征服，笑嘻嘻打斷她，「打了大勝仗，提甚不高興的事？」他指著陶花剛剛看的方向，「那是田太師，太子的親舅舅，朝中最得勢之人，軍權握於他們手中。秦將軍若不是在出征前與他女兒訂了婚約，他又怎肯交出十五萬大軍給他？」

陶花早知曉這事，也不覺驚訝，只是嘀咕了一句：「這不是騙人家姑娘麼。」

小滿哈哈一笑，「秦將軍說，大丈夫要成大業，就不能顧慮許多小節了。」

陶花不服，帶些恨意又帶些嬌聲說：「他從來都瞧不起我們女子，幽州陣前，幾番讓我難堪。這會兒要成大業，又拿女子們墊背。」

羅焰在旁連連點頭，眼帶笑意，「正是正是，這種人千刀萬剮死不足惜啊，五妹你快替天行道。」

陶花怒道：「這話不許你說！只能我說。」

羅焰還未答話，小滿頓住步子看向路邊，「這大冷天還真有楊梅，過去買點。」

他走到旁邊的果子舖裡，侍衛立刻散開布防，店老闆慌慌張張迎了出來。

見他盯看著擺在外頭的楊梅果餞，老闆急忙說：「這是去年夏天的鮮果，拿糖醃了存的。除了顏色差點，味道比鮮的還好，沒那麼酸了。」

小滿皺眉，「楊梅不酸了，還吃什麼？」

老闆立刻知道說錯話了，趕緊改口：「這酸度比鮮楊梅差一截，可還是能酸倒牙。」

小滿抓了一顆放入嘴裡，「嗯，不錯，果然夠酸。」

老闆連忙吩咐夥計：「去地窖裡拿幾枝楊梅葉來，給貴客嚼一嚼，別眞酸倒了牙。」

小滿搖手，「不用。我就是想吃這股酸味。」

他熟門熟路地拿過點心紙，隨手包了一大包扔給陶花，「你拿著，留給我慢慢吃。」一邊吩咐身後的侍從付錢，一邊拍拍手出門。

陶花抱著一大包楊梅，無奈地從背後趕上。她一遍遍安慰自己：「幫姪兒拿果子，情理之中，小孩子麼，弄飴之樂、弄飴之樂。」

一行人穿街過巷，小滿不再似剛剛多話。他一閉口，氣氛立刻就會嫌悶。

陶花四處張望找些話題，見路上人滿爲患，尤以十五、六歲的少女爲多，便故作誇張奇道：「爹爹曾說過中原風俗女子是不出門的，爲何有許多少女在路上拋頭露面呢？」

羅焰大笑，「你不知道秦家軍每次出行，汴梁城都是萬人空巷。這城裡有首歌謠：『來生不爲女兒身，免見將軍誤新婚』，說的是那田家小姐本與右相之子寧致遠締下婚約，卻是在一見秦文之後，退了婚事。這麼多女子在此，那都是寧可誤婚，也要一睹將軍風采。」

陶花哼了一聲，「這傢伙人緣這麼好？將來我要是落魄無依、街頭賣藝爲生，鐵定拉他入夥。」

小滿側頭，「你怎會落魄無依？難道我還養不起你？」

陶花一愣，虛張了兩下口，支吾著：「那個，我不能總讓你養啊。」又覺這話說得十分突異。

小滿點頭，「是，你寧可跟他賣藝，也不讓我養你。咱們當年可說過『患難與共』的。」

她徹底莫名其妙，「那是開玩笑的。」

「『患難與共』這種話都是開玩笑說的？」他停下步子來瞪著她。

「不是，我是說，賣藝什麼的，是開玩笑的。」她更覺奇怪地看著他。

「賣藝是開玩笑的，他訂了婚約可不是開玩笑的！」他起步前行，「縱然可以三妻四妾，正夫人的位子卻只有一個。」

陶花跟上前去，「那怎麼了？反正他的婚約也不是心甘情願來的。」

「不是心甘情願？可沒人敢逼他，是他自己去田家提的親。」

「那也是田太師不好。」

「田太師好與不好，於這件婚事上都沒什麼錯，是你們兩個膽大妄爲！」小滿帶了慍色，「你不懂事便就算了，他也不知道在軍中迴避一下，明明是有婚約在身的人！」

陶花微微抬頭，「小滿，我不想在背後說他的壞話。」

小滿再次停住步子，抬手從她抱著的紙包中拾出兩顆楊梅，丟到嘴裡去，然後抱怨一聲：「酸死了！」

陶花不語。小滿低頭看著她，「咱們現在還動不了那田太師。你該不是寧可冒著被田太師暗害的危險，也要跟他出雙入對？寧可給他做如夫人，也不願……也不願……」他又拾出兩顆楊梅丟到嘴裡，這回酸得微微皺眉，「你就寧可，讓我酸成這樣？」

羅焰微帶驚訝地轉頭看了看他，似乎明白了些什麼，先有點吃驚，隨即卻又了悟。

陶花因知是作戲，一直聽得心不在焉。這會兒忽就想起了什麼，盡量小心翼翼地開口：「小滿啊。」

他聽她口氣分外保守小心，以爲她聽明白了，就把頭完全低下去，聲音微不可聞地「嗯」了一聲。

「你看，」她艱難地轉彎抹角說話，「我雖是個吃閒飯的，可你讓我幫忙拿著東西，也不合適吧。」說著把手中的楊梅舉起。

她想這件事想了老半天了，雖說自己是他的姑姑，照顧他理所應然，可背後有成群隨從侍女，怎樣也不該讓她這麼抱著啊。所以只好委婉提示一下，儘管這「委婉」是她自個兒認爲的委婉。

小滿苦笑抬頭，一把搶過楊梅，說道：「回家吧！」

回到徽王府中，陶花一行人將在軍旅所見所聞講述了一遍。小滿似乎早已全知曉，只徐徐點頭，毫不見驚訝新鮮之色。

相見的話語還沒說完，小金就來了。他與徽王府的眾人顯然熟識，登堂入室進來直奔陶花而去。到得近前，小金拱手行禮，「陶姑娘，我家將軍差我來看看你。」

廳內人多，他說的聲音也一點都不低，陶花當即有些臉紅，輕聲回道：「看什麼看，這才半天不見，我好著呢。」

小金一笑，「那就好。我家將軍請你凡事放寬心，不用多想。」

「喔。」

「還有……」

「還有什麼？」

小金抬頭看了看，見眾人都在，依然沒有避諱，反而更放大了些聲量，「將軍特地讓我問明，今天跟徽王一起到城門口去迎你的那個男子，是誰？」

陶花瞅了一眼羅焰，「是我羅三哥。」

小金皺眉，「我要是這麼去回話，今晚恐怕有人睡不著覺了。」

陶花只好再加上一句：「是我結義大哥，你讓他別胡思多想。」

羅焰早已哈哈大笑，「五妹啊，你哪裡惹上個這麼難纏的主兒？不趕緊來拜候我這個三哥，倒是先問東問西的。」

小金聽見，與羅焰笑著見禮，滿意離去。

陶花送客人出門去了。小滿卻有些不樂，「他自己不清不楚的，倒還責問起姑姑來了。」

鄭伯正在大廳，當即笑道：「王爺，你眞是陶姑娘道道地地的娘家人。」

小滿聽見這話，隨就一笑，對侍從吩咐：「更衣，我赴秦府一趟。」

鄭伯笑容更盛，「這還沒到提親的時候吧？就算到了，那也該男家來咱們府上。」

小滿無奈搖頭，「還是我過去拜候老太太吧。秦家的門可不是那麼容易進的，咱們得未雨綢繆，先套套近乎。」

鄭伯點頭，「我跟王爺一道去，這秦老夫人確實厲害，今日咱們兩人去踏一踏他家的青石板，看看眞否已經被媒婆的鞋子給踏平了。」

當夜天降大雪，汴梁城銀裝素裹，忽如一夜春風，吹開萬樹梨花。

即使是遠行歸來，陶花依然天未亮就起身練箭。她住在內室，外室裡服侍她就寢的小丫頭還沒起來，她是頭一次服侍這位姑娘，沒想到小主子起這麼早。

陶花不願吵醒別人，靜悄悄出了門，走到門外才看見雪花似鵝毛般飄著，到處都是一片白，院子裡一點動靜也沒有。她練箭向來雨雪不停，於是想找小滿問問演武廳在什麼地方。

王府很大，小滿交代過她，別的地方都不用記住，只要記牢他住哪處就行了。她便走向他的住處，這條路他昨天特地帶她走了兩三回。

到近前時看見有三三兩兩的侍衛在室外走動，她走過去問侍衛們演武廳在何處。對方尚未回答，就聽見小滿在室內揚聲說：「進來吧，我帶你過去。」

陶花撣了撣身上的雪花進門，一邊問小滿：「是不是把你吵醒了？」待踏入屋裡，看見他衣著整齊正在讀書，不免驚異，「你怎麼也起這麼早？」

小滿盯著她上上下下地細看，隨口答道：「我是討飯長大的，從來就睡不實。」他站起來，走到她身邊再幫她撣掉幾朵雪花，而後輕聲說：「下雪了呢。」

陶花皺眉，「我最怕下雪，演武廳裡沒有風，跟外面實戰不同，練箭不著功效。」

他笑了笑，沒接話，抬起手說：「你睫毛上落了一朵。」

她閉上眼睛，自己拿手來擦。他握住她的手，不讓她動彈，緩緩幫她摘掉那一粒冰晶，而後，指尖在她眼角鬢邊輕輕撫拭。

陶花不耐煩道：「這才幾步路，哪有什麼雪。」

卻聽見小滿聲音無比溫柔悵然，「我還記得那天，你滿頭滿臉都是雪花。」

陶花最受不了磨嘰，強睜開眼說：「帶我去練箭，快點……」話還沒說完，就看見小滿面孔俯靠下來，嘴唇已經快靠到她臉上。她頓時大驚，心裡第一個念頭是：「他肯定想要在我臉上唾一口，就像小時候跟陶若吵架時他對付我的辦法一樣。」

於是她奮力一推，「我又沒得罪你，你做甚欺負我！」

小滿被她推得後退了三四步，轉過身去不讓她窺見神色，拿起披風只拋出一個字：「走。」

陶花跟著他出門。

他指指自己的披風，「進來吧。」

她警覺地說：「那你不能往我臉上吐口水，我知道你們小孩都愛玩這個。」

他苦笑點頭，把她攬到身邊來。

雪依然下著。

地面上留下兩對深深淺淺的腳印。

他的懷抱溫暖，心跳得卻是有些嚇人，手心裡也有些微汗。陶花十分難得地多想了一次：「他方才……不會是要親我吧？」

這個念頭剛起，就聽見小滿說：「我從前喜歡過一個姑娘，初次相逢，就遇上這樣下大雪的天氣。」陶花聽見這句話，一顆心頓時提到了嗓子眼。「那天，我到她家門口去討飯，她穿著雪白貂皮襖，手裡拿著一塊熱呼呼的點心……她的裙子，比地上的雪還要白淨。」

陶花心裡立刻開始猛嘲笑自己，「自作多情了吧，別有事沒事興起這種怪念頭，看來做人就是不能想太多啊。」

小滿接著說下去，「可是……」

他的轉折還未轉出，陶花後知後覺地驚道：「小滿啊，你討飯的時候，應該還很小吧，你怎那麼小就懂這些了？」

他笑了笑，「我本來就比你懂事早，你看你，到現在也還是什麼都不懂。」語氣裡說不出的寵溺親近，一邊說還一邊捏了捏她的肩膀。

陶花顯然不再那麼容易自作多情，她只很實在地回了一句：「我的肩膀經常會痛，嗯，捏捏還眞是舒服些。」

他立刻緊張起來，「你常年練箭，肩膀一定吃不消，自己要懂得保養。不如我幫你找幾個好的推拿師傅吧。」

陶花搖搖頭，「推拿師傅大多是男人，不方便。」

小滿點點頭，一邊用手在她的肩膀微微加了些力道捏著，一邊想繼續方才的話題。可惜，卻怎麼也找不著剛剛的感覺了，於是只好簡短一句話接下去——「如果，我方才說的那個女孩子是你，你會怎麼對我？」

陶花連想都沒想就回答：「不可能是我。」

「爲什麼？」

「我從來不穿白裙子。爹爹說了，白裙子在中原是死了爹娘才穿的。」

他皺起眉頭，「我是說『如果』。」

「如果啊，」她認眞地想了想，思緒回到了當年，那時候他是個小叫花子，她是陶府的小姐，「那，我猜陶若會把你教訓一頓。瀾哥哥倒是不會做什麼，因爲他不能以大欺小，但陶若肯定不會放過你的，他跟你剛好一般大。」

「好吧，就算那個時候把我打一頓，那現在呢？現在你會怎麼做？」

「現在？現在你早就忘了。你剛剛說的那個姑娘，難道你現在還喜歡？」

他啞然半晌，也只能先實話實說：「那個姑娘，確實早就忘了，可……可我如果忘不了，一直喜歡你呢？」

他們此刻人已進了演武廳，陶花興高采烈地摘下弓箭，心不在焉答道：「忘都忘乾淨了，還非得問我如果。如果眞是那樣啊，我就再也不敢理你了，躲得遠遠的。」

他低下頭，「我知道了。」

雪花下得猖狂，他在門口仰望天空，「可是哪，天要下雪，不是人力能管得了的。」

第十一章 風月

時間轉瞬即過。陶花忙著收拾行裝，一連數日毫無秦文的音信。他日日派人大張旗鼓來問候，但偏偏真人不來。陶花竟是有些想念，她天生性格沉不住氣，問了小滿兩次，小滿每次都耐心回答，說可能是事務繁忙，絆住了。

到第九天晚上，小金來了，身後跟著一個兵士，軍帽低低遮蓋住面龐。小滿當即把二人請進書房，鄭伯和陶花也一起跟了進去。

那兵士脫掉帽子，正是秦文。陶花滿心歡喜，他卻未理會她，只是跪拜徽王。小滿趕緊把他扶起，細細問過一遍軍中情況。秦文帶來一份名冊，一一指給小滿和鄭伯兩人看，三人竊竊私語。陶花在一旁看得十分無聊，悻悻然拿著袖箭一支支磨尖，消磨大好時光，虛擲相逢佳期。

過了一陣，小滿抬頭瞥她一眼，「姑姑，你先回去休息吧，我們說的都是些朝廷政事，還有好多沒說完，你累了。」

陶花一邊繼續磨著袖箭，一邊說：「我在忙呢，磨箭頭。」

秦文聽見，抬頭望她一笑。她忽覺他的笑容如春風般和煦炙暖，清秀的眉目間透出一股誘人溫柔。許是她的眼神表達得太過明白，小滿當即就說：「要麼咱們改天再談，姑姑和秦將軍許久不見。」

鄭伯忙道：「不可，秦將軍在田太師監視之中，來一趟徽王府不易。」秦文亦即刻收回了目光。

等到夜半，三人終於談畢，秦文帶同小金告辭而去，臨到門前瞧見陶花尚倚在角落，一眨不眨看著他。他轉頭對小金說：「你先回去吧，我帶陶姑娘四處走走。」

小金、鄭伯、小滿三人一起反對道：「將軍不可，小心爲上。」

秦文笑著搖手，「無妨，讓田老頭撞見更好，他不至於當著我的面動手。再說，他撞見我的風月事又不是頭一回了。」說罷即攜陶花出門。

出征的將士甫凱旋而歸，汴梁城入夜尚不十分冷清，時時有亮燈的店家，更不時有歡聲笑語自兩旁傳來。秦文拉住陶花，在半明半暗的巷子中穿梭前行。陶花好一陣子沒見他，頗爲想念，她也不懂避諱，伸手拉住他手臂，悄聲道：「好多天沒看到你了，還眞有點想呢。」

「這不是來了。你可好？」

她點頭，含笑低語：「帶我去見見你喜歡的姑娘，讓我看看她有多好。」雖是帶著笑，心裡仍有點不自在。

他微微一怔，「誰？」說著側目望望她，緩聲正色道：「以前，我總想著我要是喜歡一個女子，必然不讓她受一絲苦，只要她一想念我，我即立刻奔至她面前。現在才知道不能，亂世之中，哪裡能有不受苦的日子？既然做不到，便只得斂住感情，免得拖累了好女子。」

她望他一眼，「誰都不喜歡？那你的風月佳人呢？」她剛剛聽他提及什麼風月事，就一直上了心。

秦文不再說話，扯住她往旁邊一條窄巷拐去。不一會兒，門口出現一處亮燈的人家。大門上掛著盞紅燈籠，院落裡可見隱約燈火。

陶花不明所以，秦文做出噤聲手勢，讓她傾聽室內傳出的聲音。她這才覺察到有琴聲自院內瀉出，可她依然不明白有甚可聽之處。

秦文到院門口，朗聲問道：「素素姑娘在不在?秦文來訪。」

屋內琴聲「錚」的一聲停了，片刻後有個十三、四歲的小丫頭提著燈籠打開院門，笑道：「是秦將軍啊，上回不是說，要過幾個月才回得來嗎？」

秦文笑答：「旗開得勝，所以回來得早了。」

那小丫頭立刻乖巧道喜，引二人進去。

陶花一踏入院內，但覺異香撲鼻，進到屋內，看見一盆一木，都雕琢得獨具心思。簾幕輕揚，內室琴聲再次響起，緩緩流瀉而出。

秦文坐在外室，靜心聆聽。陶花卻是覺得萬分無聊，於是走來走去，又到內室門口往裡偷望，隱隱約約看見一個白衣女子正靜坐撫琴。雖然陶花聽不懂琴聲，卻只需看這一眼，便知這女子清麗脫俗、卓而不群，彷若未經人間煙火。

琴聲嫋嫋而停，陶花仍靠在內室門口癡癡看著。秦文在背後輕拍她，「你也聽得入神了？」

陶花猛然驚醒，「不是，我是看得入神了。這姑娘好生美麗，怪不得爹爹說過有人會爲了一個女子著迷，置家國於不顧。」

秦文笑道：「那也不能怪女子美麗，是男子定力不夠。」

陶花眉毛一挑，「你就是定力不夠的那一個？」

他仍舊笑著，「還從來沒見過讓我定力不夠的女子，你盡可放心嫁我。」

話音未落，繡簾一挑，素素姑娘走出來，「你們二人，跑到這裡來就是爲了在我跟前說情話嗎？」

秦文連忙拱手，「素素姑娘見笑，是我特地帶她來聽你撫琴。『此曲只應天上有，人間哪得幾回聞』，素素姑娘琴技又長了。」

素素挑目望了他一眼，「將軍過獎，撫琴之人，最企望的即爲知音鑒賞，秦將軍正是這樣的知音。只是，你若想天天聽時，也並不難。」她是對著秦文說話的，即使側在一旁的陶花，也能看得見、聽得出她眼中語中的脈脈情意。

陶花頓時覺得自己十分多餘，移步想走遠一點。

秦文卻迅速地一探手，將她緊緊箍住。他側頭看著她，緩聲說道：「我從小脾氣沉鬱，總落落寡歡，心憂天下。第一次笑，是十六歲拿武狀元時；第二次笑，即是在這裡，聽了顏素素姑娘撫琴。」

陶花轉頭，仔仔細細把顏素素從上到下打量一番，但覺她通身無一處不是完美臻至，忽然地心底一陣難受，甩開秦文的手轉身出去。

直走至院落外面也不見秦文跟來。她覺到些心酸，原來眞就如小滿說的那樣，像吃了楊梅似的，酸溜溜一陣難過。她不再等他，只管加快腳步。

陶花在窄巷中飛快前行，快走到大路時秦文才從後面趕上，拉住她笑問：「生氣了？」

陶花側頭，「不是，只是不想打擾你們。」

「你多想了。咱們深夜來訪，你一言不發轉頭就走，太失禮數。」

「我長在草原，不懂什麼禮數。讓你的情人見笑了，對不住。」

他停下腳步，「你眞生氣了？」

她也頓住步子，轉回頭來，「戲要演到什麼時候？我厭煩了。」

他緩步到她跟前，嘴唇探近耳畔，姿態極其親熱，言語卻甚端正，「是徽王讓你來問這句話的嗎？」

陶花愣怔片刻，然後搖搖頭，「他不知道，我答應你不告訴旁人的。」心底深處乍覺一股無趣。

「那是你自己想問了？」

她依舊搖頭，「現在也不想問了。」

「瞧你酸的。」他帶著促狹的笑容，「你放心，我聽說田老頭那邊已經著急起來，局勢應該很快就會明朗了。」

他看她變得無精打采，只好送她回去。

歸抵徽王府門口，她才跨過門檻，又回轉頭。

他還未挪動腳步，在夜色中靜立目送，月光灑落，一身白霜光華流轉。

她再問：「你真沒其他話要跟我說了？」

他望著她，緊抿雙唇，緩緩搖了搖頭。

陶花回去時，徽王府中已陷入一片靜悄，她躡手躡腳穿過大廳，正看見小滿坐在椅中半睡半醒的樣子。怕他著涼，陶花過去叫醒他，讓他回屋裡睡覺。他揉著眼睛迷迷糊糊說：「別催我，我等姑姑回來再睡。」

陶花胸中一陣暖意，拍拍他面孔，「陶姑姑回來了，你不用等我。」

小滿這才睜開眼睛，聲音仍是混混沌沌，「幾更天了？姑姑你早點回來啊，我擔心你。」

「姑姑是跟武狀元出門，你擔心什麼？」

小滿皺眉，「你一個年輕女子，深夜與男子出門不歸，如何教人不擔心？」

陶花本來聽著這老氣言語，想著他的小孩面孔，覺得十分可笑，可是注目看時，卻見他已頗有老成之態，眉目間自然露出的世故明理、體貼周到是無法假裝的，立時就笑不出來了。

陶花側身扶起他回到臥室，侍從和丫鬟們早都聽命去睡了，她爲他鋪好床，寬衣脫靴，蓋嚴被子。小滿打個呵欠，滿足地閉上眼睛，這時又十足像個孩子了。

陶花拍拍他的背，輕嘆一聲剛要離去，小滿一把扯住她的手腕，眼睛仍舊閉著，聲音卻是清晰，「爲什麼嘆氣？」

她低頭回答：「沒有。」

他轉過身來，仍舊閉著眼，「秦文這個人啊，外表看起來是溫的，骨子裡卻是涼的，功業看得重，情意看得輕，接近容易，交心卻難，縱然文武全才，也不是做丈夫的好材料。你性子疏漫，脾氣耿直倔強，到時候免不了兩個人隔閡嘔氣。」

她仍舊低著頭，「我不這麼覺得。」

小滿哼笑一聲，「你現在兩情正濃，昏頭昏腦的，當然說不這麼覺得，將來如何可就難說了。換個脾氣合適的人喜歡，不是更好？其實我倒覺得耶律瀾會是個好丈夫。」

陶花嘆了口氣，「我跟瀾哥哥已經不可能了。換個人？你說得真容易，連汴京城街邊的賣花小姑娘都知道，天下人沒一個能比得過他的。」

他苦笑，「好，沒一個能比得過他的。」說著睜開雙目掃了她一眼，眼神中清明犀利，並無一點睏意，還微微藏了點不易覺察的失望。

陶花連別人寫在臉上的不悅都未必瞧得出，這一點藏著的那就更瞧不出來了。

他看著她，正色說：「既然這樣，那這件事情，我會盡力幫你辦到。」

「不要！」她斬釘截鐵打斷，「我不要什麼聯姻！」

他深深望著她，「你別以爲聯姻就容易，還不知道要費多大力氣才能爭到。你覺得他好，難道田倩如就不覺得他好？我冒天下之大不韙去幫你辦這件事，指不定明天就父兄成仇、身首異處，到頭來你就是兩個字：『不要。』」

「小滿，」陶花在床邊坐下，「其實，我們就是想讓你快點下個決斷。」

他微微笑了笑，「這麼快跟我吐實話？我還以爲你見了他就丟了魂，跟咱們在燕子河邊第一次見他的時候一樣，好好的突然吵起架來。」

「我不是那樣的人。你知道我爲什麼對瀾哥哥這麼無情？不單是因爲他的父親殺了我的父親，那是長輩們的事，不能算在他頭上；最要緊的，是因爲陶若在他府中被捉。你跟陶若一樣，都是我的至親，比什麼其他人都重要。」

他立刻笑了，多日來的陰霾一掃不見，「既然你這麼說了，我也只好捨生忘死幫你辦事。」

她看著他，「這不是幫我，是爲你自己，太子登基，早早晚晚都會對你不利。至於我，」她落寞低頭，「我說過，我不要聯姻。」

他嘆口氣，「隨便你要不要吧，我知道你是喜歡上他了。城門口去接你那天，你下車往他那兒一望，我便明白傳言都是眞的。我得先提醒你——秦家是個大家族，跟朝中官員和皇家都有盤根錯節的關係，進他秦家門並沒那麼容易，秦文的生母就是直到死去才被承認。中原禮儀嚴謹，你跟他如此鬧法，對你自己名聲不利，秦家人恐怕不會喜歡。」

陶花從來沒有想過這麼多，此時愣了半晌，把小滿的話一句句想了一遍，隱隱覺到些許寒意。

小滿為人體貼，清楚她的心思，也不忍她獨自擔憂，於是柔聲安慰：「你別怕。秦家再厲害，你背後，有我。」

陶花感激地望著他。「你背後，有我」，這是多麼安慰貼心的承諾。她只覺這話連謝字都不能說出就生分了，於是點一點頭，起身離去。

小滿看著她的手腕從自己手中一點點抽出，剛剛還活色生香的一個人終於變得只剩下一個背影，側過身長嘆了一口氣。不知怎的驟然一陣心煩襲來，擾得他將整床被子都給踢下床。

第二天有早朝，小滿一早去了，回來卻是滿臉怒氣。

陶花奇道：「怎麼了？剛打了大勝仗皇帝還不高興？」

小滿不答，摘下冠帶扔在地上，悶悶坐進椅中不說話。

陶花研判情勢嚴重，轉頭去看鄭伯。鄭伯走近她身邊，輕聲啓口道：「今日朝堂之上，田太師在聖上面前盛讚桃花箭。他，唉，他誇說你箭法無雙，美貌更無雙，聖上已命你覲見。」

陶花還未反應過來何以這事會讓小滿生氣，就聽見小滿大罵說：「田仲魁這隻老狐狸，聽見消息說姑姑跟秦將軍要好，就想了這麼個一箭雙鵰的主意推姑姑入火坑。如此我們少了一員良將，他女兒也可以高枕無憂，好如意的算盤！」

陶花仍是不明白，奇道：「見見天子罷了，難道朝堂上有火坑讓我跳？我又沒犯法，縱然當了五年山賊，可也沒犯過壞事。」

鄭伯搖頭，「非也。當今天子極好女色，田太師大肆宣揚，這練箭之人，唉，定然與眾不同啊。」

陶花聽言，轉身向外，「那我走了，不見總沒事了吧。」

鄭伯拉住她，「你這一走，老狐狸鐵定把所有髒水都潑到徽王身上。再說，你也未必走得脫，皇上為一個美人掘地三尺的事情，已經幹過多次了。」

陶花皺眉，「那如何是好？我，我可是不願意的。你們有禍事自己承擔好了，我反正是不蹚這渾水了。」言畢看了小滿一眼，見他愁眉深鎖，全不似往日意氣風發的樣子，不由擔憂，走過去拉住他，「好吧好吧，我明天先去讓他瞧瞧好了，回來再想對策，興許他看不上我呢。」

小滿抬頭，雙目全是通紅的血絲，一字字道：「姑姑，你放心，當日在無牙山上我便已下定決心，此生盡我之力，無論如何都要護你周全。」

陶花看他咬牙切齒、滿眼血紅的樣子十分驚心，忙握住他手，「沒事沒事，你還是個孩子，應該我來護著你的。」

正談話間，家丁來報，田太師來訪。小滿和鄭伯立刻換上了笑臉，彷彿方才之事不曾發生。兩人出門把太師迎進來，陶花偷眼一瞧，正是那日在城門口迎接秦文的富態老頭。

田太師一屁股坐下來就再沒挪身，一路從東扯到西，從南扯到北。陶花明白，他這是來探聽虛實，也讓府中沒有布置對策的時間。

正在這裡閒扯的時候，家丁傳報秦家有人來了。田太師一下坐直身軀，振了精神，「快請快請。」陶花在旁悄無聲息退了出去。

徽王府的家丁領著小金進來，背後還跟著一人，穿著軍士服色，一頂大軍帽遮住面孔。

田太師走下座位，「這位仁兄帽子戴歪了吧，我來幫你正一正。」

那人後退一步，粗聲道：「不必，太師別髒了金手。」

「不妨不妨，」田太師笑著，「仁兄若是秦家的人，我幫你正正帽子也是應該。」說著，他伸手硬去掀那人的帽子。

田仲魁懷疑秦家有人與徽王府過從甚密不是一天兩天了，他很想抓住證據好讓他的賢婿去查，所以硬去掀這人的帽子使其露出真容。秦家上下，哪有一人是他得罪不起的，他毫無顧忌地掀起來。

可是帽子脫掉，他看見的是一張溫存可愛的面孔，如春日盛放的桃花，紅豔豔香噴噴，讓人愛不釋手。田仲魁一愣神的工夫，對面那人一拳打在他臉上，他當場眩暈過去。

田家的家丁一起衝過來，陶花冷言道：「本姑娘就要去面君了，此刻身軀貴比千金，你們誰敢動？咱們到金殿上說個明白！」家丁們不敢發作，擁著田仲魁離去。

陶花扯下一身兵服，扮個鬼臉，鄭伯在旁邊給她豎起大拇指，同小滿一起，三人到書房去見秦文。

陶花衝在最前頭進書房，秦文卻只衝她微一點頭，便不再多言，急急與小滿和鄭伯商議起來。陶花起初坐在案邊，聽他們細細商討安排應對，講的全都是軍政細節，陶花聽得昏昏欲睡，越來越不專注，只看見秦文和小滿沉穩鎮定、信心十足，兩人配合親密無間。陶花迷迷濛濛心想：「或許真如秦文所說，小滿有一統天下的才幹。」

天色漸晚，秦文換上軍士服色，跟在小金背後走了。陶花一直送到門口，秦文衝她點頭，說聲「放心」，便急急離去。

第十二章　傾國

晴朗月夜，卻無人有心賞玩風景。

徽王府爲陶花面君之事，已經連續繁忙了數日，對外只說要好好打扮以邀聖寵。早來晚來，這一天也總是來了。陶花不待天黑便上床躺下，今夜必須好好休息，明日早朝面君若是說不通，那便只有一戰。

迷迷糊糊將睡未睡之際，聽見門外有聲音，似是服侍自己的小丫頭開門讓人進來。她還不及坐起，就隔著帳子看見小滿從外間屋走進內室，逕直走到她床邊，放了一樣東西在她枕側。她伸手拿起來，摸出了是那件刀槍不入的金絲背心。

小滿有些吃驚，「吵醒你了？」

她並不避諱他，乾脆起身把帳子打開，燈燭一時摸不著，所幸月色足夠明亮，照見小滿殷殷的關切之色。她笑了笑，「我用不著這個東西。」說著塞回到他手中去。

他卻是沒說話，就那麼一直看著她。

陶花不明白他爲什麼盯著自己看，抬手摸摸臉，「怎麼了？是不是大半夜的看著像鬼啊？」

小滿低頭一陣赧然，想換個話題，於是把手中的金絲背心打開替她穿上。室內暖閣，她只穿了一件薄薄的絲衣，金屬劃過時有些異樣觸感。

她也不覺得有甚不妥，他在她胸前暖過凍僵的身體，還能有什麼更不妥的呢？她只覺得他的手掌有些異乎尋常的灼熱，於是擔心得問了一句：「小滿，你手怎這麼熱，沒害病吧？」

他一下子臉紅了，月亮底下亦能看出。她立刻伸手探了探他的額頭，結論是：「嗯，還好。」

小滿後退了一步，說：「明天你自己小心點，不過也別害怕。」

她點頭，「我不是個會害怕的人。」

他笑著望她一眼，「我想了半天，仍是覺得……就算姑姑你嫁了人，我在這世上最親近的人還是你和寄父，其他的人都不如。」說完便舉步離去。

隔天一早，陶花也不梳洗，穿上家人換下的一身舊袍子，蓬頭垢面就出了門。

小滿連連念叨：「老天爺保佑，他若看不上你，咱們又免一次兵禍。」

鄭伯則不以爲然，「安排已經周密，秦將軍又肯全力相助，未必是壞事。」

金殿之上，陶花快把頭垂低到地面，粗聲粗氣請安。天子步下寶座，命她抬起頭來，見她雲鬢不整、花顏冷落，皇帝趙登卻愈發來了興致，「朕今日忽然體會了前朝王丞相的一首詩——『低徊顧影無顏色，尚得君王不自持』。沒有苦心修整的驚絕之色，卻一樣讓人不能自持啊。」

小滿聞言，臉上頓時變色。

田仲魁今天白布纏頭，本來是打算涕淚交流來告一狀，聽見皇帝如此說，馬上改了主意，接口道：「聖上這首詩，引得最是妙，爲何？第一，這陶姑娘的姿態，正合了明妃的『意態由來畫不成』，這般姿態，如何畫得出？畫出來也是一張乾枯面孔而已，有甚好看。第二，呵呵，聖上想必聽說了，這位陶姑娘自幼在塞北長大，可不是那句『黃金杆撥春風手，彈看飛鴻勸胡酒』。聖上高明，聖上高明啊。」

趙登揚揚自得，「朕也就是略讀詩書，略讀而已。」

田仲魁陪著笑，接著往下說：「不過呢，聖上引用明妃作比，有一點微臣不敢認同。」

「哦？怎講？」趙登有些不悅。

「皇上，當年漢元帝令明妃流落塞北，宮中再無可比之人，悔恨終生；明妃自己『千載琵琶作胡語，分明怨恨曲中論』，這是何等傷心。聖上呢，從塞北召來了美人，可不是讓美人出塞，聖上是一代明君，又如何會埋沒這樣的美人呢？所以說，這一點，微臣不敢苟同啊。聖上若是棄如斯美人於不顧，那豈不是變成……變成……微臣不敢說下去了。」

趙登臉上早已樂開了，「不會，不會。陶姑娘，你就不用回去了，這就在我宮中住下可好？」

陶花聽見他們文來詩往，自己全都不明白，只有最後這一句是聽懂了。她立刻回答：「不好。」

趙登奇道：「為什麼不好？你隨身的東西，我差人替你取來便是。」

陶花搖頭，「我不喜歡你，所以不好。」

趙登臉色已變，他性情急躁暴戾，當即耐心用盡，喚侍從把陶花「請」進宮去。

陶花不從，金殿之上正要動手，聽到小滿清咳一聲，她抬頭一望，小滿和秦文同時向她使眼色讓她不要動手。陶花想了想，出於對兩人的信任，乖乖跟天子的侍從走了。

趙登立即宣布退朝，高高興興下了金鑾殿回宮。剛走到門口，隨侍的一個老太監過來附在他耳邊說了幾句話。趙登頓時大喜，「是嗎？素素果真如此說？快，快，朕這就過去，快，快，替朕換便衣，快，快，通知當值侍衛，你，你愣在這裡做甚？還不快點！」

忙忙活活趙登就走了，把剛剛「請」來的陶花給忘了個乾淨。

陶花被安置在一間內室，門外有人把守，她剛坐下便聽見一陣急促的腳步聲過來。她以爲是皇帝，當即站起，思量對策。門「砰」的一聲被推開，進來的卻是個豐容靚飾的美豔婦人，一見陶花，伸手就來抬她的面孔想看仔細容貌。陶花怎可能無端受此羞辱，當即用推雲手一帶，那美婦人就順著勁道往前撲跌。趴在地上之後，她大怒起來，「你竟敢毆打本宮，今後在這後宮之內還想活命嗎？快傳侍衛！」

來人正是田妃，陶花聽見要傳侍衛，她的近身功夫無法對付眾多皇宮侍衛，不想白白受人欺負，心念電轉間，猛然撲過去，取出一支袖箭抵住田妃咽喉。

田妃頓時嚇得「哎呀」亂叫，她的哥哥告訴她今天會有新人來此，讓她做好防備，不必留情。然而，她的哥哥卻顯然忘記告訴她這個女子身負武功，否則她如何敢親自前來。

內宮侍衛被趙登帶走了大半，剩下的分散各處，遲遲才到。他們將陶花密密圍住，看見田妃受制，無人敢動手。

宮中鬧得如此大動靜，早有人回報了徽王府。

小滿正在大廳內來回踱步，鄭伯在一旁苦苦勸慰，說這是天賜良機，正可奪回大權。小滿只是皺眉，「若奪大權，爲社稷安定，太子一支必然再不可留。可是，弑父殺弟，未免骨肉相殘。」

鄭伯嘆道：「從古到今，哪一次宮變不是骨肉相殘。天子無德，民不聊生，如此下去，朝代更替乃是遲早之事。」

正談話間，親兵過來報說，陶花在宮內箭指田妃。

鄭伯聽見，朗聲對小滿說：「勢成覆水，若要強收，陶姑娘性命不保。」

小滿一下立定身形，長嘆口氣，「無論如何，我也要護得姑姑周全。既已如此，不如趁田妃受制，取了宮中的虎符，其他各處安排也都可開始行動了。」

「王爺，不，天子英明。」鄭伯當即恭賀。

小滿搖搖頭，「如今周國哪裡還有個大國的樣子，北受契丹欺負，南方分出了吳越國。我們掌權之後，我不稱帝，仍稱王，等到我們北拒契丹、南併吳越之時，再稱帝不遲。」

鄭伯徐徐頷首，「大王，我鄭知易果眞沒有看錯人。」

陶花制住田妃後，也不知如何是好，這女人哭得梨花帶雨，陶花很想放她，卻是不敢。過得一陣，有一名侍衛長來到，原本圍住陶花的侍衛一齊向他行禮。那侍衛長說：「近日事務繁忙，大家多有勞累，今天你們不必當值，可回家休息，自有別人頂上。」

那些侍衛正圍著要犯，不由莫名其妙，可聽侍衛長言之鑿鑿，又見陶花兇悍無比，倒是樂得躲了開去。也有一兩個精明些的，感覺到將有巨變，那是更加想躲得遠遠的了。

這些侍衛退去之後，換了一輪新人上來。田妃哭泣不止，對侍衛們說：「快快救本宮。」

但聽一個侍衛答聲「遵命」，走上前來。陶花不由得後退幾步，待那人走近了，卻向她猛眨眼睛，陶花一愣，細細一看，這侍衛服底下罩著的竟是小金。

陶花大喜，恨不得把這個哭哭啼啼的燙手山芋推給小金。小金過來拉開陶花，田妃立刻收了哭聲，變得趾高氣揚起來，即命侍衛拿下陶花。兩旁的侍衛迅速移步過來，卻是擒住了她自己。田妃大怒道：

「你們反了不成？」

小金微笑，「我們未反大周，只是願意擁立徽王，還請娘娘告知虎符所在。」言畢，低聲對陶花說道：「徽王命你與羅大哥去守朱雀門，防止赤龍會攻入宮內。你即刻便去，由張侍衛替你帶路。」

朱雀門前鐵甲整肅，刀槍林立，黑壓壓的重裝鎧甲綿延直至遠處，有千人之眾，然卻是鴉雀無聲，連一聲沉重些的呼吸都聽不到。

大門緊緊關著，守門士兵直等羅焰前來，才給陶花和張侍衛開了大門放行。

羅焰見到陶花，先是急急問道：「你沒事嗎？」

陶花搖頭，「我沒事，被那些狗侍衛帶到宮內，」說完之後卻意識到張侍衛也在旁邊，於是趕緊改口，「被那幾個壞侍衛帶到宮內，連皇帝的影子都沒見到，然後就有好心的侍衛大哥來救我了。」

張侍衛向她微微一笑，「姑娘但罵無妨，我等都不是什麼侍衛，實是秦家軍。臨行前將軍曾囑咐，說陶姑娘安危，比他自己安危還要緊，我等如何敢不盡力。」

陶花微微臉紅，「多謝張大哥，不知秦將軍現在何處？」

這一句話即把張侍衛問倒，他虛張兩次嘴，「我聽說……我聽說……」又立刻斬釘截鐵答道：「恕末將不知。此次行動安排機密，我們連兄弟之間都不知對方去了何處。」

羅焰呵呵一笑，讓張侍衛退下去守門，而後對陶花說：「秦將軍此刻恐怕正在素素姑娘房內，這會兒麼，該到床上了吧。」

陶花驀然怔住，羅焰哈哈大笑，「若非秦文請得動顏素素，你怎能連皇帝影子都沒見到，還全身而退到這裡守門？我這五妹如今面子大得很，上上下下都驚動起來，連我和何四都被拉下山來當兵頭。」

陶花莞爾，「謝謝三哥、四哥，那……那素素姑娘可沒事？」

「想來應該沒事，秦將軍已跟素素姑娘商議好了，要在帷帳之內制住趙登，才能令御林軍投鼠忌器，而後拿下趙登隨身攜帶的京郊大軍虎符，調離京郊駐軍。」周國的虎符原本是樞密使執掌，但因爲趙登暴戾多疑，便全都收在宮中，京郊軍虎符由他隨身攜帶，其餘由他和田家共同掌管。秦文出征契丹時，田家將常駐北方的十五萬幽州軍虎符交予了他，雖然歸來即刻歸還，但秦家軍已控大軍，再也不懼虎符去向。如今只剩常駐南方的二十萬淮南軍虎符還在宮中，是要緊物事，想來小金此刻已經取得。

陶花徐徐點頭，「秦將軍果然安排周密。」

羅焰斜睨她一眼，「這不是秦將軍的安排，他的安排比這可周密多了。帷帳之內制伏趙登，由你去，不比那手無縛雞之力的顏素素強得多？只是你那小滿姪兒無論如何不捨得，爲此差點跟秦將軍打起來。」

「什麼？」陶花大驚，「是鬧著玩的吧。」

「我不知道是不是玩笑，打一打也沒什麼，徽王跟將士一向親如兄弟，練兵打架都在一塊。」

「其實我去也未嘗不可，大戰當前，當然人人都要上陣。」

「我也這麼想，可你那小滿姪兒說，你不通情事，應付不了趙登。秦將軍說，沒關係，他這就去教，準保你明早起來脫胎換骨，比顏素素還懂得逢迎男人。小滿馬上掀桌子要打人了。」

羅焰說完，看了看陶花的神色，她卻只是驚訝張口，「那後來呢？」

「後來？後來秦將軍只好去請顏素素，這事也挺難辦，弄不好便招滅族之災。聽說素素姑娘起初不太願意，秦文在她那兒勸了整整一個晚上，不知怎麼也就應了。」

陶花聽見，微微有些不悅，還未回神時，有人來報：「秦將軍已得手，傳話過來，請四門守軍務必嚴防，無論如何不能放人進出。」陶花點頭，知道今日正是攸關時刻。

又過得小半個時辰，朱雀門安靜如常，卻見一哨探奔上前報道：「有黑衣悍匪百餘人，正攻玄武門！」

陶花急問：「玄武門是何人在守？」

哨探未答，羅焰搶先道：「是何四和秦將軍的胞妹——秦梧姑娘。」

陶花聽小金提過秦梧，知她承襲家學，已累計軍功升騎都尉，算是一位巾幗英雄，倒是稍稍放心了些。羅焰以爲陶花不知道秦梧，就又重新介紹一回，言語間甚是欣賞。

陶花笑道：「難得聽見三哥如此稱讚一個女子，莫非……」

羅焰一笑，不去理她。陶花與他共處五年之久，彼此的脾氣性格都摸得熟悉。他越是不理，她越是明白，眨眨眼睛嘆息道：「咦，小滿眞是不會分派，應該讓你和秦姑娘同守玄武門才是，免得我三哥人在此處，心卻早飛過去掛憂人家了。」

羅焰笑道：「你別胡說八道，她哪裡用得著我擔心？秦家軍中最爲精強之兵將分作兩處，一處去宮中護你，一處便跟著秦梧在玄武門。」

陶花本來不擔心，這麼一說倒是擔心起來，「那秦將軍自己呢？」

「他說他自己便是精兵強將，當然要先讓著兩個女子。」

陶花一撇嘴，「這人如此自大……」

話音未落，聽得笑聲在身前響起：「是誰在背後說我壞話？」

陶花急忙抬頭，看見秦文戰馬剛停，在馬上正朝她微笑，一身鐵甲壓不住衣袂飄揚，陽光之下笑容與戰衣一起光芒四射。她方才因顏素素生的不悅瞬間全被照得冰消雪融，飛步跑過去，站在地上去拉他的手。

秦文只好俯身相就，柔聲問道：「你可好？」

「我好得很，連皇帝的面也沒見著。」

秦文一笑，「你要見皇帝嗎？他已入宮中接掌印鑒，此刻正坐鎮全局。」

陶花轉瞬間明白過來，笑道：「這麼快。」

秦文點頭，「禪位詔書已頒布，命徽王繼位。如今有人不服，膽敢抗旨逼宮，追新皇直至玄武門，咱們要打起精神，務必守住宮門。」

陶花急忙點頭，鬆了他手，「你快去玄武門那邊看看吧，我們這裡一時無事。」

秦文微微搖頭，「不見得，我剛從那邊過來，那裡非赤龍會主將所在。我猜他們企圖聲東擊西，所以過來朱雀門看看。」

陶花「嗯」了一聲，似有話，卻欲言又止。

秦文俯身側頭，低聲道：「有話就跟我說。」

她微微咬唇，十分不捨，「今天過後，咱們的戲可就演完了。」

秦文一皺眉頭，「大敵當前，怎麼說這些？」他自馬上箭壺拿出一支木箭交給她，「一旦情況危急，射此箭於天。」

陶花收斂心神，點頭接過，剛剛放入自己隨身帶的箭囊，忽聽得羅焰忽然大叫一聲「五妹退後」。

她一愣，依言疾退數步，抬頭時，看見秦文已經提韁躍往一旁，而自己剛才與他所站立之處，竟密密麻麻如雨點般撒下無數黑色鐵蒺藜，個個深入地下，力道深厚可怖。

陶花仰頭一看，天上如大鵬般落下近百人，全都身著黑衣，左臂一條赤龍，一落地便成鷹翼陣型往大門攻去。兩旁兵士一齊湧上，戰在一處。

秦文甫見人落下時已縱馬奔襲，他出手在半空殺死一人，此刻正被另兩人截住纏鬥。羅焰躍至陶花所在，幫她接住近身敵人，陶花早已取下鐵弓，箭不虛發，往攏近城門的幾個黑衣人射去。

眾人皆陷入苦戰，只有陶花這個箭手可以眼觀六路，但見此批黑衣人個個身手不凡，瞬間局勢便凶險異常，不由焦慮。正著急間，聽得秦文叫道：「陶花，快射火箭！」

第十三章　赤龍

陶花聽見秦文呼喝，立刻拿出他剛剛給的木箭，拉滿了弓朝天射去。那箭衝天而起，在半空中燃起火花，焰火噴出，竟是一朵桃花形狀。

秦文仰天一望，長笑一聲，朗聲道：「桃花箭出，鐵騎兵頃刻即至。」在場的兵士歡聲雷動。原來秦文早在城中埋伏下重兵鐵騎，但未讓他們來守宮門，怕引起城中混亂而使京郊大軍有異動。如今匪寇來攻，那是再好不過的出兵理由。只是，鐵騎兵馳援尚需時間，此地的戰況卻已是萬分凶險。

陶花再無半刻觀戰的餘暇，雙手不停射向近門的敵人。羅焰幾快擋不住如潮接繼進攻箭手的敵人，秦文躍馬過來相助。若是桃花箭受損，只怕朱雀門頃刻即破。

三人都陷苦戰的時候，忽聽秦文大喝一聲，俯身去推陶花。

陶花一驚側頭，眼睜睜看著一支短箭在自己腦後停住。本來應該中在自己咽喉的短箭，釘在秦文手臂，餘力未消，將他拉扯下馬去。

陶花大叫一聲，疾步奔到秦文身側，卻見他已拔出那支短箭，鮮血噴出，血色如墨。羅焰也趕過來，叫一聲「有毒」，迅即去搜尋那放箭之人。

陶花立在秦文身側，睜睜看著黑色血液在他臂上汩汩留下，只覺如墜冰窖。

秦文皺眉說：「箭手不能離崗，你快回去！不消管我，我也不知這箭有毒，不然不會以身來擋。」

陶花卻恍若未聞，一眨不眨看著他，腦中飛快地轉過許多念頭。她曾聽父親說過，若是血色變黑，那必是可奪人性命的劇毒。父親還說：「蝮蛇一噬手，壯士即斷腕。」一再交代他姐弟二人，若在戰場上中劇毒，須得立刻斷腕以保性命，一旦拖延久時，必然不治。可是，難道如今讓她揮刀斬斷秦文的臂膀不成？

在那一轉念間，再無細思的餘地，她伸手在自己衣襟上撕下一條長布，緊緊紮在傷口上緣一寸之處，而後俯身將毒血吸出，一刻不停直至黑血變紅。父親也對她說過，這是救命的辦法，只是劇毒會自口中進入這施救之人體內，她難保性命。

秦文見她如此，卻是大怒，「朱雀門若破，你留我性命又有何用？到時候全都是九族不保，你怎會這麼糊塗！」

陶花見黑血已去，一邊撕下一條衣襟幫他包紮傷口，一邊淡淡答道：「你去顧你的九族，顧你的千秋大業，我反正只顧你。」

他一下頓住，看著她，不再說話。

陶花包好他的傷口，隱隱覺到心頭開始麻痛，她知道這必是毒液攻心了，於是抬頭凝目，問他：「這是我第三遍問你這句話，事不過三，再沒有下一次了……你真的，沒什麼其他話要跟我說的？除了作戲，就沒有其他要說的嗎？」

所有敵人都在強攻朱雀門大門，喊殺聲驚天動地，鋼鐵碰撞聲不絕於耳。她在一片血雨腥風中只靜靜望著他，眼神中倔強剛毅。婚姻唾手可得、眾望所歸，她卻不想要，她非要最難拿到的那一樣。

那一點堅持，到底讓他失神了片刻。秦文仍舊不語，卻伸出雙臂，將她攬入懷中。

她在他懷中飲泣，「我……我是真的……」

他輕撫她的後背，「我明白，我也是眞的想娶你這麼好的姑娘。可是，陶花，箭手此刻必須回崗，等待鐵騎兵來援。」

陶花離開他的懷抱，「即使命在頃刻，也必須回崗嗎？」

他神色嚴正，「戰場上，誰不是命在頃刻？你非我轄下士兵，我本無權力對你發令，可是，你是我的未婚妻，於情於理我都該請你回崗。」

她愣住，如今局勢丕變，她已不必再假扮他的未婚妻。她遲疑著問：「我……」話猶未出口，一聲巨響中，朱雀門大門被攻開了。

秦文側頭去望，恨得一咬牙，「大門已開，你的小滿怕是性命堪憂！」

陶花聽見這話渾身一凜，再也顧不得別的，挽弓站起，三箭連發射死最前頭的三人，卻阻不住敵人蜂擁而入。她正要奔到箭垛旁去取箭，卻聽見背後「咚」的一聲。轉身看時，羅焰口吐鮮血倒在她背後，顯是身受重傷。

陶花順著羅焰的目光看過去，一名黑袍白髮的老者正站於一丈之外。白髮老者看見陶花，怒斥道：「你害我天子，我必不留你性命。」說罷一劍刺來。

但見那劍影如鬼如魅，轉瞬已逼胸前，又暗含了四面八方之變化，讓人連躲閃餘地也沒有。秦文在背後急拉她後心衣服，卻爲時已晚。劍尖刺破衣服，未入皮肉之時，陶花早被那勁風激得胸口疼痛。

然而，利劍卻驟停於胸口。她低頭一看，想起自己穿著金絲背心，可這金絲背心縱能擋住鐵器，亦擋不住勁力，她卻一直沒受到這一刺之力，不由覺得奇怪，抬頭看了那老者一眼。

那老者也正看著她，忽然問了一句：「你是不是姓陶？」說著俯身拾起地上一塊金屬佩件，緊接追問：「這是誰給你的？」

陶花看了一眼，剛才為秦文包紮傷口時，她兩次撕取自己衣襟，前襟內的幾樣隨身物品散落出來，她陷於變故之中，竟未察覺。那些物件中有陶若的小馬，有木盒弩箭，還有這塊父親臨終前以箭射給自己的銅牌。當時父親擋住追兵，命她射死陶若，然後趕緊逃命去。她讓父親一起走，卻哪裡可能，眼睜睜看著父親被一隻長戟刺中，臨終前將這塊銅牌纏於箭上射來給她。她也不知此物來歷，只曾聽父親跟陶若提起過，這塊銅牌將來是要傳給他的。如今既然給了自己，她只當作父親遺物，算是對亡父的念想寄託。

她不知該不該回答這黑袍老者的問話，卻聽得羅焰重傷之下依然開口，「不錯，這姑娘是姓陶，由契丹來我中原，但她祖上卻是我中原人氏。」

那老者聽此言目光閃爍，聲音顫抖著猛然再追問一句：「陶洪錫是你什麼人？」

陶花尚未回話，秦文抓在她背後的手乍然一抖，顫聲問道：「你是陶洪錫的女兒？」

陶花沒回答那老者，倒先轉過頭來答秦文的問話：「不錯，那正是家父名諱。」卻見秦文臉上陰晴不定，還未及詢問，那邊老者已經單膝跪地，叫了一聲「小姐」，接著竟然痛哭失聲。

陶花當場愣住，羅焰則在旁冷冷提醒，「戚二爺，你家小姐此刻身中你箭上劇毒。」

戚二爺急忙從懷中掏出一堆小瓶子來，手忙腳亂地一個個細看。

他們在這裡耽擱的工夫，馬蹄聲已自四面趨至，似奔雷湧動，如潮水一般將朱雀門淹沒。然而，攻入朱雀門內的敵人已經難追，怕是即使追上小滿也難脫危險。陶花不停朝門內張望，心急如焚。

戚二爺眼觀六路，當即站起。

早已有鐵騎兵圍住了這裡，只是被秦文揮手止住，遠遠一圈弩箭全都向著戚二爺，隨著他起身一起指高。他也未顧，只朝外圈喊道：「弟兄們全都停手，伏擊的弟兄們也回去，到總部會合。」他聲音不高，卻是穩穩傳出，震得人耳膜疼痛。即刻便聽到有聲音自各方傳入耳中，「玄武門退了」、「東城門退了」、「朱雀門退了」……

發完施令他便繼續埋頭找藥，千軍萬馬全然不顧，最後拿出一只小瓶遞與陶花，又看一眼秦文，說道：「請你們二人分食，這位將軍的毒並未解出，我赤龍會的毒哪有這麼易解。」

陶花拿著瓶子在手中卻不敢動，看看秦文，又看看羅焰。秦文面色極不好看，羅焰倒是對她點頭，指指她手中的瓶子讓她用藥。

戚二爺重又跪下，見陶花不敢用藥，自她手中取過一粒藥丸自服。

陶花便跟著拿一粒吃了，回頭對秦文說：「過半個時辰如果我沒事，就也給你吃一顆。」

戚二爺答：「半個時辰可以等得，不妨事。」又加了一句，「小姐眞是用心良苦。」

陶花看這白髮長者一直對自己跪著，雖是敵人亦覺不妥，遂示意他坐在旁邊。戚二爺盤膝坐下，將前情細細道來。

原來陶花的祖上曾是武林中人，創下赤龍會，當年爲武林第一大幫派。而這位陶氏祖先，更是有天下第一的名號，以開碑手排武林《兵器譜》第一。後來周太祖起兵，這位陶氏祖先以赤龍會相隨，終於打下了大周江山。赤龍會出生入死，與士兵共同作戰，這銅牌便是當年作戰時的調遣權杖，與虎符相當，一半在陶家，一半在會中。大周建國後，赤龍會一直掌握在陶氏手中，會中輩分排列從二哥開始，因爲大哥必留給陶家人。雖名爲兄弟，實爲主僕，這戚二便是當年陶家的家將。只是陶家人功成後不再涉足江湖，而改讀兵書、習馬上功夫。

有了朝廷作倚仗，赤龍會在江湖中勢力日漸壯大，不意終成趙家皇室的心頭之刺。到了陶洪錫的父親這一輩，皇帝將陶家人召至宮中，不知說了些什麼，陶大哥當晚將赤龍會中已升至第二把交椅的戚二召進宮去，在皇帝面前對他說：「從此以後，赤龍會聽從天子號令，陶家要卸甲歸田。」戚二那時年紀尚輕，不明曉這其中關係利害，只是不知爲何大哥卻未將權杖交給他。他心覺蹊蹺，追至鄉間去找大哥，大哥只對他說了八個字「家事爲小，國事爲大」，便不肯再言。戚二回來之後，仔細思量，率赤龍會投效了趙氏，那自是不敢再稱爲大哥，只敢稱聖上了。

陶大哥死後，皇帝請其獨子陶洪錫出仕爲將，戚二此時已頗通朝廷事故，不去與陶氏來往，免爲他們帶來禍端。後來陶洪錫陷在契丹，聽說他做了契丹的大官，赤龍會更加不便相救。直到變生肘腋之間，陶家遇難，赤龍會密遣弟兄過去，卻只得見遍地鮮血，連屍首也沒見到。

戚二爺將前塵舊事講完，拿出與那銅牌相對的另一面，銘文剛好吻合。陶花無限欷歔，自是不再疑心，趕緊再拿出一枚丸藥，遞到秦文嘴邊。卻見他面色青白，唇上血色全無，陶花想著必是箭傷所至，於是輕聲促他吃藥。

看見秦文，陶花忽然想起一事，問道：「當日，你們曾追殺我，也曾苦追秦將軍，所爲何事？」

戚二爺急忙重又跪下，答道：「屬下冒犯小姐，罪不敢當。朝中政事想來小姐也聽過一些，赤龍會雖然名爲天子下屬，實際發號施令的卻是那田太師，他命我殺死你帶的那個孩子，就是現在的徽王，所以會眾追殺你們二人。所幸小姐無恙，否則我戚二縱死亦難抵罪。至於秦將軍……」他抬頭看了秦文一眼，秦文緊緊握住陶花的手，雙唇抿住。

陶花覺到他的手冰涼無溫，想是他憶起當日舊事心驚，於是回身輕拍他手背，然後扶起戚二爺，「算了，往事不多提了。」

一行人等握手言歡，先命人送羅焰和秦文回去養傷，其他人入宮去見小滿。陶花拜稱戚二為「戚爺」，讓戚二感愧不已。

小滿正在大殿內聽取各處奏報，盡皆傳吉。京郊大軍原是田太師的內姪統帥，密使攜虎符調令到時，他疑惑不願接，他的副將早恨他專橫跋扈，一刀砍下他的頭顱獻予密使。自此宮變算是成功。淮南軍即使有異心，合幽州軍與京郊軍之力，亦可一戰。

陶花遠遠看見小滿坐陣正殿，指揮鎮定，氣度恢弘；鄭伯不在身旁，他也全無疑慮，行事果敢俐落，儼然帝王風範。

小滿瞧見陶花進來，先拋下事務把她拉到跟前來上下細看。陶花笑言：「沒事，那皇帝什麼便宜也沒討去。」

她剛一說完，小滿旁邊的內監立刻清咳一聲，說道：「聖上正在此處。」

小滿一笑揮手，「無妨。」說著將陶花拉到身邊，作勢要捏她臉蛋，「看看這回能不能討些便宜。」他看到陶花就變得格外活潑，有點戲綵娛親的「孝順」勁。

陶花大笑著推開他，招手喚戚二爺過來，引見給小滿，把陶家舊事也簡略講了一遍。

小滿點頭說：「今日起，赤龍會重歸陶家，聽我姑姑號令。」

陶花急忙搖手，「算了算了，我可沒那本事，還是小滿你接下吧。」

小滿衝陶花一眨眼，「前朝太祖曾嚮往『君臣兩不相疑』，他沒有做到，我和姑姑倒是做到了。」說罷親熱地拉過陶花，問道：「此番登臨王位，必要大賞將士，姑姑想要什麼？」

鄭伯正好進來，快步走到小滿跟前，低聲附在小滿耳邊說了幾句話。

小滿微皺眉頭，只一瞬間，便朗聲對鄭伯說道：「殺。起兵之時，已想到今日。」鄭伯點頭接令。

陶花正被小滿拉住在身邊，好奇地隨口問了一句：「誰？」

小滿也不瞞她，隨口答聲：「廢帝。」

陶花心底不由驚了一場，縱是相處不洽，廢帝終爲他親生父親。

小滿見陶花變色，淡淡說道：「你剛剛跟我講，你爺爺在田間說的那八個字是什麼？『家事爲小，國事爲大』，廢帝妄想妖言惑眾，不可再留。」

「可……我記得咱們在錫蘭時，你連一個水果攤主的命都要設法保全。」

小滿垂眸，緩緩言道：「殺人，全是不得已。被逼到不得已了，那就沒有親近遠疏，唯有不得已；若還沒被逼到那個分上，就誰都不該殺，能放過一命便是一命。」他目光堅定、寬容仁善，眉宇間躊躇滿志、英氣勃發，再不是當日觀音廟中被大火焦屍嚇得尿褲子的小孩了。

鄭伯在旁連連點頭，「鴻蒙之初，人性本善，古戰場多是以觀兵爲主，殺人並非目的。是到了後來，大千世界色相萬千，人們變得貪婪，才要取人性命，以獨享貪欲。大王爲人仁義，施政溫和，對待朋友的仁義那是小善，對待天下的仁義乃是大善，上善若水啊上善若水。」

鄭伯連連讚得心悅誠服。陶花側過頭來望住小滿，扮了個鬼臉，嘻笑道：「原來，你的溫柔才似水啊，我還以爲只有女子們才似水呢。」

小滿抓著陶花的手驀地一緊，極低的聲音飛快在她耳邊掠過，「我的溫柔你還沒見過呢。」

陶花愣了一下，沒聽明白。

鄭伯看見他二人私語，又似聽大王剛剛提及封賞之事，便拱手清咳，「大王，你口口聲聲稱陶姑娘為『姑姑』，恐怕不妥。」

小滿不語，鄭伯接下去講道：「大王的姑姑，那是太長公主，秦將軍的母親軒雲公主才是大王的親姑姑。不如稱陶姑娘為義姐，封長公主，日後趙氏長公主下嫁我朝忠義門庭，那才是般般配配的美事一樁。」他這話說得分外明白，是要將陶花嫁給秦文了，這才須考慮輩分、封號。

小滿微微一笑，鬆手放開陶花，「如此甚好。請鄭伯為姑姑琢思一個端莊嫻淑的好名號，賜姓為趙。」聲音嚴正明晰，一派君主氣概，不似剛剛與陶花說話時的親熱了。

鄭伯尚未離去，一個親兵近前來報：「朝中三品以下文官，都已請在太華殿。」

鄭伯已轉身待行，此刻又轉回身來，「三品以上官員和軍中將領大半安置妥當，這剩下的麼，須找一個妥帖又強硬之人，一舉服眾，立威立德。」

小滿看向鄭伯，鄭伯笑著搖手，「老夫乃秀才出身，不若找個將官前去較好行事。」小滿又看向戚二爺，他同樣笑著搖手，「這種大傷風雅的事，我不去。」

陶花看眾人推推託托，冷哼一聲，「什麼大不了的事情，我去好了。」

鄭伯一笑，「長公主此去，倒也合適。」說著拉陶花到一側，密密叮囑安排。

等到說完話時，見戚二爺和小滿正竊竊私語，陶花不由奇道：「你二人怎麼還有私話說？」

兩人卻俱都不答。

第十四章　立威

陶花稍作休整，便帶同赤龍會幾個得力之人，由侍衛帶路一起往太華殿去。還未進殿，只聽得裡面熙熙攘攘，如炸開鍋一般。

陶花急躁推門，卻覺滯手，不由用力大了些，接著就聽見「咕咚」一聲，看見一人翻倒於面前，原來這人正背靠著門打盹，被推翻在地才揉著眼睛醒來。陶花注目看去，見是一個青衣書生，神色淡雅，眉宇間輕鬆自若，一副慵懶之態，雖然倒在地上，那份舉重若輕的隨意卻讓他毫不顯畏縮。

她頓覺歉意，想要俯身扶起他，旁邊的侍衛搶上來說道：「公主可受驚?」說著要把那人趕開。

陶花急忙阻住侍衛，親手過去扶起那人，她在草原上長大，本不避諱肌膚相觸，但見那人眼睛直直地望著自己，覺得有些尷尬，於是賠了個笑容算作道歉。兩旁侍衛呵斥他無禮，陶花揮手喝止，「是我等無禮，怎麼反怨別人。」

進去之後，見大家三三兩兩各坐長案之後，交頭接耳中竟對外面來人絲毫不覺。陶花走到最前頭一張案子，呼喝幾聲，卻無人理會。當下她又不耐煩起來，抽出佩刀，一刀將長案斬成兩半，這一下大殿內頓時鴉雀無聲。

眾人上下打量她一番，又有人開始悄悄低語。

「這便是讓聖上葬送江山的那個美人……」

「眞是紅顏禍水……」

「妲己、妹喜，也不過如此……」

「聽說她以媚術，奪了秦將軍虎符……」

陶花在斷案之後聽得眾人低語之聲漸漸又大起來，怒不可抑，抽出背後鐵弓，取出鐵箭，拉滿了弦一箭朝殿門射去。那鐵箭正中門縫當中，鑽開門縫直飛出去，將門縫中間刺出一個洞來。陶花又取出三支木箭，三箭連發，全沒於那洞中。

殿內眾人雖是文官，亦具見識，低語聲霎時全變作驚歎。

陶花朗聲說道：「我自幼練習箭術，寒熱病痛，皆不敢怠慢，為的是有朝一日能報效國家，沙場殺敵。並非我想傷人，乃是敵人傷我百姓、奪我先祖土地，我雖是女子，亦不敢坐視。如今國家不興，屢受異族欺侮，先太子更曾被契丹擄去，實為恥辱。得此奇恥，是我武將無能兼文人懦弱。徽王少年英雄，蟄居於京中卻決戰千里，一戰擊敗契丹，得我周國數十年來首勝。老皇帝自感羞慚，甘願禪位。徽王是兩朝傳承，英明睿智，他志不在皇位，而在天下蒼生，誓待一統天下、國泰民安之時，再登帝位。我等願誓死相隨大王，諸位若與我同志，今後大家共事一朝，若與我殊途，請即刻走出殿門。」說罷又拉開鐵弓，將箭搭在弦上，向著殿門。

殿內眾人聽完陶花之言，有人默然垂首，有人嘆一聲「姑娘說得是」，也有人你看看我、我看看你，卻不敢出聲。偶爾有一兩個伸長脖子看看那殿門，再看看陶花手中弓箭，哪裡敢走過去。

陶花剛剛放下一顆懸著的心，忽然聽得一人在大殿後面朗聲說道：「姑娘以箭指門，我想出去，又如何敢？」陶花望過去，竟是剛剛自己撞倒的那個書生。她本來聽鄭伯安排，不可放走眾人，否則一時之間官員盡散，朝中政事難以維持，所以才以箭指門。

此刻見有人竟敢在箭尖之下辯駁，也講得在理，鄭伯本來說若有人反抗即當場斬殺示眾。可是她剛剛扶起此人，此刻無論如何下不了這個手，於是只能放下弓箭，抬手道：「請便。」

那人卻並未走出，反倒走上前來，向陶花一拱手，「聽聞前朝河陰之變，爾朱榮把滿朝大臣誅殺殆盡，大王待臣下已屬仁慈恩義。我朝開國以來，何嘗得見一位公主如你這般英勇，我寧致遠心甘情願，聽令公主鐵箭所指。」

他此言一出，底下眾人又議論紛紛。

「連寧公子都從了……」

「這姑娘原來有公主名分，老皇帝眞是……」

「等到了河陰之變那般地步，再後悔可就晚了……」

「公主所言俱是實話，徽王的確賢明……」

一陣議論之後，有一位老者站起，拱手說道：「食君之祿，忠君之事，我等願同公主一起，共侍大王。」餘下眾人一齊站起，轟然稱是。

陶花微笑點頭，向眾人抱拳一揖，「各位深明大義，是我國家之福。我尙有軍務在身，就此別過了。」說罷收起弓箭，帶同侍衛又急匆匆離去。路過寧致遠身旁時，陶花展顏一笑，微微點頭說：「多謝寧公子。」

寧致遠也望她一笑，「公主可知那爾朱榮後來怎樣了？」

陶花停住腳步，赧然笑道：「我罕讀詩書，不似公子有才，家父也未曾提講過這段故事。」

寧致遠依舊笑著，「他被北魏孝莊帝設計斬殺。」

陶花微頓，面色有些尷尬，「公子是說，屠殺大臣的人沒有好下場，是嗎？」

「哈哈，」寧致遠大笑，「我怎麼敢說這話，他有沒有好下場與我何干？在下想告訴公主的是，爾朱榮被設計斬殺後，他的妻子破關而出，召集舊部，終於攻下洛陽爲丈夫報了仇。不論忠臣奸黨，這位女子是響噹噹的閨閣英雄，在下若能得如此賢妻，敢望青史偉業。」

陶花站在原地揉了揉腦袋，想了老半天……這屠殺大臣的禍事怎麼就扯到賢妻身上去了，仍沒想明白，只好訕笑著離開。

數日後淮南軍拜服、易將的消息傳來，到此局勢算是全入掌握之中。小滿登基爲周王，血誓天下要待達成一統大業、收復失於契丹的國土和吳越國之後再稱帝。朝中遍賞群臣，鄭伯封右丞相，原右丞相寧諍晉位左丞相，太師之職廢去，秦文拜左衛上將軍，秦梧拜右衛將軍，陶花賜姓趙，稱長公主，建公主營爲其親兵。羅焰、何四不受封，只是落霞山與赤龍會一起，歸入公主營帳下。

宮變兵馬漸漸退去，汴梁城重又恢復熱鬧。陶花現常居宮中，跟小滿提過另闢府邸居住，他卻未許。

這天陶花正在房中翻看觀音廟石洞裡的弩箭圖譜，小滿早已經命人全部帶回，按圖製箭，請陶花這神箭手提些意見。她看得入神時，侍衛傳報說秦梧來了。

她從未見過秦梧，匆忙起身相迎，又覺得心裡有些惴惴，不知她會如何看待自己。

秦梧一看見她就大嚷著「陶姐姐」奔過來，既不稱「公主」也不拜禮，倒讓陶花覺得格外親近。

她看秦梧面貌清秀，頗似秦文，不由笑道：「我聽人說秦家有個女將軍，以爲必然身高八丈、腰寬五尺，沒想到妹妹你這般秀麗。」

秦梧也笑道：「我倒是沒以為陶姐姐你身高八丈，只是聽說我那哥哥給迷得神魂顛倒的，就以為你必然長得像個狐狸精……」

話音未落，陶花已然捏住她面頰，「要我說，咱們倆裡頭，還是你更像狐狸一點，你看你這尖下巴……」

兩個女子笑鬧在一處，瞬間已如知己好友。

秦梧瞧見陶花正看著的弩箭圖譜，拿過來翻了翻，立刻說：「應召集能工巧匠，按此圖多製弩弓，專建一個弩箭營。」

陶花點頭，「小滿已經在做了。」

秦梧訝異道：「小滿是誰？」

陶花一笑，「便是大王。他跟我說他是小滿那天出生的，所以有這個小名。我叫習慣了，一時改不了口。」

秦梧笑道：「原來大王有個這麼隨意的小名……」然後她拉過陶花，眨眨眼睛說：「你想不想知道我哥哥的小名？」

陶花一下來了興致，秦梧卻賣起了關子，「你今日要隨我回家，見過我家祖母，我才告訴你。」

陶花到此才明白，原來秦梧今日是來請她。想到此行早晚難免，也只能點頭啓程。

秦家雖是深宅大院，且世代為官，卻毫不見奢靡之風，處處都是兵刃架、練武場。秦梧不停指給陶花看，她兄長幼時在哪兒摔跤，如今在哪裡居住。

見到秦家老祖母時，陶花下跪行禮，老人家趕緊扶起她，口口聲聲「不敢當」。賓主落坐，秦老夫人一邊敘話，一邊暗暗地把陶花上上下下仔細打量過。談至半途，老人家忽然問了一句：「你爹爹在契丹十多年，官至何位啊？」

陶花答道：「我也不知，那時我年紀幼小，不懂得這些。」

秦老夫人點頭，「嗯，當初聽見陶洪錫在契丹爲官，人人都道他是叛國……」

陶花立刻不顧禮數打斷她，「沒有！我爹爹在契丹，不著兵書，不幫他們訓練士兵，只肯統兵與其他部落交戰。十多年裡，他每日都提醒我是大周子民，更把平生所學所知結合契丹軍事詳述給我和弟弟，希望我們將來可爲大周效力。」

秦老夫人再點頭，「是，當時朝野之中，只有我兒重平私下與我說過，陶洪錫絕不至叛國。」

陶花點頭，目中有淚光，「老人家明鑒，多謝你們信任我爹爹，他若九泉之下有知，必然欣慰。」

秦老夫人嘆口氣，道：「如此說來，他也算是忠臣，只是朝野之中，政事複雜……」她接著又嘆了口氣，話鋒一轉，「公主你貴爲金枝玉葉，我這一個孫兒、一個孫女，全都刁蠻無禮，你跟他們一起玩，若有衝撞之處，還望恕罪。」

陶花急忙搖手，「哪裡，老人家您多慮了，他們都對我……很好。」陶花微微低頭，略有些羞澀之態。

秦老夫人看著她，正色說道：「我知道他們對你好，若說有心衝撞你，我必然不信，有時也許無心衝撞到，你就念他們年幼無知，莫計較了吧。」

說著她靠上椅背，微微一笑，「要說我這一對孫子孫女，老身雖不敢在人前自誇，市井傳言也還是聽說過的。都說我秦家的門檻快被媒婆踏破，此事也不是妄言。我那孫兒十三歲隨父出征高麗，殺高麗兩員將領；十六歲中武狀元，天子在金殿之上敬酒三杯；十九歲率軍五千平定晉北十萬匪亂，歸來時汴梁城萬人空巷，呵，田家當晚就來跟我提親，我並沒答應，也不想跟寧家結仇。後來，他陪我去九華山上香時，見過了那田家小姐，跟她姑姑生得一般豔麗。歸來不久契丹來犯，田家帶了宮中虎符再來提親，後來的事情想必公主也知道了。此次大敗契丹，公主自是大功，我孫兒亦爲領兵之帥。我兒早在六年前戰死疆場，媳婦自盡相隨，剩下這一對孫子孫女孤孤單單，老身何嘗不想給他們尋個良伴……」

陶花一直低著頭，不知該怎麼接話是好。

秦老夫人頓了一頓，自椅中坐起，微微探前問道：「只是不知，公主金枝玉葉，會否嫌棄我秦家配不上天子門戶？」

陶花急忙抬頭，想搖頭，又害羞，一時間手足無措。秦梧在旁邊看到，忍俊不禁大笑起來，秦老夫人轉頭斥她：「如此無禮！看明日自有治你的人在。」

秦梧卻是笑著站起來，回說：「奶奶您再問下去，人家要怕了你家，不敢進門啦。」說著拉起陶花，到別處去玩了。

把秦家裡裡外外看過，天色也就暗了。秦梧送陶花出門，陶花不放心地交代她：「回去告訴你家祖母，我並非什麼天子門戶，只是逃命而來的孤女。」

秦梧笑著點頭，說聲知道，又拿了一只精緻的木盒子給陶花，打開來是整整齊齊的各色珠花。

秦梧說：「陶姐姐你在汴梁沒甚親人，凡事乏人張羅，我看你現在衣服雖然多了，頭上戴的還是只有紅色。這些都是我自己用的，你若是不嫌棄就收著吧。」

陶花有些不好意思，一時沒有接手。秦梧笑道：「我哥哥說了，今年京城裡時興綠色細珠子串成的牡丹花，他看見素素姑娘戴了一朵很好看。我猜他跟我說這個，是盼我送你一朵好戴給他瞧呢。」

陶花越發被說得不好意思，秦梧就從盒子裡撿了一朵出來，果是一朵翠綠色牡丹，她執意爲陶花簪上，而後悄悄附在陶花耳邊，「告訴你我哥哥的小名——他小時候生得不像個男孩子，清秀之處，倒像個江南女子，所以奶奶喚他『吳娃』。」說罷哈哈大笑。

陶花回到宮門時，夜色已沉，一進門就有人過來說：「大王請公主至長寧宮。」

長寧宮是小滿的住處，她微覺奇怪卻不敢怠慢，快步走去了。

小滿正坐在燈下批閱奏摺，陶花看他專心之至，面色深深，就在旁邊站了一會兒，沒出聲。小滿卻似腦袋上長眼睛一般，看完手中那本，即刻抬頭。

「你見過秦老夫人了？」

「嗯。」

「頭上戴的什麼東西？」他這才看見那朵翠牡丹，皺著眉頭走過來。

「喔，秦梧送我的珠花，她說我總戴紅色不怎好看。」

「可你今天穿的紅衣服，配這朵翠牡丹，跟唱大戲一樣似的。」說著他過來替她把牡丹摘下，拿在手中看了看，「嗯，做得不差。等哪天得空了，我給你做幾朵好看的，保管比這些好。」

陶花驚異道：「你還會做這些東西？我都不會。」

他笑了笑，「我小時候什麼都做過。」說著把陶花手中的盒子接過來，一樣樣仔細看過。瞧了一陣子，最後才似乍然想起正事，開口問她：「秦老夫人都跟你說什麼了？」

「說……嗯……就是些客氣話，老夫人待我很好。」

小滿一哂，「你是我親封的長公主，她怎麼敢待你不好？」

陶花微微不悅，「小滿，你別把人都想得這般冷漠，老夫人是眞的對我好。她還說，朝中都說我父親叛國，她不相信呢。」

小滿撇了撇嘴角，「還提起你父親了？」

「是。」

小滿不語，半晌說：「如果你願意把人想得和善些，那也沒什麼。反正，從今以後，你是我最信任的人，沒人敢對你不和善。」

陶花忸怩著笑了笑，「我覺得，老夫人是眞的喜歡我呢。」

小滿陪她笑笑，「好，好，秦老夫人一向鐵板心腸，這回終於動了善心。」他收住不由衷的笑容，正色問：「你想好了，嫁入秦家？前幾天還跟我說怎麼也不肯聯姻呢。」

她嘟起嘴來，「這可不是聯姻，是老夫人看中我了，他……」她低下頭去，聲音變得細不可聞，「他也是眞心對我的。」

小滿沉默，沉默了許久。直到陶花都覺得奇怪而開始看他的時候，他才說：「好，那就嫁給他。只是，有三句話你要記著。第一，不管在哪裡受了委屈，隨時記得來找我。」

陶花點頭。

「第二，」小滿嘆口氣，「你要時刻記著，在別人那裡，跟在我跟前不同。你心思單純，有些時候不算伶俐懂事，到了那樣一個大家庭裡，雖說沒人敢惹你，你自己仍得小心收斂些。秦文脾性也好不到哪兒去，你就多察察言觀觀色，」他看住她，「在我這裡，是我察你的言、觀你的色，到了外面，你得多留心。」

他的口氣便如同嫁女兒，所有的人淨是「別人」，唯有他們兩個才是自己人。

陶花抿住唇，再次點了點頭。

「第三……」他低下頭去，這次陶花沒催他，容得他沉默許久。他終是抬起頭來，「我……其實……」還是說不下去，只好又低頭，「我是說萬一，哪天你不喜歡他了，別忘了告訴我一聲。」

陶花對於小滿此番殷殷囑託的理解就是——嗯，這個小孩沒白救，果然是鐵杆哥兒們，不對，什麼時候變成哥兒們了？仍是她的好姪兒。

第二天一早，姪兒來告知陶花下月初一在儀熙殿夜宴，秦老夫人也會出席。陶花心裡明白個八九分，只是不說出來。

下午秦文到宮中探望陶花，並沒提昨天的事，陶花當然更羞於提起。兩人自宮變後首次見面，反倒比之前少了些親密。以前知道是作戲，也就不加防備，現在知道是當真了，反而要莊重些。

秦文尤其謹愼，說話行事比以前隔閡許多，即使遲鈍如陶花也能覺出，她以爲這只是中原男女的莊重規矩，便沒有多想。

陶花看看他臂上的傷已經見好，放下了心。片刻之後秦文離去練兵，陶花送他到門口，正碰上侍衛拿著一幅長卷走進來，侍衛看見陶花便急忙呈上手中紙卷。

陶花奇怪，問：「何物？」

侍衛答道：「是寧致遠公子命我呈給公主的。」

秦文也不問詢，直接探手自陶花手中拿過紙卷展開，一股墨香瞬間四溢。秦文看完之後，忽地將紙卷擲於地下，氣得臉色鐵青，本來已到門口，又轉身回了房。

陶花大奇，在地上展開紙卷，見是畫著一枝桃花，旁邊寫著了幾個字。陶花不識漢字，於是命侍衛過來念出。那侍衛到近前來，念道：「『一支穠豔露凝香……』」

陶花問：「何意？」

侍衛搖頭，「屬下也不甚清楚，好像是說一枝花很漂亮……」

侍衛話音還未落，秦文在房內喝道：「好一個寧致遠，如此膽大，竟敢調戲公主！」說罷就聽得一只茶碗擲在地上摔碎了。

陶花聽見秦文動怒，趕緊揮退侍衛，回入房中。

秦文冷冷言道：「這寧致遠，是寧丞相的小公子，今春狀元出仕，任翰林學士。他和田家小姐的婚約雖是因我而失，對不住他的卻不是我，我對寧家也從來避讓。今日他敢如此放肆，分明是欺你非趙氏本家公主，你已獲賜姓，他仍非要拿桃花來作文章。如今大局初定，太子黨羽甫被清除，他的父親正受重用，此人便不知天高地厚，竟然欺到你我頭上來。」

陶花皺眉，「不見得吧，我看那人清清爽爽，對我很是友善，不至於想欺負我。」

秦文奇道：「你見過他？」

陶花點頭，「不但見過，還……還算有點交情。」

秦文轉頭盯住陶花，聲音中的怒氣散了些，卻添了些寒意，一字字道：「什麼樣的交情，讓他寫出這些淫詞豔曲！秦、寧兩家向來不和，你竟去跟他談甚交情？」說罷甩門而去。

陶花登時愣住，只覺莫名其妙，不知該如何收場。

此後數天秦文皆未再來。陶花有心想跟他解釋解釋，可是她根本不知該如何解釋起，她也想過問問旁人那句話是什麼意思，可身邊的侍衛都不懂，去問寧公子又太不合適。她在情事上一向笨拙，就這麼拖沓下來。

第十五章 婚事

日子一天天過去，月亮已由圓轉缺。

秦府花園。秦文在月光下舞了一路劍，微汗時停下休息，正看見祖母過來。他迎上前去，老夫人面色卻似不喜，問他：「文兒，今天下午你怎麼沒去練兵？」

他支吾一聲，「嗯，孫兒身子有點不舒服。」

「不舒服？是跟陶姑娘鬧彆扭吧？」

「不是。」

「不是？若非因爲女子，你怎會如此神不守舍？大風大浪經過不少，美人也見過許多，卻還是這般沉不住氣。」

秦文熟悉祖母的脾氣，趕緊賠笑，「陶花是個好姑娘，是孫兒自己失神，以後不會了。」

秦老夫人淡淡說道：「我沒說她不好，只是國事初定，她在朝中無親無故，也就只大王一個依靠。婚事麼，我們當然是要答應的，但我看或許緩得一緩再行禮。大王現在待她是不錯，救命恩人剛見面，自然如此，不過將來要是一言不合翻了臉，我們可就難處事了。」

秦文並不敢頂撞祖母，只垂低頭回道：「孫兒是眞心喜歡她。」

「眞心喜歡？」秦老夫人眼睛盯著他，目光卻漸空茫起來，「當年，你爹爹何嘗不是說眞心喜歡你娘，一再到我跟前苦求。我也就發了幾天善心，豈料終至慘禍。生在將門官家，你得記住——家事爲小，國事爲大。」

秦文抬頭，「奶奶，您剛剛說的，是我的親娘，對嗎？」

秦老夫人嘆口氣，「這些事情，以後再跟你說吧。我喜歡的媳婦，最好不會武功，別整天拋頭露面的，行爲舉止要端莊，別還沒進門就先有了孩子。這幾條你娘親可都沒有做到，我看這姑娘……反正婚事拖一拖並沒什麼壞處。再說，你才認識她幾天？又不是知根知底一起長大的，還是多看看，難道你愁秦家找不到媳婦不成？」

秦文微微抿唇，沒有言語。

秦老夫人很瞭解他，知道他這是不怎麼心服，又不願頂撞長輩，才就不說話。她只好繼續規勸道：「本來呢，我是打算選個朝中大臣的千金。咱們當初說好的，是讓陶姑娘幫忙擋一擋田家婚事，也激一激徽王與田太師的鬥氣，並沒說……」

「奶奶，」秦文出言打斷，「我在燕子河邊第一次見到她，就已是對她有心，一直不肯說，不過是因爲國家尚未安定。朱雀門之役，她捨身救我……」

秦老夫人微笑道：「願意捨身救你的姑娘又不只她一人，再說，我又沒說不允婚。但你亦該知道，我秦家並無高攀。允婚是咱們先讓了一步，這婚期婚禮之事，便該咱們來定。」

「可……」

「文兒，你可知道寧相的小公子對她有意？咱們與寧家素來不和，現在若急行婚禮，恐落人話柄。她還未過門，就先惹得朝中大臣爭執，這姑娘命中桃花太盛。」

秦文低下頭，仍是無語，眼神卻漸有了猶疑。秦老夫人看得清楚，快刀斬亂麻把龍頭拐杖重重一頓，「你還記不記得你爹是怎麼死的？」

他一下被敲醒，頓首說：「孫兒知錯了，必要等到掃平吳越、天下無憂時，再來思慮婚事。」

秦老夫人點點頭，又搖搖頭，最後長嘆說：「文兒啊，你著急又有何用？她明明是陶洪錫的女兒……」

秦文這邊淡了下來，陶花一下子就多出許多閒工夫，練完箭後常常在宮中轉來轉去。她練箭的時間正值小滿早朝，於是兩人往往在上午「偶遇」，然後一起混一整天。他一點點教她認漢字，紅袖添香夜讀書。她也曾提問過他，那句惹了禍的詩是什麼意思？他卻沒有回答。

陶花一直覺得，讓秦文對她突然冷淡的原因，就是寧致遠那幅畫和那句題詩。

一晃到了二月初一，夜冷似冰。一彎若有若無的上弦月，不自量力地吊在墨黑的高空。陶花特地把那朵翠牡丹珠花戴在頭上，為此又不得不換了件從沒穿過的綠色衫子。

小滿看了她半晌，只說了一句：「嫁出去的人，愛穿什麼便穿什麼吧。」

陶花聽不出是說她的衣服不好看呢，仍舊滿心期盼地隨小滿去儀熙殿夜宴。到了殿內，看見鄭丞相坐在一側，秦老夫人在另一側，秦文、秦梧陪在兩旁。

陶花過去見過秦老夫人，而後就隨小滿坐在主席。

秦老夫人跟小滿閒話半晌，剛要入正題，殿內進來一個侍從對陶花說「寧公子求見」。秦文當即冷冷看她一眼，小滿則和氣說道：「讓他過來吧，既然人都來了，同席飲宴也好。」

陶花看著秦文的臉色，急忙搖頭，自己出去了。

夜色漸漸深沉。幾隻寒鴉棲在樹梢，看著儀熙殿內人丁興旺起來，酒意闌珊，觥籌交錯。過了一個時辰，酒興盡到，又慢慢變得寥落，眾人紛紛離去。

鄭伯、秦老夫人和秦梧都已告辭，小滿只把秦文留了下來。

杯盤冷落，涼意沁人，他們兩個正說著話。

小滿面色極不好看，沉聲道：「長公主為人重情義，她去見寧公子只是顧念他曾經幫過她。」

秦文面色凜然，「她既對左相公子重情義，我看他們兩個也很般配，順此結成良緣，便不必牽扯秦家的名聲。」

小滿半晌無語，臉色越來越難看，最後說了一句：「秦將軍是覺得，長公主出嫁之後，就不能再跟男子來往了？那她以後豈不宜再上陣？」

秦文不語。小滿接著說：「她在契丹有血仇，一直嚷要親自征伐。不讓她上陣，她定然難受。」

秦文聽到「血仇」這個話題，聲音一下子更冷了許多，「她是女子，所謂血仇，也不需她來承擔，報仇是男子們的事情。」

「可是她全家被戮，唯剩下她一個女子。秦將軍的意思，莫非是願意幫她承擔報仇一事？」

秦文似乎想轉換話題，沉吟半晌，答非所問：「我夙志出征契丹。」

「那，你若出征契丹，難道把長公主留在汴京？她熟悉軍事，箭法稱冠，定想親自與契丹軍對敵。何況，她乃一員良將，我周朝中有幾人堪與她相比？」

又是一陣沉默。

秦文終於開口：「我本無打算這麼早娶妻。我也早就說過，要等到擊敗契丹、收復吳越之後，天下平定，方迎娶家室。」

小滿無奈地嘆氣，「當初說那些話，無非是爲了拖延與田倩如的婚事，你現在拿來推搪我？這種話也能當眞？」

「怎麼不能當眞？契丹作亂，吳越未平，正是國家用人之時。我早歲即有此誓願，要等天下平定才成家立業。」

小滿抬頭看著他，「這麼說，你是不願娶長公主？」

「不是不願娶，只是此刻太過倉促。」

「她年紀已然不小，別人家的女子到了這般年紀，已經是孩子母親。」

「孩子將來總會有。」

「擊敗契丹、收復吳越，談何容易？蹉跎得年歲大了，許多婦女會難產而死。」

秦文莫名其妙抬頭，他覺得大王今天十分奇怪，淨是糾纏些無關緊要的小節。他知道大王相當厚待陶花，可是他想著，祖母既已允婚，也算給足了面子，怎就在這細處錙銖必較起來，連孩子都談到了。在他想法裡，這些都是最末節而不重要的東西。

他近來本就有些煩悶，一時間便不想刻意應對，隨口說了一句：「秦家之後，也未必定要長公主所出。」

他自己，並非父親正妻軒雲公主的親生子，所以他也沒覺得這句話有多麼過分。既然害怕難產，那便不生孩子好了。他性子寡淡孤傲，從不覺得那有甚不好。然而，他的話音未落，大王卻一拍桌子站起來，震得杯盤叮噹作響，大怒喝道：「早說這話我也不會容你們到今天！」

陶花送走了寧公子，剛剛走到儀熙殿門口就聽見裡面一陣亂響。她推門進去，小滿趕緊換了神色，賠笑說：「你回來了？」一邊收拾著身旁的位子讓她坐下。

陶花一夜應酬，著實疲憊，只是點了點頭。小滿卻追問了一句：「寧公子來做什麼？」

陶花看了秦文一眼，「他……拐彎抹角好像是在問我和秦將軍的事。」

秦文冷冷接話：「你怎麼答的？」

「我沒聽懂他的問話，也不知道該怎麼回答，反正最後他說，秦將軍才是那有福氣的爾朱榮。」

秦文慢慢把手中酒杯放下，到桌面時猛地一頓，森然道：「朗朗乾坤，能容得他如此栽贓？爾朱榮目無天子，是殘暴無比的大奸臣。他這話，我定要問個清楚！」

小滿一笑，「將軍多心了，他應另有所指。興許他是想說，將軍相貌同爾朱榮一般俊美呢。」

陶花聽見這爾朱榮是個奸臣，知道不妙，趕緊解釋道：「那天在太和殿，他跟我說起爾朱榮被殺，舊部為他報仇的事。」

秦文仍是冷著面孔，「爾朱榮的舊部為他報仇，殺進國都洛陽，放縱手下兵士淫辱王妃公主，這等劣跡，也好在長公主面前提起嗎？」

陶花愣了片刻，不知該說什麼來圓場，只好轉開話題，「你們剛剛吵什麼呢？吵到要拍桌子。」

小滿笑道：「秦將軍剛剛說天下不定即不娶家室，我們提及契丹、吳越，說起敵人自然就拍桌子了。」

陶花抬頭看了秦文一眼，他卻低著頭不與自己目光相接。她等了半晌，見他終究無語，於是點頭說：「天下疾苦，確實不宜談婚事。」

「不是不是，」小滿忙笑著解釋，「婚事早就訂下了，只是這婚期要再酌情商議。我自然希望你們盡快，我還等著把大周虎符交給我的小表弟呢。」

他雖封陶花爲長公主，屬姐弟輩分，但稱呼上畢竟叫姑姑順口了，而姑姑的孩子當然是他的小表弟。說著他朝陶花一笑，又轉目去望秦文，神色瞬間變得嚴正。他已經說得再明白不過——虎符，他打算交給陶花的孩子。

秦文端然迎視他的目光，兩人誰都不說話。靜了片刻，秦文拿起酒杯向小滿遙遙微舉，一杯飲盡，而後淡淡一笑，斜斜挑目睨向陶花，「等他長大？今晚洞房不知能不能趕得及。」

陶花頃刻間面紅過耳，在他的目光中深深低下頭去。

小滿不禁大怒道：「你敢調戲公主！」

陶花立刻抬頭，仍舊紅著面孔，語聲卻是不容辯駁，「小滿你說什麼呢！」她把聲音放低些，「兩夫妻間說些私話，你一個小孩子多什麼嘴！」

小滿沒答話，拿起剛剛被震歪到一邊的酒杯，斟滿了酒一飲而盡。

這一天把陶花累得不輕，往後幾天都是睡昏昏的，也沒再看見秦文。數日之後，鄭伯請陶花去田府抄家。田太師在朝中相熟之人眾多，談不上黨羽，多爲門生幕僚，所以抄家之事選了陶花這樣跟他素不相識的人最合適。

陶花帶了小滿的親兵侍衛前去，監督著他們把東西一件件記錄入庫，家人則一個個押入牢中待審。正在院中看著眾侍衛動作，忽聽得一聲嬌叱，一個女子自押解隊伍中衝出來撞向陶花。

陶花站得距離押解隊伍很近，正看向別處，毫無防備。兩邊侍衛見這一隊都是女子，且都有繩索捆綁，也沒有太上心，結果施救不及，讓那人正正撞到陶花身上。陶花被撞得跌倒在地，只覺胸口十分疼痛。早有侍衛過來扶起陶花，剩下的上去拎起那女子，連著搧了好幾個耳光，那女子瞬間口唇流血。

陶花喝止眾人，走過去撥開那女子亂髮，但見其眉目頗為熟悉，稍一尋思，便想起與在宮中見過的田妃頗為相似，是個嬌媚美人。

旁邊的侍衛過來告訴她：「這是田倩如，田仲魁的獨生女。」

陶花猛然省起，此女曾是秦文的未婚妻。但見她此時鬢髮凌亂，口角不住往外滴血，曾經的美貌佳人，如今十分可憐。陶花知道她和秦文之事，自是秦文對不住這位姑娘，當下萌生憐惜之意，對左右說：「善待於她。」

田倩如冷哼一聲，「你這妖女，何必假仁假義！你害我家破人亡，幫趙恆岳弒父殺……」陶花伸手覆上她的嘴巴，阻住她的話，她狠狠咬住陶花的手，鮮血汩汩流下。

陶花面不改色，喝止兩旁要動手的侍衛，「你們別管！」說著把田倩如拖入房內。

關上房門，她抽出手來。田倩如恨得很，下了死力，一路都是血跡。

進到屋裡，嘴上空出來了，田倩如開始狠狠咒罵：「你這妖女擅使媚術，騙得我夫君反叛朝廷、殺我家人，這些全都是要誅九族的罪行！天子駕薨？誰不知道是那趙恆岳殺了他！哼，你和那趙恆岳，倒是正好一對，弒父殺弟，禽獸所為！」

「弒父殺弟」這句話，直刺到陶花心中，這是她從十五歲便揮之不去的夢魘。她不由後退幾步，半晌才回了一句：「沒有，我沒有殺我爹爹。我殺陶若，是不得已的。」

田倩如斜著眼睛冷笑看她，「父親早就跟我講過你的身世。你陶氏一家，難道就你武功最高強？如何一家人慘死，只有你一介女流逃脫出來？你未親手殺你父親，你父親也是因你而死！那趙恆岳弒君，難道還須親自動手不成？」

陶花又後退一步，呆立當地。不錯，假若當日是她前去擋住追兵，讓父親逃跑，或能保住父親性命，而不存她一人孤孤單單活在這裡受「弒父殺弟」的指責。可是——「不成的，就算我擋住追兵，我爹爹也逃不出契丹。瀾哥哥能放得我走，卻未必會放爹爹走。」

「呵，不錯，我倒忘了，還有那契丹太子耶律瀾。」田倩如咬牙切齒，「父親對我說過，此次契丹退兵，契丹國內有傳，是因你迷住了他們的太子。你這妖女，要害多少人才甘休？」田倩如一語未畢，竟然又直朝陶花撞過來。只是這次陶花有了防備，一伸手擋住她，並未讓她近身。

陶花抵住田倩如的肩膀，定下心神，正色對她說：「倩如姑娘，你和秦文之事，是他對不住你，欺了你一番女兒心意。但家國之事，卻容不得你在這裡胡言亂語。契丹退兵，是我等將士血戰拚博得來。你父身為太師，總理朝中事務，可是周國境內怨聲載道、民不聊生，與契丹屢戰屢敗。這回幽州之戰，若不是秦將軍相貌出眾些，被你田氏女兒看中，如何能夠率軍出征，一戰傳吉。」

陶花剛說到此，忽聽得背後房門「砰」的一聲被推開，一道身影疾步進來。看見田倩如躺身在地，一路都是血跡，陶花正抵住她的肩膀，那人一把扶起田倩如，又看見她面上口唇受傷，他恨聲道：「你……你忍心如此對她！」

陶花驟逢變故，定了定神才看清面前的人是秦文。見他神色十分冷峻，眼角眉梢充斥怒意，陶花不由也覺委屈生氣，皺眉道：「我沒有碰她。」

秦文冷冷看著她，「我剛聽說你來抄田家，就飛馬趕來，想讓你對她寬容些，沒想到還是晚了。她一個婦道人家，什麼也不懂，你把她打成這樣做甚！」

陶花抬起頭狠狠瞪了秦文一眼，再不願解釋，更羞於在田倩如面前一點點分辯，遂一言不發轉身出門，上馬飛奔而去。

一路上她越想越是委屈，越想越是生氣，從寧致遠的畫卷，到婚事遇阻，再到今日無端受責。回到宮內，氣憤仍無從排遣，她在世間已無親屬，只有小滿和羅焰比同親人，當下連想也未想就直奔小滿的居處長寧宮而去。

到了門前，她心中難過懶得理會旁人，推門逕入。幾個侍從急忙攔阻，又不敢碰她身形，只能大呼小叫圍著她跟進去。到了內室，臥榻已可看見時，那幾個侍從卻不敢進了，全都退出去。

陶花一路叫著「小滿」走入長寧宮內室，但見帳幕低垂，窗戶緊閉，室內一地散落的衣飾，角落裡一炷檀香靜日生煙，與室內一股汗濕味道混合在一起。她頓覺有些異樣，腳步緩下來，卻懵懵懂懂並沒有停住，直走近那帳幕。

陶花停在榻前，倒沒莽撞到直接掀開帳幕，只是停在那裡，似覺十分不妥，又不知該如何安置。小滿掀開帷帳一角，慌張叫了聲「姑姑，你怎麼來了」，陶花無可避免地看見帳內有一女子仰臥，內心一陣驚跳，頓時連耳根都紅透，轉身出去。

剛走到外廳門口，小滿披著一件袍子追出來。他一手拉住衣帶，一手抓住陶花，急急叫聲：「姑姑別走！」

陶花這一刻工夫已然想明白，剛剛的震驚亦稍退去。小滿已不是小孩，儘管耽於國事動盪還未明媒正娶，這宮廷之中卻是侍女成群。他貴為少年天子，此事原是再平常不過，只怪自己剛剛因為負氣而過於莽撞，驚破了這一對鴛侶。

陶花覺得萬分歉疚，側頭柔聲道：「是姑姑魯莽了，我……我就是有點難過，沒什麼大事。」

她的本意是說：因爲自己難過，所以魯莽闖了進來。沒想到小滿也在驚惶之中，會錯了她的意，以爲她是說撞見此事才生難過。他緊緊拉住陶花，急急說道：「是我錯了，是我錯了，姑姑你別難過。」

陶花一時覺得莫名其妙，想說這是人之常情，又羞於啓齒，於是輕輕推他手臂想邁步出門。小滿卻牢牢抓住，怎麼也不鬆手放脫。

陶花回頭望室內一眼，嗔道：「你不去安頓人家姑娘，在這裡扯著我做甚。」

小滿立刻朝內室高聲叫道：「曉虹，快過來拜見姑姑。」

室內有人低低應了一聲，而後可聞窸窸窣窣穿衣服的聲音。

陶花只覺尷尬，皺眉低聲道：「不用見了。」說著就要出門。小滿仍不肯放脫，陶花使力一推，手上被田倩如咬破的傷口又開始流血。

小滿大驚鬆手，「姑姑你怎麼了？」

陶花趁他鬆手之際將他往內室方向用力一推，不答話閃身出去。

第十六章　密信

陶花離開長寧宮，快步走向自己居處。這一鬧下來，方才的氣倒是消了不少，再不覺那麼委屈了。走到門口卻見一青衣男子背著雙手立於門外。

侍衛見她回來，上前悄聲說：「寧公子在此等候許久。」

陶花趕緊過去問道：「寧公子你怎麼來了？」

寧致遠轉頭一揖到地，「實不相瞞，在下已知曉對公主的相思不可得，此行乃爲取回畫卷，請公主恕冒犯之處。」

陶花進房取出畫卷交還他，既聽他直承曾有相思之意，回想起當日秦文的怒氣也就不無道理，想到這裡怨氣更散了些，即命侍衛備馬回太師府。

她回到太師府院內時，見侍衛親兵們匆匆忙忙，絲毫不敢怠慢半分，再看秦文此刻站在正中，幫她打理各項事宜。

有侍衛察見她進來，早報給了秦文知道。

秦文回頭一笑，疾步走到她跟前，接著單膝跪下，抱拳於頂，朗聲道：「左衛上將軍秦文，參見長公主。」

陶花雖名爲公主，卻從未跟他論過禮節、受過跪拜，這時心知他是要表達歉意，多半已從侍衛口中知道她並未傷過田倩如。

陶花伸手遠遠虛扶了一下，懶懶答道：「將軍何必行此大禮，本宮可受不起你一跪。」說罷側頭四顧，見侍衛們早都躲開去，於是又接了一句：「將軍身邊美女如雲，若是哪天眞的不小心傷了一個，還不得跟我上馬單挑。我可打不過你，趁早離你遠些好了。」

秦文甘受奚落，賠笑站起，到她近前來低聲問：「你跑到哪裡去了？我去宮內尋你，侍衛說你不在，倒是碰見那寧公子，我一氣就又回來了。此人性情疏漫不羈、風流成性，你莫跟他走太近。」

陶花仍是懶懶答道：「他只是來索回畫卷罷了。你不是早把那幅畫當成眼中釘，看一眼就生了半個月的氣，要不是爲了你的田小姐還都不來理我。」

秦文的語聲卻森冷起來，「他索回畫卷，倒是可以保住性命，否則落成調戲公主的鐵證！」

陶花奇道：「那幅畫到底怎麼了？」

他斜睨她一眼，看她竟似眞的不懂，只好解述：「那畫上題字『一支穠豔露凝香』，本無傷大雅，可偏偏接續的下一句卻是『雲雨巫山枉斷腸』。」

陶花仍是不懂，問了一句：「這是什麼意思？」

秦文皺眉看她半晌，最後吐出一句：「寧公子這般風流的心思，可惜用在了一根木頭上。」

這句話陶花竟眞格聽懂了，本來就正著惱，於是一甩手去別處了。

田府宅院深深，財物豐碩，眾人直收拾到天黑還未結束，只能先封存。待大家都離去時，陶花才猛然醒覺已經夜深，不由慌張起來，「這麼晚了，小滿要擔心我了。」

秦文在旁說：「無妨，我已經差人傳報大王和我家中，就說咱們今晚挑燈夜戰，不回去了。」

陶花轉頭看著他，見他並不似玩笑，立刻決然說：「不行，我得回去。」語罷轉身欲走。

秦文伸手拉住她，「陶花，我有些話要跟你商量。」

陶花搖頭，「明日再說吧，深夜不便。」

室內僅剩他們兩人，他走近她身旁，柔聲說：「田太師臥房內有張凳子，是產自南海的一種樹皮做成，坐上去像蕩秋千一樣顫顫的，你要不要去玩？」

陶花猶猶疑疑間，秦文把她強拉了進去。

等到進了房間，卻哪裡有什麼凳子，只見一張碩大無比的棕床。陶花猛然察知受騙，秦文已笑著拉她坐到床邊，「如今大局已定，你可有什麼打算？」

陶花愣了一下，「什麼什麼打算？」

「我曾立下志願，天下未定，不娶家室。契丹國欺侮吾國已久，我父親又喪於吳越，我們一家人無不耿耿於懷。等我先領兵擊敗契丹、收服吳越，再娶你過門。你能等得及嗎？」

陶花一下子臉紅起來，推開他羞道：「誰等不及啊，你才等不及呢。只要不是什麼聯姻，多久我都會等你。」

秦文聽到「聯姻」面上微微有些尷尬，他望住陶花，「其實，五年前我第一次見你時……就是眞的……唉，現下說這些也沒有意思，等到將來我軍打敗契丹，你不再天天念著家仇之事了，那時再說吧。」說著自她箭囊中拿出一支箭來，朗聲說道：「你的桃花箭，就算作你我的見證。」

陶花接過他手中木箭，「若有人變心，便如此箭。」說罷雙手一折，卻沒能立刻折斷。

秦文笑著自她背後環上來，握住她雙手一用力，箭才斷了。

陶花轉頭笑說：「看來『吳娃』也並非手無縛雞之力。」

秦文難得見了些羞惱，一掌將她推倒在床上，「縛雞不知道有沒有力，縛你還是有力的！」

陶花著急起來，「我手中有箭，別傷著人。」

他俯在她身側，拿過那支帶箭頭的半支斷箭，抽出她的佩刀削掉箭頭，而後佩刀並不回鞘，遠遠扔了開去，半支斷箭放入陶花前襟的衣袋，「這便是你我兩人的信物。」

陶花看他放箭入自己衣襟毫不避諱，卻亦磊落而無多餘之意，只好跟著低頭將自己手中的半支斷箭往他衣袋裡放去，一邊問他：「你爲何把我佩刀扔了？」

他本意只爲確認婚事婚期，並未打算糾纏，此時望著她低眉順目的模樣，卻是有些發癡，說出來的話也就未經考量，帶了些心神的迷亂，「衣服也早晚是要扔的，何必留著佩刀。」

她聽見這話，頓時失了磊落之心，面色通紅，雙手微抖，在他襟內摸索半晌遲遲未找到袋口。兩人斜倚在棕床之上，燈火半明，旖旎無限，陶花手在他襟內，進也不是，退也不是。

燭火閃爍跳動，照著她一雙明眸柔情四溢，雙頰帶著少女的羞暈。秦文深深吸了一口氣，再也無法自控，突然翻身而起將她按在床上，箍住頭頸深吻下去。

陶花與耶律瀾有過偶爾的親近，卻哪有這般深入，又哪有秦文的熟練。她抬臂推拒，卻被他輕而易舉按住，慢慢就覺得身軀痠軟，無法動彈。到後來秦文手放到她衣帶之上，她竟然也阻止不得。帶扣被他輕輕解開，他在她耳邊低語：「我現在就告訴你……『雲雨巫山』是什麼意思……」

她長長喘息幾口，覺得羞澀難當，又有些說不清楚的害怕，本能地轉開頭去。

田太師的床上布置十分周到，緞子枕頭邊上是一盞小油燈，被幾近透明的玉石封住，即使倒了也不會著火。那燈火忽閃忽閃，照得床上的緞子枕頭一明一暗。忽然，陶花瞥見那枕頭底下露出一角紙片。

她頓生好奇，伸手取了出來。秦文正吻在她頸中，絲毫不察，陶花被這紙片擾開心神，不似他沉淪。她打開紙片見是一封書信，上面密密麻麻寫滿字，不由覺得好玩，她正看著的時候，秦文忽然一把奪過那封書信，他只匆匆瞥了一眼，神色便驚惶起來，抬頭看著陶花。

陶花奇道：「怎麼了？這信裡說了什麼？」

秦文不答，反問道：「你看見了什麼？」

陶花笑起來，臉色仍舊紅撲撲的，「我不認得漢字……」說著滿臉羞愧低頭。

秦文聽到此，長長舒了一口氣。

陶花覺得奇怪，追問道：「到底是什麼？」

秦文搖頭，「跟你沒關係，是田老頭兒的軍機要務。」說完之後，他明顯憂心忡忡起來，心不在焉地閒話一陣就送陶花回去了。

夜深得連一聲狗吠都聽不見，月亮也躲進了雲朵。

陶花回到住處，遠遠地便看見了一眾侍衛在緊密巡邏，她趕緊過去問：「怎麼了？」

她的侍衛長迎上來，低聲道：「大王在屋內等了你一夜，這都是長寧宮的兄弟們在這裡巡守。」

陶花聞言，疾步進到內室，果然看見小滿斜臥在她的床上，已經沉沉和衣睡去。

她躡手躡腳走到床邊，不知道該不該叫醒他。想了片刻，拿過薄被給他搭上，然後輕輕放下帳子。自己則坐到椅中，趴在案上打了個盹。正迷迷糊糊之間，聽見外面打更的聲音，接著就聽見小滿在帳內高聲喝問：「公主還沒回來嗎？差人去太師府看看。」

陶花趕緊應聲：「我回來了，看你睡著，沒叫醒你。」

小滿掀開帳子坐起來，滿臉不悅。

陶花奇道：「不是已經差人跟你說過我今晚不回來了嗎？你怎麼還在這裡等？」

小滿坐在床邊低著頭，半晌才說：「你跟秦文在這汴梁城中出雙入對，從不避諱，現在秦家人來跟我說你今晚不回來，而且……而且又是我剛剛惹過你生氣，你教我如何不擔心？」

陶花知道他是眞心爲自己著想，看他神情也眞格掛憂，於是坐到他身邊去，「小滿，姑姑又不是小孩子了……」

小滿猛地抬頭，「我求你一件事情可好？」

陶花點頭，笑道：「大王有命，誰敢不從？」

小滿卻未笑，正色言道：「小滿是我的乳名，只有小時候我娘親喚過，連我親生父親和寄父都未曾叫過。那時候跟你說這名字，是因爲還不知道你是敵是友……以後，你別這麼叫了。」

陶花一怔，想起自己經常在大臣面前如此稱呼小滿，如今他貴爲一國之主，確實很是不妥。她趕緊點頭，「是我疏忽了。」

小滿又接下去，「以後，在人前你稱我大王，人後你喚我『恆岳』，那才是我的名字。我也不叫你姑姑了，你本來就不姓趙，陶家也是開國重臣，賜姓收回，我叫你『阿陶』可好？」他聽見過耶律瀾叫她「阿陶妹妹」，覺得這個稱呼相當不錯，只惋惜這「妹妹」兩字他是實在叫不得了。

陶花愣在那裡，看小滿雖在問詢，目光語氣中卻全無讓人反駁的餘地，一派威嚴，不由垂首道：

「是，大王。」

小滿面上有了些笑容，不似剛才嚴峻，輕拍陶花手背，「說過了，叫我『恆岳』，這裡又沒別人。」

陶花抬頭看著他，眼前的他再也不是當年那個縮在她懷中取暖的小孩子了，他顯是不願再提起舊事，不願再跟陶花如姑姪一般。陶花想起父親曾經跟她講過許多改朝換代的故事，也說過「飛鳥盡，良弓藏」，陶家的赤龍會可不正是應驗。想到此不由覺得脊背有些寒意，她脫口而出說了一句：「赤龍會之事，我早說過交給大王。」

小滿皺起眉頭，「無緣無故怎麼說起這個了？」一瞬間他也明白過來，一把抓住陶花手腕，「你想到哪裡去了？我早說過，你我是『君臣兩不相疑』，不，我從來沒把你當臣下。」他似覺說不清楚，站起來在屋內來回踱了兩圈，又坐下，「阿陶，從當年在契丹躲藏逃跑的時候，我就跟你說過，我要保護你，我要你平安喜樂，每天都高高興興的。」說罷他又站起來踱了兩圈，卻在中途猛地停住步子，語音微帶怒氣，「你喜歡秦文，那也平常，這京城中喜歡他的女子多得是，阿陶喜歡，我招給你做駙馬便是，可是，他竟然推拒……」

陶花急忙截住他話頭站起身來，「不是，他並不是推拒，只是他有過志願，想先爲大王平定天下，然後再娶妻。」

小滿看著陶花，「可是阿陶，你年紀已經不小，尋常人家的女子在你這樣年紀都做了母親，他這般推託，可曾爲你著想過？何況，若是眞心愛惜……」小滿低下頭去，不與陶花目光接觸，「若換了是我，別說契丹、吳越，就是不要大周天下，也要換得阿陶一笑！」

陶花愣愣看著他，隱隱覺得有樣物事十分不妥，把她逼得退後兩步。小滿即刻走到她身旁，跟進了這兩步。陶花再退一步，目光中有些驚惶無措，抬頭看著他。小滿看見她的神色，剛剛又踏出的步子停在半空，而後收回來，輕聲說道：「姑姑，我……」隨即意識到自己叫錯了，又趕緊停口，只專注盯著陶花，眼神裡滿是關切擔心。

陶花微微笑著望向他，「小滿，我做你的姑姑很高興，你不想叫了也沒關係，赤龍會你要與不要，也都不是什麼要緊事。只是，我與秦將軍，我們兩人之間的事情，我不喜歡你妄加評論。」說罷陶花轉身就要出門，小滿伸手輕拉住她，「阿陶，這裡便是你的家，你還到哪裡去？你睡吧，我該上朝去了。」說罷他疾步出門，再未停留。

第二天陶花起得很遲，也沒去練箭，卻一起來就說想出門，不想待在宮裡。她不想每天上午練箭之後都再「偶遇」他了。

幾個侍衛一商量，帶她去了郊外某處草場。

陶花到的時候，看見草場周圍戒備森嚴，侍衛上前說：「怕是大王在。」

陶花點頭，既然到了，也只能一提韁繩躍進場去。背後卻有人高聲阻攔，她圈馬回頭，「怎麼？不認得本宮嗎？」

在草場守衛的侍衛首領走上前施禮，「當然認得公主，只是今日不比尋常，還請公主海涵。」

陶花微有些不悅，「什麼事情這麼要緊，連本宮都不能進？」

那侍衛首領只是躬身賠禮，並不讓步。正在此時，遠處傳來馬蹄聲響，陶花側身一望，看見遠遠一匹黑色駿馬奔馳過來，馬上的人黑色短衣長靴，胡服打扮，一望便知是小滿。他身前黑乎乎一團東西，等到近些了她才看清楚。原是他的披風脫了下來，裡面顯然包著一個人，身形瘦小，多半是個女子。

陶花明白過來，回頭對那侍衛首領說：「就這麼點事，值得攔住我嗎？」

小滿也認出她，俯身對馬前的人說了句話，接著便縱馬過來。

陶花遠遠笑道：「我被攔在這兒了，不讓進呢。」話音落下，小滿已到了跟前，在他身前果然是個女子，姿態窈窕，側坐鞍前，風帽遮住了大半容顏。

小滿先下了馬，而後伸手去抱那女子。女子似不會武功，下到地上時低低驚叫一聲，小滿含笑低聲：「怕什麼？還怕我摔了你不成？」語調嬌憨溫柔，顯是寵愛至極。

陶花聽見，毫不猶豫在旁拆他的檯子，「那可難說，你這手勁要是一下沒跟上，人家可就是一個大跟頭，是不是啊，曉虹？」

那女子並不回答，反倒把臉孔微微側開，正好背著陶花。陶花本來就十分好奇，這下乾脆提馬過去，想繞到她身前去看看她的模樣。

小滿把女子往身前一抱護住，回頭瞪了陶花一眼。

陶花撇撇嘴，露出一副「誰稀罕看」的表情，躍馬離去。她在宮中憋得久了，火雲追也許久未撒歡，今日一人一馬都格外盡興，韁繩完全鬆開，由著馬跑。等到陶花覺得微汗時，才緩了馬慢行。

夕陽將盡，天邊一片血紅。晚風當中，聽見背後有馬蹄聲追上來。陶花回頭一看，見小滿大汗淋漓，臨到跟前時大聲抱怨：「你就不能跑慢點？」

陶花奇道：「你追我做甚？」

「你是不是生氣了？」

她想了想，「嗯，開始那會兒有點。」

他一下子手足無措起來，眼睛裡卻又煥發些許喜悅。

她接著說下去，「不過後來我想想，你如今是一國君主，跑馬場裡又沒跟著侍衛，不讓別人進來也是情理之中。我雖然是你的姑姑，可是王子犯法與庶民同罪，侍衛大哥們攔住我也是應當的，所以便不生氣了。」

他眼神裡那抹喜色瞬間退得乾乾淨淨，到最後咕噥說：「我又沒說這個。那你跑這麼快做甚？人人都知道你馬術好，不用當面炫耀給人家不會騎馬的姑娘看。」

陶花一臉無辜拍了拍馬頭，「不是我跑得快，是秦將軍的馬兒性烈。」

小滿聽見這句話，慢慢緩了下來，最終完全停住。

陶花卻未回頭，仍隨火雲追向前走著。

小滿雙手攏在嘴邊，大喊了一聲：「姑姑！」

陶花仍未回頭。

他接著喊：「小滿走了！」

夕陽一點點沉入地平線，刺得人眼睛生疼。

「你的姪兒小滿，今天可真的走了！」

「再也不回來了！」

他果斷圈馬，向反方向跑遠了。

陶花猛地轉身，也把雙手攏在嘴邊，「小喜鵲，尾巴長——娶了媳婦兒忘了娘——」

小滿在奔馬之上回頭，刺目的晚霞中，看見陶花已回轉過身，伏貼到馬上。火雲追突然發足狂奔，不知道是不是顛簸太盛，陶花的雙肩已在微微顫抖，卻仍沒有停下。

再美的夕陽，亦終究要落下天際。

小滿，作爲她的姪兒這重身分，終有一天會漸漸疏遠。他終是要有心愛的女子，娶妻成家，從沒見過誰家的姪兒跟姑姑親密一輩子的。

他幾次徵詢她的意見，而她篤定表示：「你就是我的姪兒。」

既然這樣，這一天總是要來的，你的姪兒小滿，今天就跟別的女人走了，再也不會回來……

第二卷

馬踏契丹

契丹既是她的家鄉，又是她的家仇，這條通向塞北的道路上，到底是淚水多些，還是歡笑多些？

她說：「願為他處子終老。」

他說：「要是有一天你被捉了，我也絕不會獨活，我就要做那隻飛回來的燕子。」

第十七章 出征

冬天過去，迎春花開，漫山遍野都是報春的黃雲。

宮牆裡也不例外，三三兩兩的宮女們在院牆邊摘下黃色小花，簪於髮上。

陶花卻蹲在角落裡，她好奇地剪下了一叢樹枝，在弓上比量著這硬度夠不夠做箭身。

正專心的時候，聽見背後有人說：「這要是試好了能成，咱這汴梁城裡從此再看不見迎春花了。」

陶花回頭，笑道：「你嚇我一跳，小滿……呃，不，大王……呃，不，恆岳。」

趙恆岳大笑，「好，每次都叫我三遍。」

陶花看他笑得極是開心，口便多了一句討巧，「要麼，我還是叫你小滿吧，我叫習慣了。」

趙恆岳沉吟一刻，把笑容斂去說：「你要是答應我一件事，我就讓你叫我小滿。」

「什麼事？」她興沖沖問。

「嫁給我。」

她把手中的一叢迎春樹枝掃到他身上去，人卻起身走開了。

趙恆岳在背後叫住她，「喂，我有事跟你說呢。」

她停住身形，「你答應我一件事，我才聽你說。」

他大笑起來，「好，學會了以其人之道還治其人之身，說說看。」

陶花轉回頭來，「我想搬出去住了，宮裡頭太悶。」

她本不是個會察言觀色弄心機的女子，換成跟別人說這句話，她多半也就是鐵箭一橫——「喂，我要搬走了，成不成你自己看著辦吧。」可是對趙恆岳，她不能這樣，這是她的親人，她的夥伴，她的……小滿。她已經或多或少覺到他對自己懷有些「奇怪」的感情——反正在她看來，是「奇怪」的，她也不想用什麼「有違倫常」的嚴重字眼，因爲她不捨得這麼說他。

於是她只好在想得起來的時候疏遠他一些。而這種疏遠，亦得小心翼翼表達，她不忍心傷害他。她總仍覺得自己是他的長輩，所以，對他是有著責任的。

趙恆岳在原地立了片刻，笑了笑，「阿陶，你聽沒聽過一首歌謠：『入山一千，出山五百』。」

陶花搖頭，不解何意。

「這是說建造宮殿之時，爲了採一根梁木，要有一千人進到深山裡面，卻只五百人能夠出得來。」

「另外的五百人呢？」

「全死在山裡頭了。」

陶花張大嘴巴，說不出話來。

趙恆岳走到她身旁，指著距離兩人最近的一處大殿，「你看，這一間大殿，要十多根梁木，我猜最頂上那根棟梁，拿五百人的命也換不回來。」

陶花闔上了嘴巴，還是沒說話。

「那，咱們在朱雀門對面給你蓋棟府邸？」

「不，不，」陶花終於開口，而且一開口就腦袋連手一起亂搖，「我還是住在這裡，挺好的。」

「不好吧，你剛剛不是說這裡太悶了？」

「不悶不悶，地方這麼大，一點也不悶。」

「那天你不是還說，老跟我住在一個院子裡面，抬頭不見低頭見的，嫌煩？」

「不煩不煩，我喜歡跟你在一起，天天看到你也很高興，一點都不煩。」

「眞的？」

「眞的。」

趙恆岳回身大喊：「史官呢？史官！把公主剛剛說的話原樣記下，我心情不好時念一遍就行了。」

陶花愣了半晌，期期艾艾說了三個字：「不要吧。」

「還有，傳示群臣，以彰公主儉樸賢德。」

這回是大喊出兩個字：「不要！」

「不要？你怕誰看到？」趙恆岳一邊促狹地笑著，一邊拿出一張摺子扔給她。

陶花接住摺子，卻沒有展開，她反正不識字。

他的笑容收攏，緩緩說道：「秦將軍上表，請戰契丹。」

陶花把摺子還給他，收拾心情，抱拳行禮道：「我熟悉契丹軍事，願帶公主營與秦將軍同去。」

趙恆岳微微點頭，「本來大局初定，不該著急用兵，可是……」他抬頭盯住她，「我還是成全你二人吧。希望能夠早日平定天下，也好打發了你這蠻橫公主，別總讓我這娘家人養著。此次出征，我會從京郊軍借調五萬兵力，合幽州軍之兵，分三路過燕子河。我與鄭丞相親征督率中軍，秦文率左軍，幽州節度使鄧宣正與秦梧率右軍，公主營……嗯，跟在秦文軍中吧。三軍之中，以中軍爲首，左軍之中，以公主令爲先。」

陶花一一點頭接令，聽到最後一句時笑了，「以將軍令爲先也無妨。」

趙恆岳正色道：「軍國大事不是兒戲，我今早已昭示群臣，虎符之外，增設鐵箭令。」說著他自懷中拿出幾支小巧鐵箭遞與陶花，「這令上銘文與虎符相同，可調動我大周兵力，交由你保存。」

陶花大驚抬頭，「不可。」

趙恆岳神情淡淡，「奪得虎符那日，我即命人去打造了這些鐵箭，本來就是給你的。」

陶花接過那些箭枝，每支上面都有繁瑣銘文，頂頭沒有箭尖，全是一朵黃金打造的桃花。

趙恆岳囑咐道：「小心保存。」

陶花搖頭，「我怕擔不起如此要務，萬一偷了搶了，丟了忘了，那就麻煩了。」

趙恆岳蹙眉道：「如今你僕從如雲，怎麼可能讓你丟了忘了？若說偷了搶了，你貴爲我大周公主，如此重要的東西被人偷了搶了，恐怕倒不必擔心這些令箭了，還是先擔心我大周天下，還有，你。」

陶花看趙恆岳君意已決，只能將這些鐵箭先放進自己箭囊，好在個頭短小，倒也不十分沉重。她望著他，不知道該說什麼。他輕咬嘴唇，「從此以後，再別跟我提什麼赤龍會的歸屬了。」

大軍兩月後自幽州會合出發。趙恆岳吩咐按弩箭圖譜速速趕製弩箭，配備的箭兵都歸入公主營帳下。同時差人去赤龍會總部青峰嶺傳訊，命趕赴幽州。

落霞山的力量壯大了很多，官民結合，平時由羅焰和何四帶領，此時聽說出征契丹，那是人人爭先。陶花卻未將羅焰帶在自己營中，而讓他去右軍輔助秦梧。

大軍齊聚幽州之日，意氣飛揚，戰戟霍霍。趙恆岳命犒賞三軍，翌日過燕子河。

陶花歡喜異常，檢視過公主營在城外的駐軍，便回幽州府內的居所休息。路過大廳時，聞見廳內有爭吵之聲，她停下腳步望了一眼，看見鄭丞相和大王對峙於廳內。鄭丞相高聲勸道：「大王，出征不是遊獵，何況那曉虹姑娘並無名分，你帶她同去該如何安置？」

趙恆岳十分生氣，聲音幾乎咆哮起來，「我帶去的女侍又不止她一個，爲什麼別人都能帶，唯她不能帶？出征之時帶同家眷，古已有之，爲何你偏偏要管我？」

鄭丞相不緊不慢，躬身道：「大王，老臣我也是一片忠義之心，原本老臣是不能管大王家事，可大王家事，便是國事。當日大王曾以血爲誓，不伐契丹，不登帝位，是以老臣處處對大王期待甚高。曉虹姑娘之事，若是我不知情，那也罷了；可是老臣剛巧知道，不得已而進諍言。咱們軍中有嚴令，帶外妓過夜者，立斬無赦！」

到此趙恆岳被完全激怒，他一把抓住鄭丞相的領子，「你說她是什麼？」

趙恆岳高大，且習武，鄭丞相是文人出身，被他一抓便如小雞一般岌岌可危之態。陶花趕緊現身，到門口咳嗽一聲，趙恆岳立刻把鄭丞相放了。

陶花走入廳內，「敢問大王，爲何事爭吵？」

趙恆岳忙不迭搖頭，「沒事，沒事，我和丞相玩笑呢。」說著轉頭對鄭丞相說：「都依你，你命人送她回汴梁吧。」

陶花從前言後語中猜測是爲了帶曉虹姑娘隨軍之事。她聽到此事，心裡竟是說不清楚地放鬆了下來，他對其他女子有情，那是盡力也要促成的；又想起自己曾經撞破他們一次，自然也忍不住想行個善事。於是她當下便對鄭丞相說：「大王貴爲九五之尊，又是年輕男子，雖尚未婚娶，帶個女子隨軍也不是什麼大事。軍中尚且帶著營妓，為何獨不能帶上大王心愛之人？」

鄭丞相朗聲說道：「大王行事當為萬世楷模，若是要帶妃子同行，亦該明媒正娶。你看那秦將軍也是年輕男子，俊逸天下知，卻何曾在軍中帶過女眷？」

陶花聽到提起秦文，不由有些尷尬，就沒有接話。卻見趙恆岳猛然站起，一把抽出佩刀砍翻了桌子，對二人大吼道：「我已經說過不帶了，你們還在這裡做甚！我心愛之人？哼！」他一腳踢翻頹倒在地上的案子，轉身出門。

陶花被他這一頓脾氣給驚了一跳，鄭丞相倒還是不緊不慢，走上前問道：「公主未受驚吧？」

陶花搖頭，「我沒事，丞相呢？」

鄭丞相一笑，「平常之事，不足掛齒。大王一向英明，唯在兒女之事上……」他抬頭看了陶花一眼，似有深意，卻是不便說出。

陶花已然覺察到，就問在當面，「丞相有話請講。大王行事不周之處，我會委婉提醒他，不能傷了功臣之心。」

鄭丞相一笑，吞吞吐吐說道：「當日大王取消公主賜姓，臣等在朝堂之上暗自猜測，以為是大王猜疑公主，想收回公主手中的落霞山和赤龍會。可是大王當廷示出鐵箭，言桃花箭與我大周虎符同列，又令人甚為不解。」他說話時一直眼望著陶花，看她的反應。

陶花輕鬆一笑，「他自幼與我相識，所以信我多些，其實，令箭交在我手中，便是交在秦將軍手中。大王愛惜功臣，不是很好嗎？」

鄭丞相沉思片刻，「老臣卻覺得大王並未厚待將軍，就連秦梧的升遷，都比將軍快些。」

陶花皺眉道：「丞相覺得，大王待我，可算親厚？」

「那是自然，遠勝玉環飛燕。」

陶花當即沉下臉來，「丞相此喻不當，公主怎可比寵妃？既然他待我親厚，又肯將我嫁給秦將軍，還不算厚待將軍嗎？」

鄭丞相被此話問住，仍是有些不服，卻不想再跟陶花爭辯了，於是告辭離去。

陶花離開大廳，問過侍衛後尋到趙恆岳房內，見他獨自仰坐在椅中，閉著眼睛面孔朝上，滿臉都是委屈生氣，十足小孩模樣。陶花便止住侍衛稟報，悄悄走過去，在他身側半跪下輕聲問道：「小滿，你把曉虹交給我可好？」此刻，她又把他完完全全當成了小滿——一個需要她幫助的孩子，哪怕幫他做些不甚光明正大的事情，哪怕幫他爬上其他女子的床頭，那也是她這個小姑姑義不容辭的。

趙恆岳沒有回答，仍是閉著眼睛。陶花湊到他耳邊低聲說道：「我把她帶在公主營中，老鄭必然不屑來跟我一個女流講甚大道理。到時你避開他耳目，過來悄悄看她，不是正好？」陶花說起這偷情香豔之事，自己羞得面色通紅，又免不了覺得刺激好玩，眼神飄飄蕩蕩向上挑著，笑笑地看著趙恆岳，頗有在姪兒面前邀功炫耀的意味。

窗外一枝桃花穠豔欲滴，勾魂奪魄。

他睜開一條眼縫斜睨她片刻，眼神中光芒一閃而過，幾乎就要伸手把這枝花折下來，卻終於還是沉寂，說了一句：「我算是明白了，你是眞的傻，不是裝的。」

陶花大怒，狠狠推他一把，推到一半想起來——自己應該跟他疏遠些，於是又硬生生把手勁收住，變成了不痛不癢放在他胸前。

趙恆岳抬手揮落她的手臂，冷冷斥道：「說你傻還生氣，一個姑娘家不懂得矜持，偷情這些事是你該說的嗎？我這人好欺負，你跟其他人可別這樣，要是出了對公主無禮的事，就算我替你報仇，你自己不也得難受麼。」

陶花悻悻然站起來，面孔有些發紅。趙恆岳又怕自己話說得太重，伸手拽住她的袖子，「人的定力都有限，我這是爲了你好。你的姪兒小滿也早就走了，別再指望我總把你當長輩供著。」

她信任他，知道他說什麼皆是爲了她好。於是她低下頭，答聲「知道」，神色間難得有些溫順，又有些微微的羞澀。

窗外那支桃花更加紅豔，讓人挪不開目光。

趙恆岳忽然想起什麼，自椅中一躍而起，到床頭去拿了幾枝珠花過來。他笑著說：「你戴牡丹太豔了，我看戴桃花正好。」他手中拿著一式各色的桃花，做得精巧細緻，比市集上能見到的那些好看多了。

她吃驚地看著他。她本來聽他說要給她做珠花，還以爲只是隨口玩笑，沒想到今天送到了面前。

趙恆岳看她今天穿件梅紅衫子，就給她挑了一朵同色的桃花簪到髮間。又特意走到遠處細細看了看，點頭說：「嗯，果然是人比花貌強。」

陶花懵懵然地站著，聽著，只知道發愣。

翌日三軍各自渡河，陶花率公主營在左軍之中最先過去，一直到正午過後才抵對岸。

過河之後，大軍就地駐營。公主營早已安置妥當，開始埋鍋造飯。陶花有自己的侍從照應伙食，侍從過來問她想吃什麼。

陶花揮揮手道：「就隨大家。」

侍從剛要離去，陶花又把他叫住，「多備一份，也許秦將軍會過來。」侍從點頭去了。

果然，過不到片刻，在侍衛後知後覺的一片通稟聲中，秦文已經大踏步挑帳簾進來。上次出征時他們便是餐餐共食，這次他延續這個習慣，她當然非常高興。

陶花笑問：「這麼餓了？」

秦文走至跟前，也笑道：「不是餓了。我昨晚來拜見你這鐵箭公主，侍衛說你勞累，早早就睡了。今天一早大軍渡河，也沒空來看看你……」

陶花一邊命侍從去催促伙食，一邊解釋：「昨天忙碌一整天，上午去城外的駐營查看，下午又撞見大王跟丞相吵架。」

秦文蹙眉，「何事爭吵？」

陶花附在他耳邊，把曉虹的事說了一遍。

秦文沉吟半晌，側頭低聲說：「大王的家事你還是少摻和，別以為你眞的就是長公主了，你畢竟不姓趙，一旦怪罪下來，你這唯一的靠山沒了，可便麻煩得很。鄭丞相那邊，歷來以忠義直言蒙受聖寵，與你不同。」

陶花聽他為自己打算，不由心裡甜甜的，靠著他肩膀撒嬌說：「你不也是我的靠山嗎？他，我眞不知道還能到哪一天。」她最擔心的一件事情，就是那份「奇怪」的感情如果處理不好，不知道自己跟小滿會否從此陌路。

秦文點頭，「等你進了秦家的門，我自然成為你的靠山。現在麼，大王那裡你還是得賠點小心，別得罪他便是。我原以為他會把虎符交給我，可他竟另造鐵箭令給了你。一來，軍權並不全落到我手中，二來，給了你，我又怎可能跟你去爭鋒？我只覺此舉十分精妙，卻一時沒有應對之策。」

陶花搖頭道：「不會吧，小滿他……他只是隨手給我的，沒想這麼多。」

秦文側望她一眼，「只怕你低估了他。你以為宮變登基，那麼容易做到？」

陶花抿住嘴唇，「可是，我們兩個有……有婚姻之約，鐵箭令在我手中，等同在你手中一樣。」說罷她想起那天趙恆岳跟她說的話，於是抬頭望著秦文，「那天，在儀熙殿中，你不願答允婚事，是不是……是不是覺得家國天下、虎符令箭，比我重要？」

秦文不答，俯首沉吟半晌，側頭看陶花一眼，「將門虎女，怎麼問出這種話呢？」

不一刻飯食做好，兩人對坐而食。陶花剛剛送了第一口飯進嘴裡，侍衛進來稟報說，中軍營來人要見公主。

陶花命傳，見進來的人面目熟悉，似是大王的近身侍衛。來者見禮過後，逕直走到陶花身側，俯身欲低聲說話，陶花擺擺手，「秦將軍不是外人，但講無妨。」

那人遂直身稟道：「大王命我帶公主去見他。」

陶花皺眉，對於趙恆岳的命令，她向來是不掩飾情緒的，「難道你沒看見我正吃飯嗎？」

侍衛急忙跪下，「屬下看見了，只是，大王之命，屬下也不敢違背。」

陶花無法，一邊起身一邊將嘴巴塞得滿滿的，咕咕噥噥出門。

第十八章　舊識

陶花跟隨那傳信侍衛騎馬馳出營地，見他帶路的方向卻不是往中軍營地去，不由起疑，立時緩住了馬匹。侍衛回身拱手，「大王在前面等著公主，這一路上大王布滿了我營士兵，公主不必害怕。」

陶花遲遲疑疑跟著他向前去，一眾馬匹轉過一座小山後，看見趙恆岳立在山腳下，侍衛們遠遠跟在十丈之外。

她奔到趙恆岳身側下馬，見他目光前視，於是也看過去。赫然看見一座墓地，立著一丈多高的大石碑，上寫五個大字「陶洪錫之墓」，陶花立時驚得後退三步，旁邊還有一座小墳，上有陶若的名字。陶花曾託付耶律瀾將父親和弟弟葬在燕子河邊，此次大軍出征，她想到了此事，卻沒有時間訪查，只想等燕子河收歸周國之後，再來細細找尋。

她頓時放了馬韁，直直跪下地去。想到十五年間父親對自己的關愛教導，想到最後那一刻擋住追兵的凜然無畏，不由痛哭失聲。

趙恆岳待她哭得累了，聲音漸弱，這才走過來扶抱她起身，輕聲慰道：「人死不能復生，咱們收復失地之後，將你父親墳墓遷往京城供奉。」

陶花垂淚點頭，趙恆岳扶著她手臂，緩步送她回營。侍衛們全都遠遠跟著，不敢著急一步。兩人走了半天才見左軍軍營，陶花心情已然平復不少，到營門口時側頭道聲謝。這個謝字卻讓趙恆岳頗覺不悅，但他眼見陶花滿臉都是淚痕，也就沒說什麼，上馬率侍衛回了中軍帳。

當晚契丹大軍也到了，在四十里外安營紮寨，周軍再想前進一步，顯是難了。

晚飯過後陶花又到父親墓前去探視，靜坐了半晌。看這個地方選得甚好，依山傍水，面向燕子河，想來耶律瀾當日也是十分盡心周到。

陶花登上小山俯視燕子河，看河浪滔滔，一如當日初來此地之時，只是她已不再是當年那個疲於奔命的小姑娘，而是帶領大周軍隊來擊退契丹，收復失地。不知父親在天之靈若有知，是否同感欣慰？

再轉頭看周軍大營，煙火慢慢散盡，夜色漸漸深沉。此時雖是初春，塞北的夜晚卻依然寒涼，冷風吹拂，明月普照，營中大旗赫赫飄揚，偶有馬嘶之聲，更顯夜之靜寂。看見周營整齊肅穆，陶花向天禱祝：「但願此行一舉擊潰契丹，保邊境百姓數十年安寧。」

正思量時，一個遠遠跟著的侍衛走上前來，遞給陶花一件披風。她倒也覺得冷了，於是展開披上，只覺溫暖貼身，竟不似新衣，而似有人剛剛穿過的。陶花轉頭向那侍衛的方向望了一眼，夜色昏暗，只看見一眾身影遠遠站著。

她又耽擱了一會兒才走過去，近身時看見趙恆岳正在這一眾身影之中，陶花把披風還給他，兩個人難免又是推讓半天。旁邊一個侍從再拿出一件，趙恆岳悄悄地以眼色阻止了。到最後披風還是落在陶花身上，他卻不幫她繫好，只是手搭在肩上攬住，另一隻手指著燕子河，問陶花：「你可知道這裡為什麼叫做燕子河？」

「我爹爹說，是因為夏季北飛的燕子到此即停，聚居於河岸，所以叫做燕子河。」

「哦，原來還有這一種說法，我聽到的可不是這樣。」

「那你聽到的是什麼？」

「我聽說，有人在這河邊捉了一隻燕子，另外一隻不肯走，飛返回來撞地殉情，所以叫做燕子河。這裡……」他把她往懷中攬緊了些，指指腳下，「就是這一對燕子的墳墓，叫做『燕丘山』。」

陶花點了點頭，「好執著的燕子。」半晌又想起來對照一下自己，「嗯，若是秦將軍有失，我也不會獨活。」

趙恆岳沒有說話，過了一陣，慢慢放開手臂。這一放，披風就滑落下地，他又彎腰撿起，仔細地把披風替她繫好，「知道了，我不會讓他有失。」

陶花小小的面孔掩在深色披風中，髮絲被吹得凌亂飄舞，塞北空氣乾燥，她的明眸卻是清澈欲滴。他長長嘆了口氣，「你說秦文這傢伙是哪輩子修來的福氣？我怎麼就沒修到？」

她抿唇而笑，促狹地眨眨眼睛，「修行這事可是挺苦的，還要吃齋念佛呢。百年修得同船渡，千年修得共枕眠，你跟我若是修了一百年，我跟他就是修了一千年。不過，你跟曉虹姑娘肯定是修了有一千年的。」

趙恆岳大笑，「吃一千年素？就算我想吃，她也未必陪著我。」

第二日契丹來使遞戰書，約戰五日之後。趙恆岳回書允約。

此次契丹軍大營也分作三處，效仿周軍的三軍設置。周軍哨探只探得是太子營領兵，其他細節並不知情。

五日後的清晨，兩邊營地皆是三軍齊發，在兩營間的平原上列開隊來，但見鐵甲無際，旌旗蔽日。

陶花與秦文勒馬立於左軍陣前，凝目看向敵陣。卻見敵陣三軍中倒有兩軍都是太子營旗幟，陶花不由覺得奇怪，太子領兵本是尋常，耶律德昌是一意要培養自己的接班人，處處委以重任。只是兩軍皆爲太子旗幟，難道他可分身不成？第三軍的旗幟不同，陶花認得那是大將帖木兒的標識，此人在契丹軍中並不算一等一的人物，看來耶律德昌對周軍是輕視之至。兩國交戰數十年，周軍勝少敗多，契丹帝的輕視傲慢也並非全無理由。

陶花把心中想法對秦文說了。秦文點頭，「驕兵必敗，咱們定要給他一個教訓。只是……」他側過頭來，「太子營中可還有能領兵之人？」他顯然也看到了有兩軍都是太子旗幟。他曾去過耶律瀾營中，所以認得他的旗幟。

陶花苦思一陣，仍是搖頭斷然道：「沒有。太子營我再熟悉不過，除了瀾哥哥……」她話還沒說完，秦文猛地側頭盯住她，也不說話，就那麼一瞬不移地看住她。陶花頓時支吾，半晌才續下去，「呃，耶律瀾，除了他之外，沒有別人能領兵了。」

秦文點頭，「除非……耶律德昌有個能征善戰的小孫兒。」

陶花噗哧一聲笑出來，「上次見耶律瀾，他還是孤身一人，這次就有了個兒子不成？」

秦文斜睨她，「你怎知他是孤身一人？也許他的兒子已經能騎馬，只是沒告訴你罷了。」

陶花搖頭，「不可能，我瞭解他的爲人。」

秦文冷哼一聲，「那是自然，你何止瞭解他的爲人，他不是說過麼，你連他身上每一處傷痕都清清楚楚。」說著他微微沉了臉，「我是你的未婚夫，你知不知道我身上有幾處傷痕？」

陶花抿了唇，提馬靠近他幾步，轉過頭來凝目低聲道：「我只望你身上一處傷痕也別再有，咱們平平安安到老。」

秦文面色和緩起來，陶花仍是望著他，笑道：「再說，就算他有了兒子，你以爲人人都能十三歲出征高麗嗎？」

秦文終於一笑，「老太太誇孫兒的話，你也信得。」

兩人正在戰場一側輕言細語，對方中軍陣一騎躍出，馬蹄嘚嘚，緩步到了陣前。

陶花看向那人，一身金絲軟甲，秀氣苗條，頭上一支紫金釵束住青絲，分明是個女子。再遠遠朝中軍陣望了一眼，卻見大王與鄭丞相正看向右軍陣中，多半是想讓秦梧出陣應敵。

陶花輕聲對秦文說：「還是我去吧，此人多半是我舊識。」說罷縱馬而前。

到漸近那女子身邊時，相貌越發清楚起來，見她濃眉大眼，朗朗有男兒氣概，冷靜敏銳不弱鬚眉——正是契丹蕭丞相的大女兒蕭照影。

蕭丞相祖籍也在大周，卻早在數輩之前便死心塌地歸順契丹。蕭家與陶家原籍竟然都在周國同一個州府，相距不過百里，雖然政見有所歧異，仍是格外親近，陶家在契丹時屢次受到蕭丞相照應。

蕭丞相的兩個女兒照影、照憐，都是自幼習武。契丹文化與中原不同，對婦女限制少些，照影、照憐更是日常即領兵出戰。

陶花看見是蕭照影，遠遠便抱拳行禮，寒暄道：「照影姐姐，多年不見，你姐妹一向可好？蕭伯伯也好吧？」

蕭照影看見陶花微微而笑，並不見驚訝，想來早已知道陶花在周軍之中。她也含笑抱拳，回道：「陶家妹子，多謝你關心，我姐妹和老父都安好。」

陶花又問道：「蕭伯伯可在軍中？」說著往敵陣看了一眼。當日陶洪錫連夜奔逃，正是得了丞相府傳來的消息，陶花在內室並未睡著，所以聽得明白。她心底一直深深感激蕭丞相，這一戰若是他也來了，倒眞讓她難以開弓。

蕭照影依舊含笑搖頭，「國事繁忙，家父並不在軍中。」

陶花頓覺鬆了一口氣，又看見敵陣中的旗幟，忍不住問了一句：「照影姐姐爲何不舉丞相旗幟，難道丞相府和太子營合二爲一了嗎？」

蕭照影大笑起來，「陶家妹子你說笑吧，丞相府和太子營是我契丹國中兩大軍政樞要，各有千秋，怎麼可能合二爲一？看來你眞如太子所說，天眞得很。」

陶花到此才似明白過來，若有所思點點頭，「雖然不能合併，卻可以聯姻。」

果然，蕭照影微微而笑，「不錯，如今我是契丹太子正妃，帶領太子營出征，豈不是理所應當？」

陶花心裡微微有些酸楚，卻隨即想到，是自己負耶律瀾在先，他已成年，娶妻立妃原都是應當。她迅即盈盈一笑，「那是理所應當，你二人已爲眷屬，我祝你們百年好合，白頭偕老。」

蕭照影含笑答道：「多謝你，陶家妹子。大家既是舊識，你看今日之戰，咱們是不是小小打過也就算了。」

陶花聽到提起戰事，立刻收斂心境，正色問道：「敢問照影姐姐，這小小打過，是如何打法？」

蕭照影依舊不減笑容，「咱們各請一員武將上陣，比過武功，然後再請兩列箭兵上陣，比過箭法。若是你們全勝，我退兵五十里；若是我們全勝，你退過燕子河；若是各勝一場，那就擇日再戰。」

陶花答道：「此事我須先回稟大王，再來答覆你。」

蕭照影含笑擺了個「請」的手勢，陶花即往中軍陣中，與大王和鄭丞相商議。

鄭丞相聽完，當即點頭說：「公主決定即可。」

趙恆岳一向信重下屬，當即也說：「以後兩軍陣前有戰事抉擇，阿陶你盡可自作決定，你比我等都更熟悉契丹軍陣。」

陶花抱拳答令，差了兩人去分別告知左、右軍中的統帥，而後回到陣前。

蕭照影仍舊立在原地，仍舊微微而笑，態度看起來謙和，一如平日秦文的姿態，溫文平和，其實心裡卻是傲然。陶花明白，她必然是不把自己和周軍放在眼裡。

陶花到她跟前，「照影姐姐提議甚好，請問你們派出的武將是何人？」

蕭照影朝己方陣中一揮手，一人嫋嫋而出，穿著打扮與蕭照影相似，正是蕭家二小姐蕭照憐。蕭照憐乃上京城有名的美女，又出身重權在握的丞相府，在契丹是眾人仰望的人物。

陶花看她連招呼都不打，起手即召出了蕭照憐，顯已經是早就商議過了。看來此次戰局並不是因為什麼舊識之誼，蕭照影多半是認為不值得與周軍消耗兵力，所以想速戰速決。

蕭照影仍舊保持笑容，「就讓我家小妹照憐與你們比上一局，如何？只是我小妹是女子，你們若以男子迎戰，就請讓以單手。陶家妹子，我亦先說清楚，待會兒箭兵出陣時，你可別換了兵士衣服上來，我們自然也不會讓哈布圖上來。」

陶花點頭，「那是自然。」她剛剛回陣商議時，對箭兵的比試心下已經有了計較，只是這兩將之戰，本來打算用秦文，此時卻見對方是個女將。若她自己上陣，並不足以完勝蕭照憐；若召秦梧，她從未見過她在戰場上的應對，也就不敢冒險。

陶花正在這裡思前想後，蕭照影笑道：「敢問陶家妹子，周國有一位秦文將軍，此時可在陣中？」

陶花沒料到她會問起秦文，回身將鞭梢一指，「正在陣前。」

蕭照憐現下已到了兩人跟前，接話道：「既然如此，不如就請秦將軍出陣。」

蕭照影側頭望著她妹妹一笑，蕭照憐也側頭看她，兩姐妹對望一眼，蕭照憐頓然粉面泛紅，嗔道：「兩軍陣前，你可不許胡說八道。」

蕭照影卻接著大笑起來，「妹妹你功夫高強，將他擒回契丹入贅丞相府再也跑不掉了，豈不是好？」

陶花聽得這姐妹二人調笑，甚為不解，她從來不知蕭照憐竟有意秦文。蕭氏姐妹並不常與周國作戰，而秦文更是上次才首戰契丹，他們如何相識？莫非是蕭氏姐妹知道他二人有情，在調笑他們不成？可是她們兩個說話時，並未看她。陶花忍不住回頭看了秦文一眼。

秦文看見陶花遠遠在陣前兩次回望自己，便縱馬過來。馬匹走到近前，已能看清人面貌時，他驟然一勒馬韁停住。

蕭照影認出了他，在馬上微微點頭行禮，「秦將軍別來無恙？」

陶花聽到此言已然確信他們是舊識，只不清楚究竟如何相識而已。陶花滿臉疑惑望向秦文。卻見秦文不肯再踏前一步，只說了一句沒頭沒腦的話：「我久聞契丹人重信守諾，不知是真是假？」

蕭照影還沒說話，照憐含羞抬頭，「當然是真，我何曾騙過你？」

秦文頷首，「若是真的，當然好，若是假的，我亦不會對女子格外容情。」

陶花聽他此言頗有威脅之意，更加疑惑。蕭照影卻已經沉下臉來，「秦將軍，我家小妹對你一往情深，苦候整整五年，你怎能對她如此無禮！入贅我契丹丞相府，原是多少俊才夢寐以求的好姻緣……」

蕭照影還未說完，秦文冷冷打斷她，「多謝蕭姑娘你一片好意，如今兩軍陣前，咱們是敵非友，還請姑娘自重。」他這一句話把蕭照憐氣得當場淚光盈盈。

蕭照影把馬匹往回一圈，說了聲：「妹妹你休放了這薄情之人！」隨即縱馬回陣。

蕭照憐早氣得催馬朝秦文奔過去，陶花勒馬後退一步，朗聲向秦文說道：「秦將軍，我們剛剛說好，她是女子，你得單手迎戰，要麼換我可好？」

秦文已經右手提槍架住蕭照憐的一對峨嵋刺，轉頭時言語比剛剛溫和了很多，「我來吧，你回去陣中，別待在這裡了。」

陶花依言退回，遠遠望著，見秦文單手應付蕭照憐雖然不似平時揮灑自如，倒也不落下風。蕭照憐傷心之中，招法極爲剛猛，她原以爲秦文定會讓著她，卻是沒有，所有猛烈攻擊到了他這裡，都如泥牛入海，化得乾乾淨淨。

兩人戰了三、四十個回合，蕭照憐見秦文不溫不火，處之泰然，心情急躁起來。她乘個空隙用左手刺壓住秦文的鐵槍，右手竟然放脫兵刃探手抓了過來。秦文看她只剩單手壓著自己，槍尖一挑就震開她的峨嵋刺，斜上來刺她前胸。本想她右手必然回救，誰知蕭照憐竟是不躲，她便是要賭他不會刺死她，右手不收，立意要將他擒過馬來。

秦文槍尖刺破她衣服時，她也抓到了秦文的腰側。

陶花在陣中看見，大驚失色。蕭丞相沒有兒子，對這兩個女兒那是愛逾性命，若是眼睜睜看著死掉一個，她日後如何跟蕭丞相交代？

陶花大叫一聲：「莫殺她！」

第十九章　照憐

秦文聽見陶花的叫聲，硬生生收住力道，槍尖一擺在蕭照憐前胸劃過。尖鐵已挑破衣服，蕭照憐前襟的衣服嘩啦啦全都散開，她本來抓到秦文，此刻趕緊回手捂住胸口，然而衣襟已經裂開，酥胸半露，兩陣中士兵雖然看不甚清楚，卻也知道發生了什麼。

蕭照憐頓時羞得無地自容，左手剩下的一支峨嵋刺噹啷落地，雙手緊緊護於胸前。她如此一個剛烈勇猛之人，竟然當場落淚。秦文怔了一刻，似在猶疑，終於還是探手將她提過馬來，他與她面對面坐著，輕攬住她後背將她抱於胸前，算是爲她遮羞了。

契丹營中派人出陣來救應，秦文卻早已回馬到己方陣中，陶花適時搶上前來，帶了公主營的女兵接下蕭照憐。侍從遞了一件披風給陶花，她拿過去包在蕭照憐胸前。

秦文提韁走到旁邊避嫌，陶花跟過去，問：「你是怎麼認識蕭家姐妹的？」

他嘴角噙了一絲笑，「蕭照憐號稱契丹第一美女，這天底下的美女，我都是要見識見識的。」

陶花沉了臉，「我跟你說正事呢。」

他轉過頭來，面色並無絲毫調笑之意，「我也在說正事。我不喜歡爲難女人，剛才是沒辦法才把她帶回來，你替她尋件衣服後放她回去吧。」

陶花愣在那裡，覺得他所言前後矛盾，他剛剛明明是想刺死蕭照憐，怎麼現在又開始憐香惜玉了？她有心想質問個清楚，卻又怕在這戰陣之中士兵面前讓他難堪，只好先忍住。

她心裡七上八下十分不痛快的時候，正看見趙恆岳趕了過來，探著頭往蕭照憐的方向看過去。陶花皺眉斥道：「你也是來看這契丹第一美女的？給你送到中軍營去慢慢看吧！」

趙恆岳轉頭有些納悶地看了看她，沒說話。

陶花頓時明白自己過分了，竟然在陣前無緣無故斥責大王，於是分辯一句：「小滿，你已經不再是小孩了，遇見衣衫不整的女子該懂迴避。」

這一句話卻說得更加不合時宜，陶花說完之後也發覺自己越描越黑了。果然，趙恆岳臉色已經沉下，似有怒氣，只是看見周圍全都是兵士，發出火來必然讓陶花在眾人面前顏面有失。他一甩袖子，轉身上馬離去。

陶花猶豫片刻，追過去拉住他的馬韁，「是我不好，剛剛……有點亂發脾氣了。」

趙恆岳冷冷答道：「我從來不怪你發脾氣，可是他的風流事你怨到我身上，未免太失公平。」

陶花先是低著頭老老實實受訓，猛然間卻反應了過來，問：「到底什麼事？」

他哼一聲，「你還是先出陣吧，蕭照影已經在等了。」

第二陣是比箭兵，契丹人善射，那自是他們最引以為傲的項目。蕭照影施施然帶了百人小隊出來，面上的微笑退去了一些，卻仍是帶著笑容說道：「我家小妹，就煩請秦將軍多加照應了。若能玉成好事那是功能無量，若是少了一根汗毛，只怕就不是兵退五十里這點小事了。」

陶花淡淡答道：「我會盡力保她性命。」說著揮手讓公主營內的弩箭隊出來。這一百人全都配備了顧師傅造出來的弩箭，機關精巧，力道雄厚。

蕭照影看周軍的這一百名箭兵全都不持弓箭，反倒扛著個盒子，便猜想到是弩箭。只不過強弩體積大，需要幾個人才控制一臺，不如弓箭兵靈活，而他們所帶這種可一人扛一個的木箱弩，恐怕力道就不夠，所以蕭照影亦未格外擔心。

然等到一聲號響，兩方走出百步開始交戰時，蕭照影卻驚呆了。這些木箱弩勁力堪比強弩，而且裝拆弩箭十分容易，她麾下箭兵雖然準頭都不差，卻抵不住這些強弩箭多力強，轉瞬間契丹箭兵傷亡慘重。

蕭照影到底是身經百戰，知道已然無望勝利，拖延下去只會讓自己精心培養的箭兵死傷更多，立刻高聲向陶花喊道：「我們認輸了，請收兵！」

陶花喝停弩箭兵，在馬上一拱手，「那麼，請照影姐姐即刻退兵。」

蕭照影也拱手還禮，面上笑容隱去，「我會如約退兵五十里，咱們到五十里外，擇日再戰！」

當晚周營中歡聲一片，大家全都喜氣洋洋，只有陶花微皺眉頭。她想問問秦文是如何識得蕭家姐妹，卻左等右等見不著他，直到用過晚飯仍未見人影。她也就先壓下好奇，帶了幾個隨身侍衛到父親墓前，把今日戰事說了一遍，希望父親亦能分享勝利的喜悅。

之後她又登上燕丘山，本來是想散步，卻在山頂碰到了中軍營的侍衛。趙恆岳正獨坐山頂，望著滔滔燕子河神情凝重。

陶花走了過去。他的面色不似以往親密，淡淡問話：「你想不想知道，我今天為什麼過去看那位蕭照憐？」

陶花不語。

他仍是淡淡說道：「無論我做什麼，都是錯的，你從心底厭煩我，所以處處把我想得不堪。」

陶花急忙跟進一步，「你別這麼說，小滿……」

「說過了別再叫我小滿！你真以爲你是我長輩了嗎？連是非都分不清楚的長輩！」他聲音猛地拔高了起來，驚得遠處的侍衛也往這邊走近幾步，怕出什麼變故。

這是陶花第一次見趙恆岳對自己發火，她後退兩步，微覺有些害怕。也說不清爲什麼，千軍萬馬都不怕，偏偏見他發怒傷心便萌生懼意。

趙恆岳看見她的神色，一下子又憐惜起來，伸手把她拉到身邊，輕聲說：「我不是怨你說我，我是怨你太傻了。你這樣子笨拙，就算如願嫁給他，以後可怎麼辦？他跟那蕭家二小姐有前情，難道還需要猜麼，你這該管的不去管，跑來管我有什麼用？」

陶花低下頭去，「我……我也不是厭煩你，我怎麼會厭煩你？我……」

「我什麼我？都跟你說到這個分上了，你還不去看看戰俘？」

陶花哼了一聲，「我管不了他！他要是看中了別人，那也請便！」

趙恆岳不禁嘆口氣，「阿陶，你要也是這麼傲的脾氣，嫁秦文可真不合適，嫁寧致遠都比他強。雖然同樣風流，至少寧致遠我能管得了，這秦將軍，可是連我都沒把握。」話音未落，旁邊過來一個侍衛，到趙恆岳耳邊低低說了幾句。趙恆岳點頭，對他說：「你把剛剛跟我說的，再跟長公主說一遍。」

那侍衛立刻向陶花行禮，稟道：「大王剛剛遣人將戰俘帶至中軍看守，結果已被左營秦將軍帶走。我們想去將軍帳帶人，卻被擋在了門外，兄弟們私下裡聽說，秦將軍先一步把戰俘放走了。」

陶花皺眉看了趙恆岳一眼，兩人一同站起，朗聲吩咐各自的侍衛同回左軍營地。

陶花進了營門，連馬都未下，直接奔馳到將軍帳門口。

秦文負手在帳內，看見陶花和趙恆岳相偕回來，他也沒有行大禮，只逕到陶花身邊說：「我已經放蕭照憐走了。」

陶花怒道：「你這是重罪！」

他淡淡笑了笑，「那就請公主治我的罪吧。」

「你……你別以為我不敢！」

「蕭照憐與我有過情事，不過那是好多年以前了，現在我放她走，就跟你放哈布圖一樣，總得顧點義氣。」

陶花氣得再說不出半句話，轉頭奔回了自己營帳。她原以為秦文準會追過來解釋，便等著他過來說兩句軟話，卻是沒有。倒是趙恆岳追了過來，並坐在地毯上安慰她許久。

她負氣問：「難道這不該按軍法治罪嗎？」

他柔聲答：「你沒聽見他說，你也曾經放過哈布圖，那是說給我聽的——要治他的罪，亦得先治你的罪。」

陶花愣了片刻，她自己並沒聽出這層意思，還以為秦文只是在藉舊事求她原諒。她憤然道：「這人心地好壞！」

趙恆岳大笑，「阿陶，這世上也就只有你這麼傻。」

「我傻，你們便都欺負我是嗎？」

他望著她，「阿陶，我什麼時候欺負過你？我只是盡我所能地，別讓他欺負你罷了。」

陶花長嘆一口氣，「要是他能像你對我這麼好，就好了。」

趙恆岳一愣，很明顯地心思活躍了一下，似乎已成死灰的心又悄悄復燃，他輕聲問：「要麼，阿陶，咱們退了這門親事好不好？反正也還沒有讓別人知道，只有兩家人自己……」

他還沒說完，陶花斷然止住，「你說什麼呢！就算他欺負我，我……我還是……」

「你還是甜甜蜜蜜地恨他。」他幫她接了下去。

她低頭不語。他喟然長嘆：「這世上啊，從來是癡情女子負心郎，癡情男子負心娘，似乎癡情的不配上一個負心的，就不成對。」

陶花本來遲鈍，這會兒不知怎麼就靈光一現，「你說誰是負心娘呢，我才不是！」

趙恆岳倒沒料到這個傻姑娘此回這樣快就反應過來，他一時都沒想好怎麼應對，於是仰身躺到地毯上去，避開了她的目光。過一會兒想想，既然這木頭疙瘩已經聽懂了，似乎避開也沒甚意思，他看了看她，半笑不笑，「你怎麼就不負心了？跟你一路走過來，從契丹走到中原，現在又從中原走回契丹，沒有功勞也有苦勞，你就只瞧見他的好，他做了錯事全都算在我頭上，我去看看戰俘都要被責備行不正坐不端。」

陶花靜默了一會兒，粲然一笑，「你別給自己臉上貼金了，我就是個負心娘，也得有個癡情男子來配啊，你算什麼癡情男子？你就是個尿褲子的小屁孩！」

趙恆岳猛地坐起來，拿手指指著她，「阿陶，你給我聽著！這件事你要是敢再提一次，我……我……」

她得意地揚起頭，一副不受任何威脅的樣子。

他惡狠狠地說了後半句：「我就尿到你床上去！」

陶花轟然大笑。

他沒有笑，卻也收了惡狠狠的聲音，好整以暇地似是隨口接了一句：「還得讓你親眼看著。」

說完，就在她滿臉通紅的時候，哼一聲離開。

第二天一早，三軍開拔前行五十里。五十里外正是原屬大周、今屬契丹的烏由城，蕭照影帶領契丹大軍駐紮城郊，周軍則在城外二十里處紮營。烏由城臨近高山，地勢險要，易守難攻，周軍駐營後一時沒有約戰，遂先休養生息，商議對策。

陶花故意對秦文冷冷的，他也不說什麼，就安心受著，似乎料定她總有雪融冰消的那一天。

這天，幾人在軍帳議事，說起烏由城東側的烏由山谷是處打埋伏戰的好地方。

陶花說：「這計是好計，契丹人卻沒那麼容易上當，而且烏由山谷的入口不算近，從這裡跑過去，背後又有追兵，只怕這一路上都有凶險。」

鄭伯點頭，「你們幾個將領，只有長公主或可誘得下敵人。她馬上兵刃不強，敗退下來亦頗可信，而她弓箭馬術俱佳，至谷口這一路上比別人少些凶險。」

趙恆岳和秦文一起開口阻止。

陶花攔住他們兩人的話頭，「我願意去。」

眾人都看向趙恆岳，等他最後點頭。他看了看陶花，「我若不讓你去，你怕是不會開心，那你就去吧，記得帶足馬匹和箭枝。」

當天下午三軍將領在中軍帳中商議定下部署安排。烏由谷距離較遠，中軍留下來守營，左、右兩軍埋伏在山谷兩側，又在公主營和左軍中選出精兵隨陶花誘敵。

趙恆岳寫就戰書，加蓋公主印鑒，連夜送到敵營。

陶花待戰書送出後才問：「你寫了什麼？」

「寫的是：『左軍將領因情私放蕭照憐，公主聽說後醋意衝天，定要與蕭照憐拚一死戰。』」

陶花瞪著他，見他笑意晏晏，全然不似撒謊，想必這戰書眞就是這麼寫的，忍不住在中軍帳中眾目睽睽之下伸手去掐他手臂。他也不躲閃，笑著受了。

戰前一晚，陶花在帳中整理衣甲，穿上金絲背心，裝滿箭壺，另帶了一支焰火箭作爲信號。收拾停當後脫下戎裝，正要熄滅燭火睡覺，卻聽得帳外有聲響。陶花還未回神，秦文已在侍衛的阻攔聲中走進來。

塞北女子在寒涼時節多是穿著貼身小棉襖睡覺的，陶花此時正穿著她的紅綢小襖，腰身精細，玲瓏有致，並不是見客的衣服。她待秦文走到近前，沉下臉斥道：「我正要休息，你就這麼闖進來，帳前的侍衛都是白設的嗎？」

秦文不理會她的呵斥，只是焦急進言：「陶花，我又想了想，還是有些擔心你。要麼我在谷口和戰場中間接應你一回，如何？」

陶花搖頭，「無妨。可你去接應我，難免招敵人懷疑。」

「我想到了這點，所以打算只帶支百人小隊，只求擋得一擋，讓你能多跑出些距離。」

陶花皺眉道：「那你怎麼辦？擋得這一擋之後呢，你距離敵人比我還近，豈不是更加凶險？」

秦文微笑，「沒事的，我十三歲就上戰場了，比你可厲害得多。」

陶花卻未笑，只是搖頭皺眉。

秦文似料到她會不允，輕握住她手臂，「這樣吧，我在半途那個楊樹林中等著，如果看到你遠遠甩脫敵人，就不現身，只等你們過去之後合圍；如果看到你有危險，再去救應。我早交代過副將明日替我率左軍埋伏，連百人小隊都已經選好。」

陶花看他不容回駁，部署全都安排妥當，知道無法再反對。她也知他用心良苦，爲自己不顧安危，頓時有些感動，抿唇低下頭去。

他本來就握著她的手臂，這時順勢慢慢將她整個人都攬到懷中來，「還生氣嗎？」

陶花一入他的懷抱，那陣熟悉的氣息撲面而來，怨怒隨之放下。

秦文緊緊抱著她，只覺她的體溫體香透過那薄薄的絲綢小襖四散開來，直擊自己的心臟，他的呼吸越來越急促。他垂下雙目，輕輕的聲音彷彿自言自語：「陶花，等到天下平定，我陪你一起卸甲歸田吧，再也不問江山社稷、家族興衰。到那時，我欠你的情再一點點報還，現在，只望你別怪我。」

陶花胸中一陣熱意，回抱住他，輕聲說：「亂世無奈，陶花明白。等到明日一戰傳吉，契丹指日可勝，咱們……」

秦文聽到這裡卻頓時清醒，一把將她推開，說句「明日還有大戰，今夜你要好好休息」，連道別都無，便急急起身離去。

第二十章 離間

初春的草原上，乍暖還寒，雖是個太陽高照的大晴天，冷風一吹，仍覺冰冷異常。

陶花點齊士兵，帶隊出營。按他們商量好的計謀，左、右兩軍此時該到了烏由谷的山上，布置埋伏。秦文應該正在楊樹林中，找一處合適的隱藏地點。

可是走到營門口時，卻看見秦文一人兩騎立在那裡，連親兵都未帶。陶花不由奇怪，到他跟前低聲說道：「你怎麼又過來？伏兵已經設下了嗎？」

他翻身下馬，把坐騎交給陶花，「伏兵已經設下，只是我不知爲何，眼皮跳個不停，所以又回來，想讓你再多帶一騎。萬一火雲追有事，也不致葬送了你。」他把坐騎交到她身後的侍衛手中，然後在馬下抬頭望向她，「我十五歲隨父在江淮，有日晌午正跟父親吃飯，哨探來報說有四、五十個山匪在附近村落作亂。父親就帶了一個百人小隊過去，還交代我剩些食物給他回來吃，可是他再也沒歸返……」

陶花看見他眼中的悲傷不捨，心裡一邊疼惜，一邊又覺得甜蜜。她知道，讓秦將軍在大戰之前不按計畫地回來探望她一趟，誠屬萬分不易了。可是再回身看了一眼身後，士兵列隊待發，她無論如何不能下馬來跟他卿卿我我道別。

陶花微一沉吟，便有了計較，自懷中拿出當日在太師府中折的半支斷箭，輕聲說道：「有誓在此，不敢或忘，縱然浴血疆場，也要歸見將軍。」

秦文點頭，「你記得便好。」

她俯下身來，凝望他雙眼，頗想親近一番再走，卻終於一咬牙起身，口中斷然吐語：「一生之盟，永誌於心。」說完縱馬率隊離去。

陶花趕到約定地點，見契丹軍早已列好隊伍等候，蕭氏二姐妹正在馬上說笑，想是等了她多時。她緩步過去，與兩人見過禮後，蕭照影看看她身後的兵馬，笑道：「陶家妹子怎只帶了這麼點人？」

陶花早有事先商量好的回答：「我只帶了公主營，畢竟此事屬我私事。」

蕭照影大笑道：「看來妹子你的脾氣還是一如當年。還記得你十四歲那年，聖上把周國進貢的南海珠賜了一顆給我，命太子送來，你知道他送珠子給我，也不問原因，便在一同練箭時射了他一箭，雖然沒有箭頭，也讓他痛了好幾天。」

陶花咬唇不語，既然蕭照影認為她還是當年那個脾氣嬌橫、不知輕重的小姑娘，那只對今日戰局更有益處。

蕭照影聲音低了一些，「妹子，我接戰書後問過太子，才知道你竟有意於秦將軍。既然他如此風流，傷了你和我妹妹兩人，我看你不如棄他而去。我和太子雖然名為夫妻，其實常年征戰，一年也見不了兩三回，你若能陪在太子身邊，我必然待你如姐妹。」

陶花輕輕搖頭，「我若還能同瀾哥哥在一起，當年就不會走了。」

蕭照影緩緩點頭，「你可是惱恨他耶律家害了你陶家？」

陶花不語，不想跟她解釋這段舊事。

蕭照影見陶花不答，似不經意間淡淡提起道：「太子曾經問過我，當年那個要害你陶家的密使是誰。」

陶花一聽，立刻抬頭凝視她。

蕭照影一笑，徐徐說道：「我對他說，此事我雖知曉，卻和父親小妹同在聖上面前發過血誓，絕不能洩露他姓名。」

陶花點頭，「我知道你們不肯告訴我，等我攻破上京之時，查閱記檔，總能找到蛛絲馬跡。」

蕭照影輕提馬韁，向前走了幾步，更靠近陶花一些，壓低聲音說道：「此人姓名我是萬萬不能告訴你，否則與我誓言有違。他曾在兩軍陣前提醒我，問我們契丹人是否重信守諾，那是自然。」

陶花聞聽此言，猛地抬頭看向蕭照影。

蕭照影依舊微笑，「雖然我不能告訴你此人姓名，卻可以跟你說些姐妹間的悄悄話。此人訪我契丹時，行止極之嚴密，住在我蕭府之中，並未見過外人。只是，他既住在我家，我照憐妹妹對他一見鍾情，失身於他……」

陶花雙手顫抖，火雲追被她不自主勒韁逼得倒退三步。她猛然清醒，「你騙我！」

蕭照影毫不惱怒，笑容淡淡，「你且想，大周來使若非極為機密之事，怎能住到我蕭府之中？不住在蕭府之中，又怎會遇見我妹妹？當時，周國田太師曾寫來一封密信，此信收在聖上手中。數月前，田太師卻忽然密遣使臣將此信帶回，後來，我聽說周國有變，太師被殺。怎麼，你們殺他之時，沒找到這封信嗎？」

陶花在那一瞬間，頓時想起在太師府臥房枕下發現的那封信。她想起秦文當時十分慌張，把那封信拿走後再沒有提起。

陶花再後退三步，蕭照影又慢慢前行三步，招手把蕭照憐也叫過來，「妹妹，咱們三人都是女子，有些私話說說也無妨。咱們蕭家二小姐是上京城中最高傲的姑娘，此事想必陶家妹子也知道，可如今老大也未出閣，妹妹你且告訴她，你等了幾年？」

蕭照憐眼中隱隱有恨意淚痕，「五年。五年。五年之後，物是人非！」

蕭照影點頭，「不錯，正是整整五年。我上次就跟你提過，難道你不曾疑心？怎麼那麼巧你家也剛好是五年前遇難？當時，我們蕭家待他也算不薄，他離開上京後有黑衣人追殺他，那些人沿路設關卡，只要看見周國官員便不留活命，想必是要找這名來使，卻並不知道此人是誰。照憐妹妹求得我父親下令，命沿途官員接應保護，我妹妹對他情深意重，卻不想此人如此翻臉無情。」

陶花看著她姐妹二人，只覺恍如隔世。蕭照影確實在上次對陣時提過蕭照憐等了五年，那便指說出秦文在五年前去過契丹，她只是沒有把這件事跟自己的家事聯繫起來，此時一想可不正好相合？那些追殺他的黑衣人，多半就是赤龍會，因為他們知道這名周國使臣剿滅了陶氏一族。

往事一幕幕在她心中重演，都驗證了這個她最不願去面對的推斷。

她模模糊糊又聽到蕭照影說了些什麼，卻只覺耳中眼中空濛一片。她在戰場上茫然四顧，漫天遍野的綠草，連邊際都看不到，這天下如此之大，卻是……卻是……再也沒有什麼意思了。原來她愛的人，竟然處心積慮騙了她這麼久！原來他害死她的親人，還要凌遲一個十一歲的孩子！終於逼得她親手射死幼弟，成為這一生永難忘記的噩夢……

陶花恨不得就此離世，從此不再問人間是非。猛然間胯下火雲追突地一跳，她往下看去，一支鐵箭向火雲追咽喉飛來，寶馬有靈性，牠一跳之時是為了想躲開，卻終還是中了左腹。火雲追痛得一聲長嘶，陶花頓時重回人間，勉強圈轉馬匹往己陣中奔去。

蕭照影不欲取她性命，只想射傷她這領頭馬，而後將她帶的隊伍全殲於此處。

火雲追受傷之後，更知情勢凶險，全力奔跑回陣。

陶花揮手命撤退，她的侍衛把秦文早晨留下的坐騎牽著迎上來。陶花在馬上一躍換過馬匹，然後拍拍火雲追的背，牠十分懂事地自個兒往營地方向跑去了。

蕭照影帶著隊伍中的輕騎兵追殺過來，陶花按照原定路線，往烏由谷口奔跑。這條路線她已試跑過多次，只是，這次她的心境卻不同了。她只想就這麼縱馬而去，跑到天涯海角，再不回頭。

然而往事歷歷，沒有一件可以躲得開，縱使跑到天涯海角，她也忘不了父親如何被亂戟刺於地上，陶若如何被她自己的桃花鐵箭一箭穿喉。

她心亂如麻，馬匹也不熟悉，跑得遠不似平時迅速。

她帶了五千輕騎兵，甫撤退時已經被掩殺兩千，這是撤退時的正常折損，布局時已經想到。唯此刻因她這領頭馬跑不起來，大隊馬匹跟著領頭馬，都有些遲緩。後面的追兵頻頻放箭，契丹軍以弓箭見長，她帶的輕騎兵又未配重甲，一時間死傷慘重。跑了還沒有路途的一半，身後只剩了不到一千人。

陶花趕緊摘下背後弓箭，伺機往敵軍中領頭的馬匹射去。這次爲了重創敵人，她帶的全都是鐵箭，可是她一摸那箭枝，瞬間又想到她便是用鐵箭射死了自己的親弟弟，更曾用鐵箭在戰場上救了殺父仇人。她的手一顫，箭枝又落入壺中。

這裡她的箭剛剛落下，背後卻有一支亂箭飛了過來，陶花只覺右臂吃疼，轉頭看時，箭已擦臂而過，鮮血湧出。

疼痛讓她警醒起來，壓下心中千頭萬緒，抽出箭枝射向敵人。

第一支箭剛剛發出時，她已過了路途中間的楊樹林。

陶花回望，正看見周軍小隊自樹林中殺出。人還是昨日的人，他一馬當先衝入敵陣，所到之處盡皆披靡，只是，她看到他時，卻全沒了往日情誼。

陶花一勒戰馬停住，圈轉馬匹往敵軍方向馳去。旁邊侍衛見此情景，不明所以，也都跟著停下來，這一千輕騎兵頓時混亂起來，最後凌亂萬分竟然全都停在了此處。

秦文察覺有異，回頭看見周軍全部停住，陶花更奔馳過來，不由大怒，「你還不快走！」

陶花放緩馬匹，遠遠喝問：「秦文，當日殺我父親兄弟的周國來使，是不是你？」

他手中雙槍插在兩名契丹騎兵的身上，得空回頭望向她，卻遠遠地看不清神色，「我們回營再講此事。你快走！」

陶花心底最後一絲縹緲的希望也破滅了。若不是他，他必然會說。他既如此回答，定是他無疑了。

陶花拉開玄鐵弓，搭上三支鐵箭，緩緩瞄向敵陣中拉開了弓。

他四周全都是敵人，根本顧不得這邊，只消她箭枝一發，定然能將他射斃馬下。她的弓箭得自名師眞傳，不用在此時，更用在何時？

可是她的雙手卻顫抖了，終還是緩緩將弓箭放下。

他殺得眼紅，身上素甲濺滿鮮血，回頭時見她仍在原地，聲音已近沙啞吼道：「你瘋了麼！快走！」

陶花定睛往敵陣中望過去，因她這一陣耽擱，這支百人小隊不能撤退，雖然個個驍勇，進退緊密有致，卻終敵不過重兵包圍，已經死傷過半，連戰馬也大半受了傷。若她此刻轉回頭按原計畫跑往谷口，恐怕這一百人會盡數覆沒於此處。

千軍易得，良將難求。似秦文這般將領，恐怕一死之後再無可繼之人，那麼討伐契丹、吳越都會變成可望不可及之事。家事爲小，國事爲大，這是陶家歷代的祖訓。

剛剛蕭照影大可趁她心神恍惚時命人一箭射死，卻沒有那麼做。以蕭照影的爲人，留她性命絕非爲了什麼姐妹情誼，必是想留下她來對付秦文，知道她鐵定會爲父報仇。

可她若是那麼做了，豈不是遂了敵人的心願。

軍情緊急，再不容她猶疑。陶花伸手至箭壺，拿出焰火箭射向天上，同時命自己麾下所剩兵士殺入敵陣，連貼身侍衛也不留。

雖然敵軍還沒到伏擊地點，但焰火箭既出，伏軍的將領應知曉該趕來此地決戰。

再等得片刻，她自己帶著的這一千人亦快全軍覆沒時，恰見周軍的埋伏隊伍趕至此處。秦梧一馬當先衝在最前，陶花緊綳的心弦總算鬆了下來。

她回頭望向敵陣中，一時竟沒尋到秦文，不由嚇得心驚一回，趕緊再定睛搜尋，終於瞄到他的兵刃，只是那持槍之人身上再無一處白淨，全身恍似血池中撈出來的一樣，早已分不清哪些是敵人的血，哪些是自己的血。

陶花找到他時正看見幾個契丹將領圍住他，想是別處的周軍都殺得差不多了，便來專攻他這一個。她看見有個契丹將領使條鐵鍊，正牢牢用雙手絞緊鏈子，鎖住他的右手槍，他一時掙不脫，左手槍在應付左側敵人，也無法回救。這時右側又有人持刀往他右腿劈下。

秦梧剛入敵陣，無論如何也救不了近火。陶花猶疑一瞬，不知道該不該施救，戰機便在這一轉瞬間失去，等那鋼刀落到腿上，鮮血四濺之時，她再想抽箭已經晚了。

陶花心痛如絞，只恨不得那鋼刀是砍在自己身上。原以爲他右腿必然不保時，卻見一支白羽箭倏地飛至，將那鋼刀斜斜震開。陶花順箭枝方向看去，正瞧見蕭照憐手中空著的鐵弓。

陶花暗自慶幸，同時深深後悔自己剛剛的猶疑。她拿出三支鐵箭，射落那使鐵鍊的將領。接著縱馬到一處高地，箭無虛發把自己的箭壺和箭囊全射空了，便圈馬回了中軍營地。

剛進營門，陶花身心一下放鬆，竟然一頭栽下地去。

門口的哨兵急忙過來扶住她，她搖頭吩咐：「你們找條繩子來，把我綁了去見大王。」

哨兵當然不敢，陶花只好自己走到趙恆岳帳前跪下。

門口的侍衛都是近侍，一邊過來問「公主怎麼了」，一邊早有人去報給了大王知道。

趙恆岳正在巡防，一身重甲火速趕回。侍衛頗懂事體，已經把陶花接進帳中，趙恆岳一挑簾，看見陶花跪在地下，右臂受傷，滿目眼淚，嚇得三步併作兩步跑到近前，「阿陶你怎麼了？」

陶花低著頭，「我有辱使命，義氣用事。本讓我去誘敵，竟反中了敵人的離間計。請大王處置。」

趙恆岳蹲下身來，「阿陶，凡人都有弱處，沒有百戰百勝的將領。你不要自責。」

她仍是跪著不動。

他繼續勸慰，「哪一個名將不是在敗戰中成長起來的？飛將軍李廣曾被俘於匈奴，南梁奇將陳慶之曾全軍覆沒、剃髮逃命，你敗一次，便多一次教訓，以後也就多了一次勝算。若是一敗便處置將領，那豈不是把慘重代價換回的教訓也給處置沒了？再說，今天這一局本來就凶險，你不知道我……我多擔心你。」說著把她從地上拉起來。

她仍是不語。

他開始擔心，「到底怎麼了？」

她抬頭望向他，仍似不相信般，「殺害我父親兄弟的周國來使，竟然是……秦文？」

趙恆岳毫不見驚訝，只是平平回了一句：「你都知道了？」

「你早就知道？」

他點頭。

她所有的哀傷與怒火都在此時發出，驀地痛哭急斥：「你早知道，爲什麼不告訴我？你們都是這麼對我的嗎？我一直把你當親人一樣，你，你怎麼忍心騙我！」

他沒有說話，等到她哭得累了，停下來喘息時，先把自己隨身的水袋解開遞給她，而後撕下袍襟，幫她纏好還在流血的傷口，一言不發地將她抱入懷中。待她氣息稍平，他輕聲說道：「這件事，戚二爺也知道，他還跟我商量過要不要告訴你。你說，我們爲什麼沒告訴你？你現在知道這件事後，難道比以前更加開心嗎？」

陶花不語，她自己也明白不該衝趙恆岳發火，只是她心中波濤洶湧，總需要一個出口。發洩過後她也有些後悔，拿起水袋飲了一口，問他：「這事，你是怎麼知道的？」

第二十一章　傷情

烏由谷外殺聲震天，明晃晃的太陽如人間任何一場大戰發生時一樣，安然照著這一場新的屠戮。

趙恆岳返營之前已先把各處都安排好，此刻專心拉著陶花席地坐下，緩緩問道：「你還記不記得，我遇見你的時候，是多大？」

「十一歲，你跟我說是十一歲。」

「是啊，我那時已經十一歲了，你可知道我那十一年是怎麼過的？」

陶花沉吟一刻，想起當日遇見趙恆岳時，他骨瘦如柴，弱小得不似十一歲的少年，倒是生柴火駕輕就熟，乖巧謹慎有餘，心知他生活必然困苦，只是自己從沒有細問過而已。

他十分平淡地述說起往事：「我很小的時候就到寄父府中了，已經不記得原來的家是什麼樣子，甚至我娘親的模樣都很模糊，我只記得她抱我在胸前的時候，懷裡溫溫軟軟的，其餘都不記得了。五歲那時被契丹人抓住，他們知道我寄父是太子，綁了我們一家三口在牛車上示眾，還脫了我們的衣服，烙上奴隸印。」他說著脫下長靴，指著腳踝上一個印記給陶花看，陶花看得驚心，他卻似在說旁人之事，毫不關己。

「我寄母不堪受辱，當場自盡。我寄父說他本不應該貪生，可是他死了，我一個五歲的小孩活不下來，所以他為著我苟且偷生。他待我極好，除教我識字，還教了我很多政事道理。後來到我九歲的時候，我寄父也生病死了。」趙恆岳說到這裡，低了一回頭，陶花伸手將他攬住。

「契丹人對我們不好，有時候家裡實在沒吃的了，我餓得咕咕叫，寄父會找個藉口去蕭丞相府中拜見，其實就是討些吃的。那蕭丞相祖籍在周國，對我們還算客氣。寄父死後，契丹人便不怎麼管我了，我就跟上京城裡那些在街頭討飯的小孩子們混在一起，有一頓沒一頓的。後來，一個大雪天，我實在又冷又餓，沒有辦法，只好到丞相府門口去。那些門衛們當我是來乞討的，呵，其實也沒錯，我就是去討飯的，他們往外趕我，恰好碰上蕭家的兩位小姐出來。

「那時候，二小姐手裡正拿著一塊點心邊吃邊走，她姐姐笑她像個饞貓。那塊點心……還冒著熱氣，連我都聞見香味了，我一輩子也沒吃過那麼好吃的東西……」

趙恆岳的聲音中終於有了一絲嚮往，不再似剛才平淡，「她……她穿了一身跟雪一樣白的貂皮襖裙，我從來沒見過那麼白的顏色，就連下的雪，有時也會混些塵土，可是她穿的衣服連一絲塵土都沒有……我……我好想摸一摸她的裙角，卻……卻又怕弄髒了。她見我一直看她，可能嫌我煩，就把那點心扔到地上給我了。我很想拾起來吃，可是……可是又怕她看輕我，所以沒作聲跑了。後來，我有空就去丞相府門口看看，也不敢走近；再後來，我找到圍牆上有個狗洞，就經常趁天黑鑽進去看看她們家，有時候運氣好，也能偷點東西吃。」

陶花心裡只覺鈍鈍地疼痛，終於知道了那天下大雪時他跟她提過的那個姑娘是誰，卻沒料到是這麼卑微的一段感情。她把手中的水袋擰開，拿在手裡餵給他一口，他飲一口水，接著說下去，「有一天，我去她們家的時候，看見她們家來了一個人，說是周國人，本來她們家來客人也不稀奇，但那個人似乎很討二小姐歡心。我看見她一直圍著他轉，可是……可是她卻連正眼都不曾瞧我一眼。

「我那幾天都不怎麼高興，也要不到東西吃，實在餓得受不了了，某天下午又偷偷跑去她們家。

哪知在那位客人的屋子裡，我看見二小姐她沒穿衣服，她……她比那貂皮襖還要白……我雖然不怎麼懂，卻知道傷心，就在雪地裡跑出城去。那時只想著，我要離開這裡，寧可被打死也要跑回家，我再也不要過這種日子了，我想回去找我娘親……」趙恆岳低下頭去，似憶起當日心情，久久無語。

陶花此時頗有同病相憐、同仇敵愾之心，恨聲道：「哼，他與人歡好之時，你我正在雪地中奔逃搏命。」說罷緊緊抱住趙恆岳，輕拍他脊背，「小滿，都過去了，姑姑在這裡呢，誰也別想再欺負你。」

他伏在她肩上，接著說下去，「其實，後來我才知道，那時候我娘親早已經死了。而我當時出城，恐怕也是碰巧。我剛出去就看到他們在城頭上貼我的畫像找我，好在當時天色已晚，容得我跑上無牙山，可是山上那麼冷，我又沒有衣服……我倒下的時候，以爲眞的死定了，幸好姑姑你路過，把我救起來，姑姑……你……你懷裡跟我娘親一樣，溫溫軟軟的。我睜開眼睛看見你，你滿頭滿臉都是泥污血水，你那個時候可不如現在好看……」他說完又怕陶花生氣，直起身來看了陶花一眼。

陶花苦苦一笑，「我知道，我最狼狽醜陋的樣子都被你看在眼裡了。」

趙恆岳坐直身軀，伸手攬住陶花的肩膀，「可我看見你的時候，卻眞眞正正地把蕭家二小姐給放下了。像她那樣的姑娘，本來就跟我不同路，她有好吃的點心、雪白的衣服，我確實羨慕，可是，那些都不屬我的。阿陶，你才是我的親人、身陷絕境時可以指望的那個人，你好看不好看，都沒有關係……後來，我們在契丹軍營裡，我看得出來你跟那位契丹太子很要好，可你卻爲了救我而忍心騙了他。我那時就想好了，此後傾盡我力，也要護你平安，我欠你一條命，還有一個像耶律瀾那樣的好夫婿。

「我們在燕子河邊遇見他，我當然猜得到他就是你說的那個周國來使，所以不讓你靠近他。回到中原之後，我也很快摸清了他並不屬太子一黨。我沒跟他提起在契丹見過他的事，遇到凶險時他亦曾多次護我，鄭丞相說他是我大周脊梁，我也就善待於他，不去想舊事。後來在落霞山無意間竟然找到阿陶，我好高興。你去幽州之前，我想過要不要告訴你這件事，又怕兩軍陣前將帥失和，就沒說。現下我當真後悔……」

陶花仰頭，「這不怪你。」

他微微放脫了手臂，低下頭去，「阿陶，我對你的心意，你也該能猜得到了。可你肯定猜不到，我聽說你們兩人在軍前生情的時候，心裡是什麼滋味……我念了你整整五年，他才認識你幾天？就敢橫刀奪愛！我聽見你說要嫁給他的時候，我……我恨不得找他拚命！可是不行，宰了他，你會不高興。呵，你怕是不知道吧，我連想死的心都有過。可我知道自己不能死。我死了，你就不再是什麼長公主了。你若不是公主，沒了我做靠山，你以為秦家還願意迎你進門嗎？我……我連死都不能死……」

陶花啞然瞪著他，沒想到他竟如此輕言生死，她從不曉他是這樣的深情，她總以為他只是小孩脾氣偶爾意動，甚至是鬧著玩。她就那麼瞪著他，不知該作何反應。

趙恆岳看見她的神情立刻收住所有言語，他知道自己說得太多了，已經讓她承受不了。他慢慢斂了情緒，重又恢復平時的冷靜，搖搖頭說：「沒事的，我也不是那樣死心眼非要娶你。天下之大，有很多事等我去做。我就是一次次看著你為了他不高興、為了他跟我生疏，心裡有些難受罷了。他拖延婚期的時候，其實已經惹怒了我，如今，既然你知道家仇所在，那咱們以後都不要理他了。要殺要剮，都由你決定吧。

「還有，我要跟你說明白，那天我去陣前看蕭照憐，不是因為惦記她。我早把她忘了，只是聽說抓了蕭家小姐，我想去看看是大小姐還是二小姐。若是二小姐，哼，我倒要看看他秦文會如何應對，他若是救她，就不怕她向你洩漏祕密嗎？若是殺她，那也真是狠心。」

趙恆岳講到此處，問了一句：「是她告訴你的嗎？」

陶花搖頭，「是照影。蕭照影十五歲即領兵出征，在契丹朝中拜有將軍封號，不但有勇力，更足智多謀，她多半是想借我之手殺死秦文。」

話音未落，門外有人高聲稟報軍情：「大王，契丹軍在烏由谷口南側的楊樹林與我軍混戰，他們人少，只有輕騎兵，已經有大隊從烏由城出來增援。鄭丞相問，中軍是否過去增援？」

趙恆岳想了想，看向陶花。

陶花搖頭，「契丹軍行止詭祕迅速，中軍若出，萬一來奪營就麻煩了。」

趙恆岳點頭，向外說道：「中軍不出。派五千人小隊去試攻烏由城，圍魏救趙，順便探探他城內防守如何。另外，傳信給秦、鄧兩位將軍，若是戰局不利，便退兵。」

士兵得令而去。

陶花沉思半晌，直起身來，「恆岳，有兩件事我要跟你說：第一件，我們不能殺秦文，相反的，還要重用他，越是契丹人企想我們做的事情，我們越不能讓他們如願。第二件……」陶花側頭看了一眼趙恆岳，伸手拉住他手臂，「我與你，比親姐弟還要親，不過我對你並無私情，這個念頭你別再想了。你是我的親人，跟愛人一樣親的親人，我若陷入絕境，最能指望的人也只有你了，不然怎會在這個時候來找你？本來我也想過找羅三哥，可是他有了秦梧，不能總去跟他說心事了……」

趙恆岳打斷她，「阿陶，不管我今後有了誰，你都要記得一樣來跟我說心事。」

陶花笑道：「是，跑去說心事，還驚散了一對鴛鴦。」

她是在說撞破他和曉虹的那次。想起這件事，她剛剛繃起的心弦又鬆了下來——他不是說了麼，他本來是喜歡蕭照憐的，後來失意了，於是她就塡補進來；現在既然有了曉虹，她跟著變成了被替換掉的那個，如同現在的蕭照憐一樣。

趙恆岳聽到她提起這件事，頓時有些尷尬，沒答話。

陶花心緒已漸漸平復，也想好了今後的打算，既知不能殺秦文，倒是覺得輕鬆很多。

她又歇得片刻，覺得餓了，趙恆岳親自出帳去找了些清淡食物給她吃。侍從們看大王親自動手，一片惶恐之聲，她在傷心之中也覺不到不妥，由他陪著一起吃完。正要離去時，外面有侍衛的聲音喚了聲「大王」。

趙恆岳問：「何事？」

那侍衛卻呑呑吐吐。

陶花起了疑心，側頭問趙恆岳：「可是有甚機密軍情不便讓我知道？」

趙恆岳斷然搖頭，向外說道：「公主不是外人，你但講無妨。」

那侍衛稟道：「試攻烏由城的小隊說，城內防守堅固，他們已經退回。不過，在陣前的契丹軍聽見攻城，也就退了，我軍並未追擊。鄧將軍說了，今日兩敗俱傷，先撤回養兵。」

趙恆岳答：「好，將士們辛苦了，我這就去左右兩營看看。」

那侍衛卻還沒走，趙恆岳再問他：「還有何事？」

他遲遲疑疑答道：「秦將軍一回來，就問公主何在。中營的崗哨跟將軍答說了在大王帳中，將軍就說……說請公主過去見他。」

趙恆岳怒道：「他是什麼人？竟叫公主過去見他？你告訴他，左營之中，公主爲先！」

侍衛頓了頓，低聲回稟：「大王，秦將軍傷勢不輕，恐怕來此不便。」

陶花猛然站起，「軍醫呢？都到哪裡去了？」

侍衛答道：「軍醫已經看過了，說性命無憂，只是怕要將養些時日。」

陶花又緩緩坐下，「你跟秦將軍說，我在大王帳中敘舊，一時半會兒恐怕到不了他營帳，等以後再說吧。」

那侍衛拜禮退下了。

趙恆岳帶著陶花先到右營，但聽呻吟聲一片，陶花心內深深悔恨自己所爲。趙恆岳一邊安撫傷兵，一邊跟將領敘話，一邊還要安慰她，卻都處理得有條不紊。

再到左營時，陶花剛進營門，火雲追便撲了上來。哨兵跟她說這馬在營門口等了許久，傷口已包紮過，只是大家不捨得把牠硬牽回馬廄。陶花跟牠親熱一陣，又檢視過牠的傷口，牠才搖搖尾巴走開。

陶花回頭對趙恆岳說：「要是沒有牠，我今天必然就喪命陣前了。」

他笑笑，「那我眞應該好好謝謝牠，封牠做御史大夫吧。」

她微微一哂，「你又亂說話。牠不能開口，怎麼能當御史大夫？御史大夫是動嘴皮子的差事，當將官還可以。」

他伸手捏了捏她的面龐，「你總算笑了，爲你這一笑啊，十個御史大夫也封得。」

左營中傷亡比右營更加慘重，陶花一路看過去怵目驚心，這回徹徹底底明白「家事爲小，國事爲大」

八字的眞義。

秦文躺在榻上，右腿有厚厚布帶包紮，看見陶花和大王進來，急忙想起身，趙恆岳走過去把他按下。他看了一眼陶花的右臂，問她：「傷得怎樣？」

她懶懶應聲「輕傷」，就不願再說話。

他和趙恆岳兩人說了說今日戰局，陶花只在進門時掃了一眼他右腿的傷勢，此後便一直端坐，再沒看他一眼。

談過戰局，趙恆岳又囑他安心靜養，這才起身離開。陶花隨趙恆岳走到門口，卻聽得秦文在背後叫她：「陶花，我有話跟你說。」

陶花只好回轉身，把趙恆岳也拉回來。

秦文看看趙恆岳，不願開口。

陶花淡淡說道：「我沒有任何事情避諱小滿，你但說無妨。」

秦文無法，只好開口說起五年前舊事。當時契丹剛攻下烏由，大軍直逼燕子河邊，天子驚恐，命田氏族黨出兵。可是他們哪裡敢戰，都在幽州城內畏縮不前。秦文那時剛拿了武狀元，志得意滿之時，自請出使勸契丹退兵。其實他是看準了契丹軍隊也不想再前進，因爲燕子河以北土地都已歸了契丹，他們合該滿足，必不願將軍隊牽制在這裡。

而田太師在他出使前夜下了密令，一是剷除陶家，二是殺死趙恆岳，這兩條都是爲了將來太子登基鋪路——陶家是舊太子趙齊一黨，又有跟赤龍會的淵源。秦家在朝中一直沒有明確表態，田太師也是想試試他們到底幫哪一方。接這兩條密令後，秦家商議一晚，趙恆岳是萬不能殺的，反要找到他暗暗保護回京。若是兩件事情都辦不利，恐怕田太師即刻便會發難，最後只能決定剷除陶家。

因了這兩條密令，此次出使變成機密，只有相關人員才知曉。秦文在契丹遞上田太師交託的通關密信，又說出這兩件事情，只把殺死趙恆岳一節篡改了，變成帶他回京。然而眾人苦尋趙恆岳不獲，他也只能獨自回去。

陶花聽他說完，與趙恆岳對望一眼，倒都覺得他說的是實情。

秦文看他二人交換眼色，向著陶花氣苦道：「事已至此，我還有什麼要瞞著你不成？」

陶花淡淡回答：「你已經瞞了我很久，當日在朱雀門碰見戚二爺，知道我是陶洪錫的女兒時，你就應該告訴我。」

他輕咬下唇，「我……那時與你情誼尚淺，怕你會因此不理我。」

陶花怒道：「你意思是說，如今情誼已深，我便離不開你了麼！你受田仲魁指使害我陶家也就算了，我和父親既然逃出了，你又爲何獻計給那耶律德昌，讓他……讓他凌遲陶若……來逼我父女回救……」她咬住嘴唇，「他……他才是個孩子……我從來不知，你竟是這樣狠毒的人！」說罷拉著趙恆岳起身出門。

走到左軍營中後，趙恆岳送陶花回帳休息。他剛剛走出帳門，就聽得她在背後啜泣，他一言不發轉身扶起她，相偕回了他的營帳。

第二十二章 兒戲

士兵們剛打過大戰，沉沉地休息了好幾日。

陶花在大王帳中沉睡數日，醒來便吃些東西，偶爾也會再哭幾聲，遠失了往日的活潑。她雖是巾幗英雄，卻到底是個女子，更是個重情重義的女子，最看不開的就是情事。

趙恆岳見她著實傷了元神，把一切事務都交給鄭丞相，專心陪在陶花身側。開始時他和衣睡在地上，後來索性在帳中又搭了一張床榻，每日與陶花對床而眠，貼身照顧她飲食起居。

再過幾日，陶花漸漸緩過神來，也開始四處走動，練練弓箭。可是她偏有些懼怕回自己營帳，一直在大王帳中住了下來。趙恆岳待她親密無間，又守禮重義，有時她也想，就這樣過一生也不錯。若是能夠不嫁給他，又由他陪伴一生，那倒亦頗合人心意；只是一想及「嫁給他」這個念頭，立刻覺得十分怪異難以接受。

這天晚飯時分，她又吃不下飯，夾起來又放下去。

趙恆岳輕聲問：「麵條也不愛吃了？」

她還未回答，聽見帳外似有人說話，他便問了一聲：「何事？」

外面低聲叫嚷一陣，有人忽然高聲說道：「請大王告知公主去處。」

陶花認得是小金的聲音，她掀開帳簾走出來，看見帳外的侍衛正攔住小金往外推，他卻一意想求見大王。

陶花溫言對他說：「我一直在大王帳中，左軍之事，由秦將軍定奪即可。」

小金行跪禮啓道：「公主，這好多天來將軍到處找你不見，你帳中侍衛只說你不在，卻不肯說你去了何處。將軍他……他今日飲酒失度，傷口裂開，這樣下去，軍醫說只怕右腿難以保全。還請公主寬容，見將軍一面。」小金說罷伏地「咚咚」叩頭。

陶花淡淡答道：「你回去告訴他，一個人若不知愛惜自己，任誰也救不了。」說著放下帳簾，回到帳中抱著麵碗發呆。

過一會兒聽見帳外沒了聲音，她抬頭問趙恆岳：「我是不是太狠心了？」

趙恆岳搖頭，「長痛不如短痛。」

陶花卻徹底沒了胃口，也越來越坐不住了，不停起身坐下，到處觀望。

趙恆岳坐在一旁，看著她忙忙碌碌，只是不說話。終於陶花還是一挑帳簾，回頭說：「我出去走走。」

他但笑不語。

她出去了片刻又回來，可憐巴巴地問：「能不能借我一套男裝？不想讓人認出來。」

他指指侍衛營帳，「問他們借去，我的衣服都太顯眼了。」

她訕笑，「我不好意思去。」

他淡淡一撇嘴角，出去片刻，拿了一套侍衛衣服回來。

陶花著著急急地穿，卻還是對男裝不夠熟悉，有些笨手笨腳的。

他過來幫忙，細心幫她繫帶子、拉袖子，又蹲下身去幫她把褲腿挽好。

她抬腿踢踢他的肩膀，「你還記不記得，你小時候我也幫你挽過褲腿。」

他迅即低下頭去，良久沉沉一聲：「記得。」

「沒想到這麼快你就長大了，現在輪到你來替我挽了。」

他低著頭不說話，忽然伸臂抱住她的雙腿，輕輕叫了一聲「姑姑」。

陶花被他突然抱住本來有點緊張，聽到這一聲「姑姑」卻又放鬆了，也就沒有推他，只是「嗯」了一聲。

他低著頭，聲音悶悶的，「你別出去了，留下來陪我，好不好？」

她笑嘻嘻推開他，「我只是出去走走，很快就回來了。」

夜風寒冷，陶花悄悄走到將軍帳。果然沒人認出她來。

她假裝有事，挑起帳簾看了看。

秦文躺在榻上，右腿傷口綁帶透出鮮紅血跡。他雙目緊閉，似昏似睡，沒有反應，微微挑起的眉毛應愁而鎖，面孔比平日更顯蒼白，越發清俊得似個女子。

陶花看他不似有知，便縱容自己多站了一刻，仔仔細細把他的眉眼看了一遍。

床頭燃燭的火苗忽忽跳動，映得他的睫毛微微顫動，她的心也隨著發顫。最後她嘆了口氣，終是放下帳簾，含淚轉身。

秦文在帳中睜眼，不禁跟著嘆了口氣。

他已經知道，局面比他想像得更爲艱難。他在女人身上從未失過手，偏偏這一次，最重要的一次，卻掌握不住了。

自燕子河畔初見，他就牢牢記住了這女子在馬上矯健的姿態，此後多年縈繞不忘。那時她帶著一個小童在馬前，後來他也多次想過，不知道那是不是她的孩子，不知道她是不是已經羅敷有夫。每想及此，他都會覺得懊惱。幽州陣前重逢時，他一見那枚鐵箭的來路力道即知是故人重來。那一夜數名輕騎兵要爲她去城中取麵，到最後其實是他自己親馳火雲追前往，他怕她醒得早而等不及。這些，他沒對她說過，也不打算說了。

生逢亂世，身在軍中，拿什麼去談情？她，可不就是因爲動了眞情，時時苦悶失措、進退兩難。朝中軍中政事複雜，他只敢與她作假戲。越是眞心對她，就越不敢談情。他在軍營裡長大，沙場二十餘年，刀口舔血，馬下屠城，眞心早已如同荒丘白骨，被風沙掩埋得再也找不到了。

只有在那些失神的瞬間——朱雀門前她在生死之際詢問他時，寂寥月夜他在清輝中獨思時，他才會偶爾想起……其實，他，一直都是喜歡她的，自初見到現在。只是他不敢多想。

既然不敢去想情意，便只能權衡軍政。當朝的公主有幾位，卻無哪位在君前如此得寵。她手握鐵箭令，與虎符相同，若是她嫁了旁人，甚至嫁了寧致遠，本朝的軍政分佈可就要大費考量了。

想到此，秦文暗暗咬牙。他知道，這一生最艱難的一仗，已經向他這個常勝將軍拉開了序幕。

他別無選擇，必須應戰。

陶花回到大王帳中，見趙恆岳正挑燈夜讀兵書，並未出去巡營。她走到他身邊訕訕站一會兒，便似被人窺破心事的少女一般。

他回頭笑問：「這麼快就回來了？」
她點頭。
「說上話沒？」
她搖頭。
他放下兵書，回頭拉過她的手，「你要是不開心，我陪你出去走走？」
她便轉身出去，他趕緊拿了一條披風跟上。
塞北氣候乾冽，空氣清朗，夜月繁星均明淨異常。他拿披風包住她雙肩繫好，又怕被風吹開，一路攬著她前行。帳下侍衛全都是他近身之人，早已經約略明白，全都跟在二十丈開外。
陶花覺到冷風刺骨，便把披風解開來還給他。他堅不肯受，她說：「這件我穿太大了，你先穿著，我這就回去取我的。」說著不容分說替他披上去。
他已經十分高大，她需要揚起手來才搆著他的肩膀。
她仰著頭細心爲他繫好，「你還記不記得你小時候，就這麼點高……」說著拿手在身側比畫一下，然後抬頭笑道：「我還以爲你長大了最多到我肩膀呢。」
他垂眸一笑，「是，我永遠長不過你，你永遠是最高的，最大的，最強的……」陶花面上剛剛浮起得意笑容，他接著一擰她的面頰，「最不會尿褲子的！」
她還沒來得及發嗔，他大笑著把她攬到披風裡去，兩人共衣而行，卻是比方才更添暖和了。
自從上次兩人把話挑在明處說了，陶花遂無再像以前一樣不時提醒自己維持距離。那番談話讓她認爲，她和蕭照憐都變成了他的過去，只有曉虹才是他的現在。如果蕭照憐爲了他的舊情而耿耿於懷，那豈不是天大的笑話？何況，一直以來她傷心悲憤之中，他們兩人同帳而居，他從無逾越，此刻就更不覺得與他親近有何不妥。

兩人一路共衣回到左營公主帳中，沿路說些軍中瑣事、舊日閒趣，親密而不覺褻嫚。

到了帳前，陶花想起自己衣箱中有些女兒物事，營中雖有女兵女侍，眼下卻並不在跟前。她便讓趙恆岳等在帳外，自己進去取披風。

她多日未歸，竟一時想不起燈燭位置，摸了半天才找到。點亮燈燭，又打開箱子翻找半天。她的衣服平時都是侍從幫著收拾，自個兒早記不太清楚了，既然是翻了一場，索性又多拿了幾件一道帶回去，免得總差人回來取。

等她全都拿妥了熄滅燈燭出門時，自覺已經過去大半晌，怕趙恆岳在外等得煩了。她快步走出帳門，冷風吹得一個激靈，可是雙手都抱著衣服，就無法揀出披風來穿上。

出門後四處一望，看見趙恆岳正站在不遠處的旗杆下，趕緊跑過去。

周營中整肅凜然，大旗迎風飄揚。

陶花走到近前，聽見他手扶旗杆，正念到「中天懸明月，令嚴夜寂寥。悲笳數聲動，壯士慘不驕。借問大將誰？恐是霍嫖姚。」餘音未盡時，就看見她出帳，卻沒多穿件衣服，趙恆岳疾步上前復把她攬入披風中。

陶花雖不讀詩書，卻早知「霍嫖姚」是何人，當下朗然一笑，「大王你十六歲率軍討伐契丹，比那霍將軍還要早呢。」

趙恆岳垂下面孔，「我下個月就滿十七歲了，你別總把我想得太小。」

話音剛落，聽到側旁有人問：「大王也有封狼居胥之意嗎？」

陶花心中頓時一陣驚跳，轉頭看過去，正是秦文。想必是正跟趙恆岳談古論今，她來得匆忙，並未注意到。他也未與她對視，只是看著大王。

趙恆岳一笑，「此事應問將軍，不該來問本王。將軍曾說過『天下未定，不娶家室』，與那『匈奴未滅，何以家為』如出一轍。」

秦文此時覷了陶花一眼，「此言，我已深深有悔，我恨不得即刻與我所念之人結成連理，將來大王另請他人去伐吳越。」

趙恆岳聽見這句話，沉默半晌，緊緊攬住陶花，終是笑道：「聽聞吳越之地以美人名揚天下，古有飛燕合德、西施虞姬，今有蘇州名妓姚碧君，人稱色藝雙絕，以妓身入宮，竟為吳越皇帝寵妃。相傳姚妃撫琴之時，連宮門侍衛都聞之落淚。秦將軍是風雅之人，若不見一見這樣的奇女子，豈非憾事？」

秦文冷笑，「大王也太瞧低了秦文，拿一個風塵女子來說項。」

趙恆岳似沒料到他會回這麼一句話，微覺奇怪，「怎麼？姚碧君如今是吳越皇妃，吳越皇帝都不嫌她出身風塵，秦將軍倒是瞧不起麼。」

秦文冷冷答道：「大王想必知道，我與素素姑娘交情不錯，可大王怕是不知道，她顏素素連我秦府大門都沒進過，就連來報信的丫頭都是攔在大門外面說話。」

「哦？為何？」

「怕輕佻女子辱了家門。」

「我聽說顏素素早已從良，舉止亦莊重得很。」

「已非完璧，何來莊重之說？」

趙恆岳張口啞然，又是沉默半晌，看了看懷中的陶花。

陶花倒是仰頭悄悄問他：「完璧是什麼意思？」她自幼喪母，平時的夥伴都說契丹話，這麼隱諱的漢語父親自然也沒有教過她。

趙恆岳在她背後一捏，示意她不要胡亂插話，而後他對秦文微笑，「將軍果然是出身富貴、德行嚴謹，與我們這些困苦中長出的孩子不同。」他拍拍懷中的陶花，「我們兩人往中原逃命時，飢寒不保，夜夜相擁而眠，只爲了不被凍斃。我只望自我攬政後邊境得寧，百姓安居樂業，凡我周國子民都能吃飽穿暖，高士賢人也都如將軍般德行嚴謹。至於封狼居胥，千秋功業，縱有漢武之心，亦須有霍氏之將，所以我才問將軍可有此意。」

秦文忽然跪地行大禮，「末將但聽大王差遣，只是……只是等不到封狼居胥之時，末將想即刻迎娶長公主。」

趙恆岳還未答言，陶花掀開披風一側露出面孔來，「將軍，你我婚事已然成空，請不必顧念本宮了。」言畢即拉著趙恆岳離去。

兩人回到王帳之中，陶花整理剛剛帶回來的衣服，趙恆岳在一旁只看著她微笑。陶花問他討要一個箱子來裝置衣服，他笑問：「你是打算在我這裡長住下去了？」

陶花怔了一怔，「是不是不妥？」

他一邊忍俊不禁，一邊點頭，「你沒聽見那秦將軍話裡話外的什麼莊重不莊重的。」

陶花把剛剛收拾好的幾樣東西又都拿起來，「我聽說中原女子禮儀嚴謹，那……那我還是到我自己營帳中去住吧。」

他按住她的手，「你在這裡開心一些，還是在公主營開心一些？」

她低眉，「在這裡。」

他爲著這句話笑得沒了嘴巴，柔聲問她：「告訴我爲什麼？」

陶花十分眞誠地仰頭，「因爲公主營裡沒有一個侍從如你這般細心，這般懂我心意。」

趙恆岳的笑容瞬間全變作苦笑，「好吧，以後我會留心給你找幾個妥帖的侍從。現下還是先住在我這裡好了。」

陶花展眉一笑，「好，先住著吧，無非就是別人嫌棄我，嫁不出去罷了。」

他撇撇嘴，「你只想自己，不爲我想想？」

她抬頭看他，滿臉歉意，「是不是，連你的名聲都會有損，然後娶不到妻子了？」

趙恆岳大笑起來，「周國的王后，自然有人爭著做，你這鐵箭公主也不會嫁不出去，只是那秦將軍恐怕會動怒了。」

她微覺奇怪，「小滿你怕是多想了，他剛剛說話不溫不火的，比前兩天淡和許多。」

他撇撇嘴角，「不是我多想，是阿陶你想太少，你沒聽到他說什麼讓我另請他人去伐吳越嗎？國中一時並無大將，他又不是不知。明明知道你現下不會答應，仍跟我求娶長公主。這是在提醒我，要我看住你，更不能嫁給旁人。」

她大皺眉頭，「你們這些人說話怎這麼彎繞，聽得累死了。」

他笑著拉住她的手，「是挺彎繞的，居然連甚完璧不完璧都說出來了。我還在想，這話是不是說我啊？這一陣子我一直跟你住一起。不過這事我可眞沒敢想過。」說著仰起頭認眞想了想，「嗯……也不能說完全沒想過……」

陶花好奇地又問了一遍：「到底什麼意思啊？」

「就是說，他秦家娶的媳婦，不能是別人碰過的。」

她瞪著眼睛，「這怎麼可能呢？走在路上，每天都要碰到人的啊，還有，你明明每天都在碰我。」

他不懷好意地笑了笑，「這話是你說的，咱可不能讓你吹牛……」說著的同時，故意邪笑著往她身邊靠過去，「那我今天就要碰碰你了。」

她一看到他的表情即刻明白過來，伸手推他，「你又欺負我，不就是仗著你多學了幾句拐彎抹角的漢話麼，有甚了不起！」

「那你現在明白了？」

她點頭。

「明白了就說說看啊，沒關係，用契丹語我也懂。」

她啞然半晌，「這有什麼好說的。」

「讓我聽聽對不對。」

「你以爲我不敢說？我有什麼不敢，不就是那點事麼。」

「是是是，你最勇敢，那我先說，說完了你要是不說，便就沒我勇敢了。這點事麼，不是碰一下手碰一下胳膊那樣子碰的，漢語裡面，有個說法叫做『雲雨巫山』。」

她張大嘴巴，心裡連連埋怨自己：「這個說法我明明是知道的！可我怎麼就沒想起來？果然還是這傢伙臉皮厚，這些說法天天都記著。」

他聽不見她的埋怨，只是繼續邪笑著催她，「該你了。」

她嘰哩咕嚕在腦子裡想半天。契丹語說這回事麼，她是會說的，可是那也太直白了。漢話麼，她不怎麼會說，可是要讓這麼點小事給嚇退，以後在男子陣中還怎麼混？還不得天天被變著法的欺負取笑？

她想了半天，憋了半天，最後憋出一句：「有什麼大不了的，不就是小男孩尿尿那回事麼！」

趙恆岳怔了一怔，瞬間笑倒到地上去。

陶花冷冷看著他，「有這麼好笑麼，大王？難道我說的有什麼不對？」

大王努力壓住狂笑，抬起頭來，一臉認眞地問：「阿陶，你是不是說過，我曾經在你身旁尿過一次褲子？」

陶花默然半晌，倏地抽出帳壁上掛劍，指到他喉間，「趙恆岳，你給我聽著！這件事你要是敢再提一次……」

「不敢不敢……我不是說了麼，你要再敢提一次，我就……就再……再尿一次……」他笑得連話說不全了。這個話題的開始，他是存了那麼一點點輕薄之心的，可惜到了這會兒，已經笑得他連腰都直不起來。

第二十三章　護花

周軍和契丹軍全都休息了頗長一段時間。陶花長居王帳之中，除了鄭丞相偶爾弦裡弦外在單獨相處時說幾句，其他人並不敢多言。

秦文的傷漸漸好了，只是一日比一日沉默。開始的時候他想盡一切辦法接近陶花，不放過任何獨處機會，可慢慢即知無望。他便將心思全用在練兵上，比往日更加勤勉嚴苛，將左營治理得如鋼鐵一般。他平素以冷厲出名，此時尤變本加厲了。

趙恆岳待秦文甚好，時時勸他保重身體，莫過於操勞。鄧宣正是幽州地方官，年歲頗大，心思周密，有時會命幽州城送些年輕女子過來。趙恆岳往往挑一兩個姿色出眾的送去到左營將軍帳中，餘下的分給兵士。秦文從來是完璧歸還。

陶花在軍中日久，對這些事情習以為常，曾經在幽州送人來的時候問趙恆岳要不要讓她回去住幾天。他盯住她眼睛問為什麼，她說給他躲個空。他毫不退縮，繼續面對面問躲個空做甚，她說：「不就是，那點事麼。」

他大笑回答：「阿陶，你放心，這輩子都不會再有別的女人看到我尿尿了。」

周軍休息得差不多的時候，契丹軍的戰書也來了。

雙方約戰在烏由城西側平原之上。

這天晴空萬里，朗日高照。已是暮春天氣，陶花早脫去棉襖換了單衫，只有金絲甲是不敢怠慢，貼身穿著。

周國三軍列陣，公主營雖駐紮在左軍之中，列陣時卻隨陶花到了中軍。秦文依舊白衣素甲，單騎立於左軍陣前，渾身散出一股憂鬱肅殺之氣。

兩軍對峙之時，陶花見契丹的中軍已換了旗幟，她遠目一望，竟是皇帝耶律德昌的軍旗，不由大受鼓舞，側身把此事告訴了大王，心中悲恨交集。

趙恆岳也十分高興，當下對士兵高呼：「今日契丹皇帝在此，能擒殺此人者，躍升三級。」中軍將士轟然應了一聲：「為大王效命！」群情激奮。

陶花聽到此處心潮澎湃，一提馬韁，火雲追越眾而出。紅衣飛舞，戰馬桀驁，她走到陣前，朗聲對背後的中軍士兵說道：「契丹帝耶律德昌，於我不僅是國恨，更有家仇，我陶氏一族亡在他手。諸位中若有能取耶律德昌首級者，我陶花以公主之身許之！」

趙恆岳所說躍升三級，無非是官階之變，在隊伍中時間長了，積累軍功，慢慢也總能升上去。而若能得娶公主，那可是跟皇家聯姻，不必說三級，封王封侯也是指日可待，更何況這位公主豪爽美麗，是人人都看得見的。當下中軍將士轟然應聲「為公主效命！」聲音比剛剛提高了許多。

趙恆岳看著陶花急使眼色，又連皺眉頭，顯是怪她出言急躁。

左、右兩軍的將士都不知道這邊鬧哄哄說了些什麼，一齊轉過頭來看向這邊。

正在此時，契丹軍中有三騎並肩而出。他們看見陶花出陣，所以迎了上來。陶花出陣本意不是迎敵，此刻卻也不能退縮，只好縱馬過去。

趙恆岳看見對方有三人，陶花卻只是一個，當即自己也跟了過去。鄭丞相勸阻不及，急命侍衛盯緊陣前。

陶花待走近時，看見這三人中間的是蕭照影，左邊的是耶律瀾，右邊的是契丹名將都察。都察是契丹國中數一數二的將領，勇冠三軍，比上回陣中的帖木兒不可同日而語，只是他從來不曾與周國對敵，因爲周國羸弱，出動不到他這樣的將領。但這次連耶律德昌也到了，可見上次烏由谷口一戰讓他們知道了對手的厲害。

陶花倒是很久沒見過耶律瀾了，微微衝他點頭打了個招呼。他眼神淡淡的，上下打量一眼陶花，「我們這幾日才去打聽你們周國朝政，竟聽說你掌著虎符。當眞是『士別三日，刮目相看』。」

蕭照影在旁微微一笑，「陶家妹子麼，俏眼睛能滴水兒，只消拋拋眼色，什麼虎符啊、太子妃啊，都不在話下。我蕭照影就沒這個命了，我手中虎符，是靠在戰陣中與弟兄們浴血奮戰殺出來的！」

耶律瀾聽見她如此說，在戰馬上微微側身，握住她手。蕭照影也側身回握，兩人相視一笑。

陶花看他們兩情相悅，倒是由衷爲他們高興，可是她卻不能容忍別人在陣前如此評論她，當即冷聲說道：「我十歲時隨太子去郊外踏青，回來晚了沒能練箭，父親不許我吃晚飯，罰跪一夜。從那之後，我日夜也不敢停息。如今我桃花箭，莫說中原，便是你契丹也無可抗之人！我掌虎符有何不妥？」

趙恆岳早已到了，微笑看向蕭照影，「難道你們契丹的虎符是按勇力來分的？如此說蕭大小姐是你們契丹最爲勇猛之人，契丹的男子全都打不過你了？」

蕭照影不語。他又接道：「至於生得好不好看，那更是見仁見智，我自然覺得她是天底下最美貌的女子……」趙恆岳說到這裡，側望一眼陶花，陶花一看見他的眼神就知道他在促狹自己，他何曾說過自己好看？只說過自己醜陋而已。她前後望望，這裡是兩軍陣前，終於沒有發作。

他又正色向著蕭照影續道：「那是因爲我喜歡她，難道我中原還找不出比她美貌的女子不成？我一時還沒有太子妃給她做，她要是肯做我的王后，那我是求之不得；要是不肯做，我可也不敢逼她聯姻。」

蕭照影臉色沉了下來。

趙恆岳一笑，又接著說道：「我大周公主的軍功沒必要說給你知道，至於你的軍功如何能累升以掌軍權，我倒很想知道。你是嫁入太子府之前得的虎符嗎？」

蕭照影臉色已經沉得似井深，趙恆岳句句話擊中她要害。同在帝王之位，契丹皇帝的顧慮想法畢竟與趙恆岳相仿，他只需稍稍想想，就能猜得到契丹國中軍政分佈。

趙恆岳提馬側行兩步，低聲對陶花說：「你傳令擊鼓進兵，我下面一句話馬上就會惹怒她了。」

他語氣不容置疑，陶花馬上向陣中做了個擊鼓的手勢。

趙恆岳哈哈一笑，「既然嫁給太子是爲了虎符，不是爲了情誼，你又怎能讓人家眞心喜歡你、眞心覺得你美貌呢？恐怕你家太子到此刻還念著以眞心待他的阿陶妹妹吧？」

話音一落，蕭照影果然變了臉色，她手中長刀一揮，縱馬向趙恆岳撲去。與此同時，周營鼓聲大作，三軍喊聲震耳欲聾殺將過來。契丹軍卻因主帥正攻擊敵人而未得命令，一時愣在原地不知進退。

蕭照影到趙恆岳近身時已知自己中了激將法，可此刻若回身又心有不甘，她舉刀便向趙恆岳砍去。

陶花不由一驚，她從未見過趙恆岳的馬上功夫，立時手中扣住袖箭準備相救。卻見趙恆岳抽出寶劍，是一柄通體烏黑的鐵劍，接住蕭照影的招數尙遊刃有餘。蕭照影本來想著他若是跟耶律瀾一樣不習武功，那麼過個三兩招後倘能制住敵軍首領，再回陣去發號施令亦不遲，沒想到自個兒不但不能制敵，竟連抽身都抽不開。

趙恆岳人高馬大，招數圓滿，用沉重的黑鐵劍也不覺滯澀，陶花在一旁看得怔住，滿心歡喜叫好。而他在兩軍陣前大戰之中，一邊接著敵人的招數一邊對她喊：「既然叫好了，那你以後街頭賣藝的時候叫上我行不？別叫旁人了。」

陶花愣在那裡，抓抓頭髮，「我不會真的落魄到去賣藝吧？」

「我是說如果，就咱們兩人一起去，好不好？」

陶花仍傻愣在那裡，她在想，大王跟她說讓她去賣藝，這是啥意思？是對她的作戰指揮不滿意嗎？這得不滿意到啥程度才能說出這話？就算當不成元帥，她去當個箭手還是能當得了的吧。趙恆岳已經發怒了，斥道：「這是戰中，你再這麼發呆下去，還要不要命？我回去就把你的元帥給罷了。」

陶花點頭，拉開弓箭指揮應戰，心想：「我剛剛猜得果然沒錯，他確實是對我不滿，才說些拐彎的話來責備我。」

蕭照影已經落了下風，更顯焦急，正手足無措的時候，聽得契丹軍中擊鼓。

陶花一看，竟是耶律德昌的軍旗移動過來。他本把指揮權完全放給了蕭照影，此時看戰局急迫，才開始發號施令。

都察聽見擊鼓，立刻向周軍陣中衝去，他竟是繞過了陶花，分明瞧不起她。耶律瀾則後退回陣中，立時有太子營親兵上來保護。

耶律德昌是馬上皇帝，武功在契丹名將中都可稱冠，他見蕭照影似乎受制，毫無懼意就擊鼓進軍，更督促親兵營衝在最前。

陶花看見耶律德昌的親兵營竟然衝出來，頓時如獲至寶，急忙掣出三支鐵箭放在弦上，隨時準備出擊。她如今日常即需參戰，箭壺中常備了至少一半以上的鐵箭。耶律德昌並不常到陣前，她萬分珍惜這個機會，若是錯過了，又不知下次到何時才有報仇的指望了。

耶律德昌的親兵營已經入了桃花箭距，可是他自己卻非常精明地停下。陶花不免頓足，催動坐騎向前跑去，只望能再近得一些。

趙恆岳在背後大叫「回來」，她卻只是不管不顧。

鐵箭不如木箭射得遠，可是木箭卻難以傷到耶律德昌穿著的重鐵甲，陶花只能再往前去，很快就入了親兵營的箭距。她一身紅衣，又是向著皇帝的親兵營衝過去，自然成爲敵陣中弓箭手的目標，一時亂箭紛紛射來。

陶花急用盾牌護住馬匹，手執佩刀撥開第一輪箭枝。她穿著金絲甲，射至上體的箭枝根本傷不了。契丹兵士卻是驚了一回，以爲她有邪術。

到第二輪時周軍已有輕騎兵衝上來，大多是秦家軍中的親兵。訓練騎兵需要時日，契丹騎兵勇猛是因他們自古爲馬上民族，騎術不需特殊訓練；中原的騎兵則需培養數年以上。只有像秦家軍這種隊伍，代代相傳，許多兵士都是從小入軍籍，方可訓練出能與契丹騎兵抗衡的騎術來，普通軍隊就很難做到了。南宋時期的岳家軍能夠馳騁疆場，亦是如此。

看到己方人馬衝上來，陶花更加有恃無恐，拉開弓箭射向耶律德昌。到底因爲距離太遠，三箭連發僅中了一箭，也沒有穿破他的鐵甲。

耶律德昌卻抬頭看了看陶花所在的方向，已看到箭枝中到她胸前直直跌落，契丹士兵頗有些忌憚。

他偏不信這個邪，一提戰馬衝了過來。

陶花再掣出鐵箭，他舉起了盾牌護住了身體，陶花便斜仰馬上往低射出一箭，正中他的馬腹。那馬匹中箭後卻並不驚跳，只是立住不再奔跑，顯然已通人性。耶律德昌立刻一躍上了旁邊一個輕騎兵的馬匹，把那輕騎兵推下去，繼續向前衝來。

周軍中一個兵士上前攔阻，他連劍都未抽，一抬手抓住那人手中戰戟，向上一挑竟把那人倒挑下馬來。陶花被他這般勇猛之態驚得呆了，她在契丹時也見過耶律德昌，卻從不知他在戰場上表現竟然如此勇烈。

陶花此刻本應後退，一個優秀箭兵應該懂得保持距離。可是她大仇當前，機會如此難得，竟是不顧得退後，又掣出三支鐵箭射過去。這次耶律德昌中了一支在前胸，穿破他鐵甲扎入皮肉，他毫不退縮，催打戰馬更快速衝了過來。

陶花再掣箭時，他已然到了跟前，抽出佩劍直刺。陶花微微側身，危急時刻「推雲手」連想也沒想就照他手腕抓過去。耶律德昌手腕急停，寶劍橫掃。陶花抓了個空，劍刃卻已經削到手面。她萬般無奈拿手中佩刀去擋，正如她所預料的，她的佩刀被震飛出去，耶律德昌的神力在草原上是出了名的。

他微微一笑，寶劍仍往她臂上掃過來，陶花佩刀已飛，再無可憑藉之物，眼看要受重傷時，一柄黑劍斜裡往耶律德昌身上刺將去。

耶律德昌也不驚慌，微微一轉身閃開，重新調整寶劍方向，仍是往陶花身上刺過來，竟是一意要殺死她。

這幾下變故快如閃電，陶花幾不及逃跑，劍尖又到了胸前，雖然她穿著金絲甲，單這般勁力只怕也要受傷。那劍尖剛觸及她衣衫，力道還未透入時，一隻鐵槍急擲過來，將那寶劍蕩開。她這才得空圈馬回轉，往背後看時，耶律德昌仍想追擊，卻被趙恆岳和秦文兩人一左一右攔住。秦文手中只剩一隻槍，施展不開，跟趙恆岳兩人聯手才跟耶律德昌戰個勉勉強強。

陶花回到陣後，倒也不覺驚慌，只惋惜自己力弱，面對面仍不能手刃大仇。此時又看見都察在己方陣中衝殺得如入無人之境，鄧宣正招架不及，她急忙三箭射過去，都察中了一支在右臂，頓時力量不如從前了。

這時耶律德昌也撤返契丹陣營，他擊退陶花，便已向士兵證明了此女並無邪術，自然不願再戀戰。趙恆岳和秦文對視一眼，兩人全都圈馬回到己方陣後。在陣前兩人合力尚不能制伏他，若追擊到他陣中去無疑備添危險。

兩人回馬陣後指揮，陶花聽見他二人交談，都說那契丹皇帝實在了得。她不由暗自憂心，要如何才能殺他以報家仇呢？

第二十四章　苦計

這一戰殺得天昏地暗，到日落時分兩方才收兵，各有勝敗，又戰成了一個平局。

陶花回到中軍王帳中卸甲。各處士兵都在護送傷患、處置戰俘。公主營歸左軍之中，又有何四日常打理，她無須關注日常事務，也就得出空來休息。

陶花早已疲累不堪，倒頭便睡下，睡意朦朧中趙恆岳似乎回來了，到她身邊抱怨她今早出言莽撞，陶花迷迷糊糊應著，他看她實在睏倦，也就沒再囉唆。

第二天陶花醒來時趙恆岳早已不在帳中，甫經大戰，他甚是忙碌。如此休息了數日，兩人聚少離多。等到事情方少些，閒了點的時候，陶花才發現好多時日不見羅焰，中軍帳商議軍情從來看不到他。

此念頭還來不及問，隨即見到羅焰帶了一位綠衫女子回營。

趙恆岳大擺宴席歡迎這個女子，他帳下許多人似乎都認得她。陶花卻是從來沒見過，悄悄問宴席中坐在自己身側的羅焰這是何人。

羅焰大笑，「桃花箭排名《兵器譜》第一，你竟然都不看看這排第二的是誰了嗎？」

陶花更加摸不著頭腦，那女子倒先起來行禮，「原來是桃花箭陶姑娘，久仰久仰。聽說你領軍抗擊契丹，鐵箭無敵天下，便是那馬背上長起來的契丹射手也比不過你。」

陶花急忙還禮，想說「我也是馬背上長起來的契丹射手」，卻見她們地域觀念甚重，遂就收住沒說出口。

羅焰起身替她引見，「這位是柳葉刀柳姑娘，江湖中新近重修《兵器譜》，這排頭兩名的麼，『塞北桃花箭，江南柳葉刀』，今日竟齊集我大周軍營，眞是我朝盛事！」羅焰自從跟秦梧在一起，賊寇的氣息淡了，官腔多了不少。

陶花急忙施禮，只是仍不知這柳姑娘的厲害，她畢竟從未見過她動手。羅焰坐下後又悄悄告訴她，是因爲趙恆岳曾有恩於柳葉，不然哪請得動這名滿天下的柳葉刀。柳姑娘不喜熱鬧，只愛寂寥清靜，平素甚少涉足江湖。天底下想跟她比試刀法的人太多，她已經應付不過來，也就一個都不去應付了。

大軍休息半月之後，這一日，陶花在中軍帳內與眾人一起處理軍中事務時收到一封契丹來的書信。她本以爲是戰書，立刻打開來看了，卻是契丹文寫就，陶花雖不識漢字，契丹文還能約略認得些。那信上寫耶律瀾重傷，口口聲聲想見她一面，字裡行間分明有不治之意。

陶花大吃一驚。戰時急迫，她的心思也不在他身上，根本不曉他受了如此重傷。

她急問那送信的使者：「太子傷在哪裡？」

那使者回答：「左胸箭傷，一直不敢拔箭。」

此時已經多日過去，竟一直不敢拔箭，分明就是不能拔了。陶花氣血攻心，啊呀一聲險險跌倒。那使者是跟隨太子多年的近侍，早早認得陶花，竟是如往日般叫聲「陶小姐」起身扶住她。

趙恆岳搶上來奪過陶花，扶她到椅中坐下。

她慨然嘆道：「早知戰事如此慘酷，當初不如留在契丹與他作伴。」說完之後即知不能，契丹已無她立足之地，兩國之爭又不可能無端停息。陶花穩住心神，猛然想起，「是誰傷了他？」

她一直說的是契丹語，到此時秦文應聲而出，說的是漢話，「是我一箭射傷了他……」

他尚未說完，陶花一按扶手起來，氣得一時說不出話。他明明知道陶花與耶律瀾的情誼如兄妹，竟不留手。

秦文微微低頭，面色蕭索，似知她再不會原諒自己。

那契丹使者應聲道：「正是此人射傷太子。太子說，他不怕戰死疆場，卻偏偏不想死在此人手中。」

陶花先是心中憐惜耶律瀾，隨即隱隱覺有不妥。那天在陣前明明看到他和蕭照影琴瑟和諧，怎麼此時卻又對著秦文說什麼「偏偏不想死在此人手中」？便在這一轉念間，陶花心內浮上一條破敵之計。

自從上次大戰以來，周營將領看到契丹軍的戰力後都暗自稱讚，雖然並不懼怕，亦知一時難以完勝。這幾日陶花日日夜夜苦思著破敵之計，半刻也不停歇，所以一遇觸發便想及此事。

既然有了念頭，陶花穩住心神，冷冷看向秦文，緩聲用漢話說道：「秦將軍，你與我初見便是在這燕子河邊，對不對？」她立意要那使者聽眞切，所以說得很慢。卻又並不去問他是不是通漢文，還故意裝作以爲他不懂漢語，接著又用契丹語對那使者說：「我一定爲太子報仇。」其實此人能出使周營，必然是懂漢話的。

秦文沒想到她忽然提起舊事，輕輕答了聲「是」。

「你對我說，我那時紅衣白馬，箭法騎術都是當世無雙，讓你惦記至今。後來幽州陣前重見，我一箭救你性命，我們從此出雙入對，也曾折箭立下深盟。」她說到此，已然隱隱含淚。

秦文沒想到她竟然當眾說出如此私密的情事，愣在那裡一時不知如何作答，半晌只是點了點頭。

陶花冷冷一笑，「可是你不但殺我父親兄弟，滅我陶氏一族，更射殺我的青梅竹馬。我跟瀾哥哥從小一起長大，兩軍交戰那是沒有辦法，情誼卻還是在的。你說你殺我父親兄弟時並不知情，如今你殺他的時候早已經認識了我，爲何還能下手？你可曾眞的把我陶花放在心中？」陶花聲色俱厲，「左營之中，公主令爲先，大王早就交代過，可你處處僭越，又何曾把我這長公主看在眼裡？」

秦文初時愣在那裡，到後來只剩了疑惑，緊緊盯住陶花雙眼不語。陶花自襟內拿出當日在太師府中折的半支斷箭，「這是你我定情之物，如今，我只望自己從來沒遇到過你！」說著把那半支斷箭狠狠扔在地上。

秦文仍是盯著她一語不發。

大帳中眾人在兩人之間看看這個，再看看那個，都不好插話。陶花見秦文不語，便以手指他前襟，「把你那半支也還給我！」

他輕輕咬唇，搖了搖頭。

陶花向帳外大聲傳喚侍衛，公主營的侍衛進來兩個。陶花對他們說：「此人身上有我半支斷箭，搜身取出，然後關入軍牢。若是他不肯交，立斬無赦！」

此言一出，鄭丞相先高叫聲「且慢」，然後走到陶花跟前，「公主，私情歸私情，國事歸國事，秦家是我朝重臣，秦將軍射殺契丹太子，那更是大功一件，公主怎能因此論罪？」

陶花斜斜瞟他一眼，「這天下是趙家的還是你鄭家的？公主說話，何時輪到你來插嘴？」

鄭丞相氣得險些昏厥，到大王跟前去要他主持公道。趙恆岳卻只是不語。

陶花立刻指揮兩個侍衛綁了秦文。

右軍統帥鄧宣正看鬧得實在不像話，也出來勸架，「公主，此事慢慢再審，不必急躁。」

陶花一撇嘴，「我左軍之事，你右軍之人還是少管吧！」

鄧宣正當即氣得鬍子翹起來，也看向趙恆岳。

秦梧看看哥哥，又看看陶花，輕聲道：「陶姐姐，我哥哥待你情深，我們全家上上下下都看得眞切，他爲了你數次跟祖母爭吵……」她話還沒說完，陶花冷笑一聲：「我是公主，不是你的什麼姐姐。他倒是你的哥哥，你自然幫他說話！你秦家跟我陶家的恩怨，我早晚也是要找你算的！」秦梧一下愣在那裡，接不上話。

陶花厲聲道：「你們這許多人都不許我動他，那好，我今天偏偏要殺了他！這就推出去斬了，不必等了。」

趙恆岳緩聲攔阻，「阿陶，你先別急躁，靜下心來再想想可好？」

陶花卻像一隻發怒的獅子般，回過頭惡狠狠道：「當日我在無牙山上救你時，你怎沒跟我說什麼靜下心來再想想可好？如今本事大了，前兩天還跟我說甚『爲了我高興，什麼都可以不顧』，現在只不過要殺一個左軍將領，就捨不得了。我是左軍之帥，連懲處下屬也要上報大王嗎？」

趙恆岳靜靜望著陶花，「你眞想殺他，我也沒有不捨得，我早跟你說過，他既是你家仇，要殺要剮都隨你。只是此刻，咱們有許多緊急軍情，先處理完這些可好？」

陶花聽到此言似才想起帳中還有位契丹使者，回身對他用契丹語說：「對不住，我差點忘了大事，我想跟你回去看看太子。」

那使者急忙點頭。

秦文和趙恆岳都聽得懂契丹話，一起出聲阻止。陶花又生氣起來，連理也不理，只急令侍衛把秦文帶下去，「此人押入牢中，鞭四十，杖……八十！」她說到這裡心頭乍滯，猶豫了一瞬是否減個半數，卻終於還是沒有，只免不了抬頭看了秦文一眼。

秦文早覺出蹊蹺，此時面上不動聲色，心中卻是微微有暖意。她自從知道家仇之事後，一直對他冷若冰霜，直到剛剛那一瞬，他才從她眼裡乍閃而過的痛惜中察覺到她的愛意仍在，也確認了她是在用計，而非眞心憎他如此。

她又走到他跟前，望著他的眼睛一字字說道：「你別覺得委屈。你假意向我示情，無非是想跟皇家聯姻，以保你仕途通暢。你待我怎樣，我可清楚得很！」這句話說得狠絕至極，連那契丹使者都聽得出她的怨恨。

秦文回望著她，極輕的聲音只在兩人之間，「我不委屈，是我欠你的情。」陶花正背對著契丹使者，眼神瞬間千變萬化。秦文當即一凜，提高了聲音怒喝：「你這樣對我，就不怕寒了功臣之心麼！」

陶花也已回神，冷哼一聲，「快拖出去。記住不能打死，須等我回來後親手斬決！」說罷帶著契丹使者離去了。

公主出營見敵，秦將軍被拖入牢中，所有規勸之人一概被罵得狗血淋頭，連大王都攔不住她，周營士兵自然也無人敢再攔她。

陶花與那使者一路過去，路上閒閒談些心事，說起秦文當日是如何百般籠絡了芳心，到最後才知他卻是家仇所在，如今她冷落他，他便射殺耶律瀾，眞是惡毒心腸，讓人好生後悔當初未留在契丹做太子妃。那使者是耶律瀾近侍，當然是附和陶花，說太子對她一往情深。

此話陶花倒是也信。

他們二人一起長大，雖然他已婚娶，她亦另有了心上人，那其中如兄妹般的親情牽繫卻是斷不了的。秦文射殺耶律瀾，著實讓陶花生氣，唯遠遠到不了如此地步。她只是看那使者有意挑撥，剛好將計就計罷了。此番冒險來探耶律瀾，也是爲了讓敵人放鬆戒心。

秦文看出了她的深意，未加強阻；趙恆岳半懵半明，看她脾氣甚大，知道自己勸不下遂沒有硬攔。

陶花見到耶律瀾時，他躺在床上，臉色蒼白。箭身已經剪斷，半截落在胸內，他咳得更是厲害了。陶花握住他手，不知該說什麼。倒是他先開口了，「阿陶妹妹，我娶了別人，你生我的氣嗎？」

陶花大力搖頭，淚水終於湧了出來。

他慘然一笑，「你喜歡了別人，我……我一開始很生氣，後來想明白了，你跟我一樣，都有許多不得已。就像我娶蕭丞相的女兒，那原是應該的。」

陶花聽到此言猛然警醒，急忙答道：「沒有，我沒有喜歡他，他是害我一家的大仇人，如今又傷了你，我今天回去就要處死他。」

耶律瀾握著她的手，輕聲道：「你不用爲我報仇，我只念想，讓你好好地過下去……」

陶花陪著他坐了良久，說起連串少年時的往事。耶律瀾是耶律德昌十分愛重的兒子。耶律德昌是馬上皇帝，治國單靠鐵腕，故寄厚望於耶律瀾，從未強求他習武，只希望他能把契丹治理得如中原一般富饒，卻不想這個不愛習武的孩子終究折損戰陣之上。他近在同陣之中，竟未能救得，不知是否痛悔未將自己一身本領傳授給其子。

耶律瀾漸漸精神不濟，陶花看看天色不早，趕緊告辭。她臨到帳門時回望一眼，不知此生還有沒有機會再看到他，不由悲從中來。他卻是連落淚的力氣都沒有了。他是爲著跟她說話才苦撐這許多時候，一直到實在撐不下去了，才露出倦意。

陶花不忍看見他那副樣子，疾步出帳。一出門即看見了蕭照影，顯在外等候多時。

她臉色淡淡，分不出喜怒。陶花微微點頭不想理她，她卻冷冷問道：「你不怕我留下你？」

陶花抿唇，「我既然來了，當任你宰割。但若不來而見不到瀾哥哥這一面，恐怕一生也不得安心。」

「如今你便安心嗎？你那秦將軍把他害成這樣！」

「我此行回去，即刻殺他爲瀾哥哥和我父親兄弟報仇。」

蕭照影一笑，「我怎麼信你？你在太子帳前立個誓吧。」

陶花無法，只能取出一支木箭，「我此番回去，馬不停蹄去軍牢中斬殺秦文，若違此誓，讓我不得善終，讓我心愛之人恨我入骨。」說罷將木箭折斷，拋在地上。

蕭照影點頭，「願咱們草原上的神靈，護佑你的誓言。」說罷閃開道路讓她離去。

陶花一回去先至大王帳中。

天色已黑，侍從都退下了，帳中也未點燈。她本來以爲趙恆岳早睡下，躡手躡腳進去時才驀然看見他坐在黑暗裡，不由嚇了一跳。

他站起來，緩緩走到她身邊，慢慢將她擁入懷中，「他已經走了，帶了八百秦家軍詐降契丹。他跟我說了你的打算，我……我擔心壞了。你都不跟我說一聲，就這麼獨自去了敵營。」

陶花低聲道：「我要是單獨跑出去跟你說，那個使者難道不起疑嗎？本來我是打算回來再告訴秦將軍的，倒是沒想到他看得如此明白。這樣最好，我也不必違背我的誓言了。」

趙恆岳酸溜溜一笑，「你們兩人心有靈犀，他自然看得明白。」

「他……他傷得可重？」

「嗯，他交代了行刑官不可留情。你的秦將軍面對千秋功業時，從來不會留情，對人對己都一樣。」

第二十五章　戰火

此後數日，敵營中毫無動靜。

陶花漸開始後悔自己的計策了，深怕把秦文給葬送在契丹軍手中。到第七日夜裡，東北風最盛時，哨探來報敵營起火。

秦文走時就備好了柴草火藥，帶到一個隱祕地方保存。詐降乃陶花之計，火攻卻是他的策謀。他熟知戰事，北方氣候乾燥，正是火攻的用武之地。只是他傷得不輕，養了幾日才敢動手。也是過了這幾日，敵人才對他放鬆警惕。

當日陶花在陣前錯失良機，不肯發箭救他，以致他傷了右腿，那是蕭照憐看得清清楚楚的，自然是他在周營不被信任的明證；而耶律德昌雖然怒他重傷愛子，卻並不能在這兩軍重兵相交的關鍵時刻怠慢他。至於他有沒有為了取得信任而跟蕭照憐重溫舊情、逢場作戲，這個只能去問他自己了。他那麼聰明一個人，若不是陶花問到跟前，他又怎會自己來提這壺不開的水？

周軍早就等候著這消息，當即殺出。中軍、右軍合圍城外之敵，左軍截住城中敵人馳援的道路。陶花與趙恆岳一隊而出，但見整個東北方一片火光，半邊天都被燒紅，呼喊哀號之聲傳播數里。

兩人縱馬往火光方向過去，陶花看見那柳葉姑娘一直徒步跟在趙恆岳身邊。到了敵營之後，契丹軍在火中亂作一團，趙恆岳找了塊高地指揮，遠遠看見耶律德昌的軍旗，便指給柳葉看。

柳葉輕輕點頭，足尖點地而出，速度之快，似在水上漂浮一般。遇見有敵兵滋擾，手中柳葉刀竟是看不見她何時抽出的，對方即已倒下。

陶花啞然半晌，側頭道：「柳葉刀，當眞排在桃花箭之下？只怕比我多排個幾十位也是應該。」

趙恆岳仰頭大笑，「桃花箭雖小，卻能號令我大周鐵騎，難道我大周千軍萬馬，還敵不過一柄刀了嗎？桃花箭排名第一，那是實至名歸！」

陶花知他愛惜自己，自然是諸多稱讚，一笑置之。

哨探接著來報，敵軍死傷慘重，殘兵往西北方向退去了。趙恆岳點頭，命右軍朝西北追擊殘兵，中軍與左軍聯合攻城。

那城池中並無大軍，只是契丹人頑強，死守到底，攻了一個時辰才攻下。追擊殘兵的右軍也回來了，鄧宣正稟報說只跑了些游騎、將領，其餘盡數殲滅。趙恆岳道聲辛苦，問他們耶律德昌何在。

鄧宣正卻搖頭，「並未見到那契丹皇帝。」

馬上有哨探來回稟：「有人在東北方向見過契丹皇帝，他和一員契丹大將一起奔逃，只帶了支小隊侍衛。秦將軍領輕騎兵追擊，只是他們奔逃迅速，馬匹精良，我軍的輕騎兵竟然追不近前。」

趙恆岳立刻對鄧宣正說：「勞煩將軍再追一趟，多帶戰馬。」說完他一躍下馬，將自己的戰馬給了鄧宣正。鄧宣正受寵若驚，也不敢推辭，帶了戰馬就走了。

陶花心急如焚，躍躍便要奔出。

趙恆岳拉住她馬匹，「你不是那人對手，亂軍之中你也追不過去，還是讓柳姑娘去吧。」

陶花一愣，「柳姑娘？」

「是，她答應了我，定要取回耶律德昌的首級。」

陶花立在馬上，低首望向趙恆岳。見他指揮若定兼之布局周密，千軍萬馬中還不忘她的心事，她不由心中湧起一股說不明的柔情，俯下身拉住他手，「多謝你。」

趙恆岳的侍衛重新領來一匹戰馬，他看一看，不甚喜歡，轉身一躍上了火雲追。

陶花朝前挪了挪，不是爲了避嫌，只是爲了讓他坐得舒服些。

趙恆岳拿住韁繩，低頭溫言道：「我也是想了好一陣，怎麼樣才能找一個合適的人來取這耶律德昌的首級，想來想去，還是柳姑娘最合適。她是女子，你想嫁她也嫁不了；她功夫高強，若是她都取不到，那別人自也取不到。剛剛你也看到她的柳葉刀了，你說我軍之中，有誰能在她刀下走三十個回合？秦文或許可以，卻也勝不了她。她答應了我，要麼她取回來，要麼……誰也別想取回來。」

陶花微微側頭，「我從來不知你心思這麼周密。」

他苦笑，痛恨地拿手指點她腦袋，「我也從來不知你出言這麼莽撞！居然當眾許嫁！」陶花含笑低頭，他還不解恨，「若是鄧宣正取了他首級你怎麼辦？他妾侍如雲、正妻悍妒如虎；若是羅焰取了他首級你怎麼辦？秦梧還不跟你拚命！若是……若是幫我燒菜的那個老吳頭，忽然在白菜堆裡撿到了契丹皇帝的首級，哈哈，那他豈不是……」

陶花笑著回身捏住他的嘴，「怎麼會？白菜堆裡怎麼會撿到人頭，那還不嚇死人？」

趙恆岳雖被她捏著嘴巴，仍是掙扎著說完：「他有三個孫子，你嫁過去雖是守活寡，倒是一樣有人叫奶奶……」

等到陶花笑聲停歇，他俯下身來按住她肩膀，猛然問道：「是，白菜堆裡撿不到契丹皇帝，只有無雙猛將在戰場上才能擒得。你是不是指望著他拿到了，你就能名正言順地嫁過去？」

陶花一愣，瞬間明白他所指何人後，斷然搖頭，「沒有，我那時不過報仇心切，沒想這麼多。」

「反正，你嫁誰都行，只不能嫁給他。」

陶花奇道：「你跟他又沒血海深仇，為什麼這麼恨他？呃，我知道了，是因為蕭……」

趙恆岳伸手按住她的嘴巴，「別胡說，他們家是大周棟梁，我怎麼敢提恨字。只是你卻不能嫁給他，他對你不夠好，我也不喜歡他。而且，你一見到他就昏頭昏腦，在汴京城的時候，每次見到他都要讓我等到半夜，都不知道別人掛念。」

陶花低頭，「是我不好。」

他不理她，接著說下去，「在軍營這段日子，跟你天天在一起，是我一生最快樂的日子……」他說著一刮陶花的鼻子，「要是能一直這樣多好？可是我也知道，你總歸要嫁人的。我想好了，咱們給你招個駙馬入贅宮中，或者另闢府邸，乾脆落在朱雀門對面那條街上好了。」

陶花撇嘴，「招個駙馬入宮？你不知道入宮的男子要先……先……」她一笑，沒說下去。

他抬頭想了想，「如果一定要淨身，也好啊，反正不影響尿尿的……」說著大笑起來。

陶花猛地轉回身去掐住他的脖子，趙恆岳正色說：「阿陶，不跟你鬧了，我得先下去一趟。」

「下去做甚？」

「內急。」

她狐疑地看著他，判斷是不是又在捉弄自己，手上還是沒有鬆開。

「你再不鬆開，我可真的要尿你身上了。」

陶花愣了片刻，忽然發覺這句話語涉雙關，立刻臉色通紅，抬手一推，把他給掀下馬去。

趙恆岳轉到土坡下面後，問侍衛：「上回幽州送過來的那批營妓在哪兒？」

侍衛應答：「在營裡呢。」

「沒帶上兩個？」

侍衛一臉驚訝看著他，「大王，這是打仗……」

他嘆口氣，「算了算了，剛才那匹馬再給我牽過來，要是再這麼挨肩擦背的下去，我非得給整殘了不可。」

侍衛顯是跟他熟稔得很，一笑說：「不是跟著個女人的麼。」

「哪個？」

侍衛往山坡上一指，「就是那位啊。」

他氣得笑起來，「哪一位都行，那一位……我惹得起嗎？」

侍衛擠擠眼睛，「大王這話說得過謙了，我看你們很是般配呢。」

「眞的？沒騙我？」

「眞的！屬下不敢欺君。」

趙恆岳一下子生了信心，重又騎了一匹馬縱上山坡去。

陶花奇道：「不敢上我的『火雲追』了？」

他不答話，過去語重心長地說：「阿陶啊，咱們剛剛是不是商量給你招駙馬來著？」

「是，你還非要人家入宮，誰敢應這差事啊？」

「其實宮中也有男子的，不需要外面的人進來。」

「宮中……有誰？」她實在想不出來。

他在旁邊猛咳嗽，她皺眉看看他，「哦，我知道了！」

「你知道了？」

「你那幾個侍衛啊，我都看不上。」

他頹然無語。

她假裝靈光一現，「不過啊，我覺得你這個思路可行，侍衛們啊，兵士們啊，落霞山的弟兄們啊，其實都挺好的。哈哈。」她沒心沒肺地自嘲大笑。

他無奈地看著她，「阿陶，你這幾句話，圈進去好幾十萬人。」

「人太多了？那就跟選狀元一樣，大家校場上比武功，演一齣比武招親。」她說到這裡忽然怔住，本來，她是純粹在開玩笑胡扯，可是……陶花臉色黯淡下去，「不知道能不能選出一個，似他那麼出眾的武狀元。」

趙恆岳清楚覺到心口如受一擊，他不是受不住，只是今回一點準備都沒有，正開著玩笑呢，忽然就迎來這麼一句。他急忙轉開頭去，長長呼了口氣。

正在此時，聽得哨探一聲高喊：「報——柳葉姑娘帶耶律德昌首級回陣。」

陶花一聽，大喜過望，縱馬過去迎接。

柳葉騎在馬上，綠衣成紅，頗有疲累之色。她把首級擲落地下，微一拱手，趙恆岳還禮，連說「辛苦」。

柳葉一笑，「今日之戰，必然載於史冊，願我大周從此不再受夷狄之苦。柳葉這廂告辭了。」說罷縱馬而去。

陶花看著柳葉倩影遠去，還沉浸在她那窈窕又剛強的丰姿之中時，趙恆岳輕聲提醒：「你不道聲謝？」

陶花猛然想起，柳葉卻已經去遠了。趙恆岳一笑，自懷中取出一塊碧玉圓環，通體晶瑩，寶光透亮，遞與陶花說：「這是我給她的謝禮，沒想到她走那麼急，你去武林大會時帶給她吧。」

陶花一愣，「什麼武林大會？」

趙恆岳仍是一笑，「怕你分心，戰前沒有告訴你。武林群雄在嵩山重修《兵器譜》，要請你們這些上了座次的人過去號令天下英雄呢。」

陶花連連搖頭，不願去沽名釣譽。

趙恆岳正色道：「你是我大周公主，這等盛事當然要去，才能令江湖中人知我國威，將來有朝一日多爲我國效力。」

陶花看他這般堅持，便答應了，點頭接過碧玉，而後命兵士收起耶律德昌首級，她要帶著到父親墳前致祭。

此戰之後契丹元氣大傷，向周國求和。

趙恆岳帶陶花和鄧宣正前去談和，契丹願意獻出以往吞併的周國土地，再割讓兩座城池，俯首稱臣，此後歲歲進貢。

陶花殺耶律德昌只圖爲報父仇，她對契丹草原本身其實懷存深厚感情，那裡有許多她的兒時夥伴，她更是以之爲家。大周是她的國，契丹卻是她的家，所以她極力主和。而周國尚有吳越心腹之患，契丹在北方苦寒之地，周國也不欲傾兵於此，趙恆岳遂答應了和議。

契丹來談和的是蕭照影，她一身縞素。皇帝戰死，太子登基兩日後便駕崩，忽然之間所有的重擔都落到她身上。陶花問她如今誰是皇帝，她驕傲地指指自己的肚子，「若生爲男兒，便是皇帝；生爲女兒，我便從宗族中挑一個出來。如今是我太后稱制。」

陶花瞧她連遭變故，依然鎮定，是個能擔當得起大事的女子。太后稱制，不過是女皇的別稱而已，陶花看見那些馬背上長大的兇悍契丹將領，在這孤兒寡母的蕭太后面前卻連大氣也不敢出，不由讚歎。雖然各爲其國，卻彼此惺惺相惜。

周軍大勝回朝。

到燕子河邊，大軍就地駐留一晚。趙恆岳帶陶花去了觀音廟舊址，兩人回味起逃難時光，此時只覺溫馨有趣。遠望燕丘山時，趙恆岳笑道：「要是有一天你被捉了，我也絕不會獨活，我就要做那隻飛回來的燕子。」

陶花皺眉不喜，「咱們倆都好好的呢，別說這種喪氣話。」

他只好住口。

第二天一早，趙恆岳率眾將拜祭陶洪錫，奉上耶律德昌的首級。陶花在墓前哭了一場，而後便請出父親和弟弟的棺木，打算遷回汴京。她早脫下紅衣，換上重孝，一路扶棺而行。趙恆岳此後一直穿素色衣服，眾官員見他如此，自然是誰也不敢造次，整個隊伍便如國喪一般。他又怕她傷心，日常陪伴在側，半刻也不敢離開。官員們全知曉此事，來稟報事務亦再不避諱陶花，人人都知她是此番大破契丹的頭功，大王對她更敬愛若神明。

只是這一路之上，陶花一次也沒看到過秦文。她起初有些覺奇，原以為拜祭儀式少不了他。這次他甘受苦肉計，火攻破敵，自然是頭功一件。她心裡的仇恨也被沖淡了，一路都有些惦念他那些杖傷好了沒有。本想在拜祭儀式上跟父親說明此事，好讓父親弟弟明白她為何沒殺了他替陶家報仇，只是一直未看到他的人。後來陶花揣想多半是他自己心裡放不開，所以不敢前來吧。她這一路扶棺而行，他自然要避著，也就未加疑心。

到了汴京安頓下來，停棺廟中，開始建造陵墓。陶花平日亦無政務，便專心親自督建。

趙恆岳封賞群臣，在宮中大宴數日。陶花因還帶著孝，不便出席。倒是趙恆岳一有空隙就來陪她，督建陵墓之事也是事必躬親，樣樣都親自過目才覺穩妥。陶花有時笑他像個孝子，他唯唯諾諾，說是應該的。

兩月之後，陵墓完成，陶氏父子棺木入土為安。趙恆岳帶領群臣拜祭，追封陶洪錫為忠義侯，陶若為忠義將軍，備極哀榮。

到此陶花才脫下孝服，卻已近了武林大會的日期，趕緊又帶著赤龍會和落霞山弟兄前往嵩山。趙恆岳本想讓她帶上五千鐵騎隨行，被羅焰勸阻了。陶花還是照軍隊習慣，命大家在嵩山下紮營，而後按約定之日到得嵩山之上。

早就有人傳信上去，她走到半山腰便遠遠看見一眾人等迎下山來。此次武林《兵器譜》主筆是少林寺住持空悔方丈。他雖是出家人，武功也深不可測，見到陶花卻是毫不見冷淡保守，盛讚她鐵箭無敵，安邦定國。

群雄聚在嵩山鳳凰峰上，陶花看著面前歡聲雷動，倒不怯場。她帶著數十萬兵眾尚不覺怯場，何況這區區幾千人。

眾人看她氣度磊落，不卑不亢，眞乃大將風範，不免都心內暗讚。

空悔站到陶花身側，充足中氣托出穩穩的聲音傳遍鳳凰峰上下，「今日老衲有幸，竟能主持近十年來最盛大的兵錄慶典。『塞北桃花箭，江南柳葉刀』，這兩位姑娘一舉擊敗契丹，一雪我華夏數十年之恥！《兵器譜》排行在江湖已有百年之久，強手如林，代代層出不窮，這才是頭一回顯了安邦定國之能，咱們也才能有這樣一位強將，率軍抗擊夷狄，保護百姓。我輩武林中人自當謹記，習武不是爲了上這《兵器譜》，乃是爲了造福天下蒼生！我大周公主，亦是赤龍會主的桃花箭排名《兵器譜》之首，有誰不服？」

空悔連問三聲「有誰不服」，聲音震得松樹沙沙作響，到第三聲時，山頂竟有一顆巨石被震落深谷，巨響聲連綿不絕。在這一片巨聲之中，群雄連答三聲「我等皆服」。

空悔知道陶花只是善兵，眞要單打獨鬥未必能勝，所以他旨在立威，一出聲便跟上雄厚內力，震石入谷。便是偶有一兩個不服的，眼見空悔這般陣勢，又怎敢上前？就算上前來，這和尚多半會說：「你若是不服，先跟我這排第三的鐵禪杖鬥上一鬥吧。」

鳳凰峰上巨響不斷，峰頂一株松樹下呼啦啦被嚇得跳出來一群小松鼠。待巨石落定，群雄歡呼完畢，各處聲音停息時，那些小松鼠吱吱叫的聲音明顯刺耳起來。

群雄站在臺下，距離松鼠比陶花近，有人甩了幾支暗器出去，卻搆不到那些松鼠。陶花一笑，輕巧搭上幾支木箭，數箭連發，遠遠將那峰頂上的松鼠全射落下來。她站的方位比眾人皆遠，只是弓箭有借力之處，所以暗器到不了的距離方位，弓箭可達。

鳳凰峰上驚歎之聲響過之後，空悔也微微點頭，群雄又齊喝一聲：「我等心服口服！」

盛典過後，天色已晚，空悔方丈問陶花是否願意到寺中禪房過夜。陶花深怕冒犯，施禮說：「我一身血腥，不知會不會褻瀆寺廟。」

空悔輕輕搖頭，「公主救天下蒼生，乃是大慈悲。」他本來並未想到陶花會當眞留宿山上，畢竟她貴爲公主，怕山上太過簡陋。陶花卻是隨遇而安，禮數甚爲周到。

到寺廟之後，陶花在大殿上見到一抹熟悉的綠影，正是柳葉姑娘。她來了嵩山，只是嫌吵鬧而未出席參加方才的盛典。陶花問過空悔柳葉的住處，恰在自己附近，便放心入禪房休息。

用過晚飯之後，陶花前去敲柳葉的房門，她不在。陶花又看看這禪房清靜之地，卻裡裡外外遍佈著自己的侍衛，不由覺得心煩，就走到院子裡散散心。

在那院子裡正碰見了柳葉在樹下練刀，身姿矯健，輕靈飄忽。陶花看了一陣，想到自己刻苦練箭的勤奮也是一樣，原來這《兵器譜》的座次都不是平白取得。

等柳葉練功完畢，陶花走過去把趙恆岳交代的那枚碧玉交給對方，又命侍從奉上黃金千兩。

柳葉一向寡言少語，收下碧玉細細看過，輕聲道謝，對那黃金只是擺了擺手，推拒了。

陶花深怕這金子冒犯了她，趕緊解釋道：「我不知該怎麼感謝你，也沒半樣好東西，從小只會練箭，什麼寶物都不認得。你幫我報得大仇，我……我……」

柳葉微微一笑，「陶姑娘過譽了，舉手之勞而已，這碧玉是我舊物，多謝大王費心了。」說罷她轉身離去，半途又回頭問了一句：「那位白衣將軍可救活了？」

第二十六章 驚聞

少林寺坐落叢林之中。夜晚月影婆娑，更顯肅穆。風吹過樹木，沙沙作響，又如哀哀啜泣之聲。

陶花愣了半晌才嚼出柳葉那句話的意思。她頓時想起自從烏由一戰，竟是再也沒見過秦文，恍惚間如墜冰窖，猛然一個踉蹌。

左右侍衛急忙過來扶住。陶花立時問他們：「秦將軍怎樣了？」那兩人卻都不答。

陶花大怒，「你們身爲我的侍衛，可曾把本宮看在眼裡？」

此言一出，所有侍衛一起跪倒，仍是無人應話。

陶花看著他們，恨得咬牙，卻又奈何不得。舉目四顧，這一眾人等倒還只有柳葉跟自己近些，於是問道：「柳姑娘，我並不知情，你能否跟我說詳細些。」

柳葉回身走近，仍是細聲細語，「那夜我找了許久才找到契丹皇帝的奔逃方向，路上碰見一位白衣將軍也在追擊。他帶著的人全都跟不上了，那契丹皇帝胯下有寶馬，騎術又甚了得。最後只有我二人一起趕上，合力殺了那皇帝的侍衛，僅剩下一員大將。他跟那契丹大將戰在一起，我攔住皇帝，兩人都甚勇猛，久戰不下。後來北方來了契丹援軍救駕，我二人皆知援軍一到則必然無望，他便不顧那大將尚持兵刃在手，硬是轉身來刺這契丹皇帝。那大將的長矛刺他後背，誰都沒想到他竟然不接，那契丹皇帝也沒料到，遂被他一槍刺進了前胸。長矛同時刺進了他後背，我先斬斷長矛，再拿下契丹皇帝首級。此時援軍已到，我趕緊牽著他的戰馬轉回周營方向，路上碰見周軍，就把他交給了領軍之人。這麼勇敢的將領，要是死了未免太可惜了。」

陶花只聽得心痛如絞，追問道：「他傷在哪裡？有多重？」

柳葉一直細聲細語，聲音平淡，她又是名冠天下的武林英雌，見慣了各種場面。直到聽見這句問話，她的答聲中方有了些懼意，「自後背刺進，透到了身前。他竟似不知，還想再刺那契丹皇帝第二槍。我攔住他，說那人已經死了，他接著就昏倒在馬背上。」

陶花勉力站穩，「透到身前，必然臟腑已損，那就是無救了……」她只覺雙眼一黑，整個天地都有些搖晃。

兩側侍衛起身來扶她，陶花惱怒難抑地推開他們。

便在此時，不遠處一個赤龍會的黑衣人過來，躬身說道：「公主先別著急。若是秦將軍有失，必然會大葬，怎麼可能無聲無息？宮中還接風飲宴數日，秦家的人也都在。」

陶花抬頭看這個黑衣人，二十來歲的年紀，不是自己的近身侍衛，多半是赤龍會隨軍之人。此次上嵩山因是武林盛事，赤龍會和落霞山凡有名號的人都來了。

陶花輕輕點頭。那人看了一眼她兩側的侍衛，又接著說：「我看此事公主還是問羅將軍合適些。」

他一言提醒了陶花，急命他去請羅焰前來。

羅焰也住在寺中，倒是很快就來了。看見跪了一地侍衛，柳葉也在這裡，陶花又是痛不欲生的樣子，他似乎猜到了事由。

他走到陶花身前，「是爲秦文的事情？」

陶花如遇救星，「正是，三哥你知道？」

羅焰卻猶疑起來，「我若是跟你說了，只怕大王會怪罪下來。」羅焰如今已封將軍，也早已從落霞山搬入了汴梁，趙恆岳更在秦府附近賜了府邸給他。他此時的心思與以往大不相同。

陶花頓時火起，冷哼一聲，「當初咱們在落霞山落草為寇的時候，你怎麼不怕皇帝怪罪？到現在來跟我說這種話，與這些侍衛何異！」

羅焰四處看了一看，先到柳葉身旁，跟她低聲說了幾句話，柳葉即點頭離去。他又回到陶花身邊，「五妹，我們進屋裡聊吧，此事不宜在此處說。」

陶花見羅焰肯說就已經千恩萬謝，趕緊帶他回自己的住處。所有侍衛都被留下跪在院中，只帶了剛剛那個赤龍會的年輕人，陶花在路上問他：「你叫什麼？在赤龍會中任甚職務？」

那人躬身答：「姓林名景雲，在赤龍會中並無職務，在軍中是校尉。」

陶花點頭，見他是個機靈懂事的人，便問：「赤龍會現在排了六位會主，是吧？」

那人點頭稱是。陶花當即說：「從此後你是赤龍會第七位會主。以後日常跟在我身邊，我揮退其他侍衛時，你都不必退。林七哥，以後陶花還請你多加照應。」

那年輕人立時受寵若驚，便要下拜，陶花擺擺手，帶他和羅焰入了自己房內。

羅焰進屋後先關好門窗，看陶花憂心如焚，先跟她說：「他好好活著，你先別擔心。」

陶花長舒一口氣，心頭一顆大石落下來。

羅焰接著說：「那一刺傷了他一邊臂，軍醫都說不治，可是大王說非治不可。他早已受不起顛簸，遂就留在了烏由城。大王命人從冀州星夜兼程請來了『鬼師傅』的徒弟杜若仙，江湖人稱『鬼舞娘』。

他們師徒二人專好盜剖人屍體，聽說還剖過活人，因此江湖人士都厭憎他們，卻又不敢得罪，怕有朝一日要找他們看病。那杜姑娘眞是妙手，取了他的傷腎出來……」

陶花哎呀一聲，「那還怎麼活？」

羅焰微笑搖頭，「尋常大夫自是不成，這杜姑娘卻可以。他活了下來，只是……」羅焰猶疑著看一眼陶花，她急忙問：「只是怎樣？」

羅焰又看了看林景雲，陶花輕聲道：「無妨，你說吧。」

羅焰緩緩說道：「軍醫們都說，若是傷了腎，恐怕秦家便要絕後。這杜姑娘倒說不會。我們那時也沒別的法子，總不能睜睜看著他死，只能一試。誰知現在……現在……」

陶花聽到這樣的事情先有些臉紅，隨即卻明白這不僅是他一生大事，更是周國軍政相關，當即直言相詢：「現在怎樣了？」

羅焰搖搖頭，「現在怎樣我也不好說，除了杜姑娘，所有人都跟我說不成了。我又不是大夫，不敢下妄言。只是秦梧跟我商量過，將來我們若是有子，想讓第一個姓秦，接掌秦家軍。」

陶花一咬唇，「杜姑娘怎麼說？他們……他們會不會看錯了？」

羅焰苦笑，「大周名醫如今齊聚烏由城，眾口一辭，杜姑娘也說奇怪呢。」

陶花跌坐椅中，「這……這……他……」她終是說不出話來，也不知道能說什麼。她既不是大夫，又不是男兒身，什麼話也說不上。想到他那樣傲氣一個人，不知會怎樣面對這件事情，不由半晌無語。

羅焰看她無語，只是滿面痛惜，輕聲說道：「此事他自己並不知情，我們連去腎的事情也還未告訴他。杜姑娘囑咐過千萬不可洩漏出去，更不可讓他知道，你切記萬萬不可在旁人面前提起。」

陶花奇道：「這種事情，他……他自己怎麼可能不知？倒是大夫們這些外人知道。」

羅焰輕輕嘆息，「你若是見到他，就會明白了。他如今整日鬱鬱，對自己身體根本毫不在乎，只有那杜姑娘跟他親近些。」說到這裡他又想起一事，「五妹，有件事忘了跟你說，還要求你原諒。」

陶花早已失神，輕輕搖頭，「沒關係，你說吧。」

「我們那時候實在沒法子，他昏迷不醒，軍醫說隨時可能喪命，我們……我們便讓你的侍從偷了你春天時常穿的一件衣服出來，讓丫頭們穿上，日日坐在床邊。他認得你那件衣服，直到取腎時都握著那穿衣人的手。」

陶花再也控制不住，強抑悲聲，「爲什麼不叫我去？你們好糊塗！」

羅焰再次苦笑，「爲什麼不叫你去，爲什麼沒人告訴你，都是一樣的原因——大王下了嚴令止住此事。」

陶花恨聲道：「我回去找他算帳！」

羅焰卻搖頭，「這次能請動杜若仙，我聽說大王列土封疆送出了一座城池，你不能再怪大王了。」

陶花坐在椅中，不再說話。

羅焰看著她，緩緩說道：「五妹，你要拿要放，速下決斷。那杜姑娘對秦將軍情深意重，這些時日天天服侍在身邊，如今也只有她，才能在他跟前說上兩句知心話。人家妙手回春，醫舞雙絕，是江湖上數一數二的奇女子。若是五妹你顧慮家仇，也莫誤了別人的終身。」

陶花垂淚道：「三哥，連你都不幫我了？」

羅焰輕嘆口氣，「不是我不幫你，我只覺你也實在狠心。幾個月來都沒看到他人，縱是大王不想讓你知道，你竟然也不擔心嗎？他去追耶律德昌，那是軍中好多人都看到的，你竟然連問都懶得多問問？這幾月之中秦府眾人全都愁眉不展，秦梧時時哭泣，我都不知道該怎麼爲你辯解。」

陶花想要解釋，卻又只覺百口莫辯，何況如今這種情勢，就算她能解釋得天衣無縫又於事何補？

陶花思慮一瞬，輕輕低頭，「我此刻就算快馬趕往烏由也要多日後才能到了，你先命人飛鴿傳書把此物送過去」，說著她自懷內拿出當日在耶律瀾帳中帶回的陶若的小馬，交給羅焰。「我不會寫字，你寫信告訴他，勸他安心養傷。若他終是不能恢復，我……我處子終老相陪。」

他爲她賠上半條性命，這一生都不再是個完人，她已別無選擇。

羅焰一笑，「好吧。只是大王那邊，要你去應付，我們可擔不起這個罪責。」

陶花點頭，「我盡快啓程回汴梁。」

陶花匆匆作別群雄，第二日就踏上歸程。趙恆岳早接了稟報，接出城來二十餘里。陶花一看見他，即刻沉下了臉。趙恆岳自然知曉爲了什麼，也沉著臉不說話。

兩人一路無語，一直到了宮內，陶花要回自己住處了，趙恆岳才冷冷問道：「爲了這件事，你就不打算跟我說話了嗎？」

陶花皺眉，「你爲什麼要瞞著我？」

「你知道了能幫上什麼忙？除了傷心你還能做什麼？你是神醫？哦，我倒是忘了，有件事我那阿陶也許能幫上忙，雖然她不是大夫，也醫不了別人的病，卻說不定能治好秦將軍也未必！」趙恆岳說到最後滿臉怒容，又忿忿不平續道：「我早說過，只要與他相關，你立刻就丟了魂！我費那麼多心力爲他四處尋訪名醫，秦家人都在謝我，倒是你！」趙恆岳氣極，轉身而去，不再理她。

陶花回去休息了一晚，翌日一早起來問過林景雲大王那邊怎樣了。林景雲答說，大王一夜未睡，今天又一早去上朝了。

見陶花默然不語，林景雲開口說：「公主，救秦將軍一事，大王仁至義盡。請恕屬下妄評一句，我眞不明白您發的是什麼脾氣？」

陶花躊躇，「我……我也說不清楚，就是生氣……反正恨得我牙癢！」

「您要眞是恨大王，聽見他一夜未睡，怎麼又皺眉？」

「我……」她果然答不上來。

「公主，」林景雲施禮，「我看您最近心思混亂，是該好好靜一靜。」

又過了幾天，秦梧來看陶花，帶來秦文的書信。陶花拆開封蠟，展開來卻是一小幅圖畫，他知道她不識字，所以只好畫畫。畫上一個青年男子站在地上，手中拿著一隻小馬，這是說他已可站立，也收到了陶花帶去的東西。

陶花立刻提筆，在那畫上又添了一個女子站在旁邊，是說她希望自己能在他身邊。畫由秦梧帶回去託信鴿載往烏由城。

又過幾日，秦家家丁再送來一封信。陶花打開仍是一幅畫，畫中是一人跪在墳墓前拜祭，陶花知道這是他說想去拜祭她父親的墓，她當然是要答允的。於是又在那畫上添了一個女子，說她會陪同前去的意思，至此，她已經把家仇之事說得再明白不過了。

想必秦文收到這封信十分高興，又見她總是在畫上添一個人，第三幅畫就是紅堂之上，一人手執紅綢一端，等著她去添另一端的那個女子。陶花思慮一瞬，當前情形並容不得她多想，他爲她性命尚且不惜，如今又重病在臥，她如何能夠多加猶豫？她即刻含笑畫上，回了。

再過幾日，收到了一枚頗大的蠟丸。陶花打開來，是印製的一卷圖畫，而不是他手畫的了。她一張張看過去，看到第三張時已然明白，這是一卷春宮圖。紅堂之後，他想到的就是這幅圖畫了。陶花頓時如炙手般把畫卷扔到地上，又怕人看到，趕緊再拾起塞到枕邊去。她又覺害羞，又不明所以，回想羅焰說過他的病情，也不知現在怎樣了。這封信她不知該怎麼回，遂擱放在枕邊，苦思著怎樣才能吐露出她既願意承歡又不是非此不可的這番心意，著實爲難。

這幅畫卷就這麼在枕邊放著，她還沒回信，便已聽到消息說他數日後要回京了，不由欣喜異常。她是從林景雲口中聽到消息的，趙恆岳並未親自告訴她。這卻足夠讓她雀躍不已，她終於可以再見到他，而且這次的見面，意義不同以往——她終於確信了，他也是眞心喜歡她的，有誰會爲了一個自己不喜歡的人去搏命報仇？

因爲太興奮，這天早晨她起得晚了些，趙恆岳穿著朝服過來之時她還賴在床上。到了她屋中，他一邊命侍從解衣，一邊問她：「你已經知道他明天回來，是不是？」

陶花歡喜點頭。他被她的歡笑感染，雖然本意是來勸退而非勸進，亦仍微微笑了一下，等侍從退出就過去擰她面頰取笑。陶花嬌慵著往旁邊一躲，他一個愣神，眼角餘光一滯，猛然自她枕邊拿起那幅畫卷。

她當然知道那是什麼，飛身起來搶奪。此時夏天剛過，天氣仍有些炎熱，陶花睡覺時也並未穿多少衣服，這一下春光乍現。她微一猶豫，還是撲了出去搶那幅畫卷。

他在半空中接住她，怕她跌到地上，所以只能先顧她再顧畫。其實他掃了一眼那封面就已經不想再看了，於是沒打開便原封還給她，然後將她放在榻上。

她急急去拉被子遮羞。

他一探手把被子拎起扔到遠處，而後沉沉說了一句：「阿陶，你們二人尚未行禮，他就敢對你如此輕薄。」

陶花不知怎地又被激起了怒氣，大聲辯駁：「我的事你管不著！」

趙恆岳點頭，緩緩言道：「好，說得眞好，果然是我最親最近的阿陶。咱們就看看，我管不管得著！」

第二十七章 畫卷

秋日清晨，天高雲淡，紅葉遍野，汴京東城門外歡聲雷動，一片喜氣洋洋。

陶花梳妝整齊，在火雲追上已等候多時。

遠遠望見秦家軍的旗幟挪動過來，走在最前頭的是一騎白馬，她滿懷希望看過去，此人雖是將官服色，卻一眼可知不是她等的人，不免失望。

那人到近前了撇撇嘴角，「看見我就這麼讓人難受嗎？」

陶花聽得聲音熟悉，細細一看原是小金，她笑道：「你升做將官了？」

小金點頭，「此次降服契丹，秦家軍人人爭先，都有封賞。」

陶花與他相熟，雖然忸怩，卻還是問得出來：「你家將軍呢？」

「他是大功，已經封侯。」

「我不是問這個！」

「那你是問什麼？」

陶花抬起頭來狠狠瞪視小金，小金一笑，馬鞭向後一指，「看見那輛有簾子的馬車沒？我家『將軍』在那裡。」

陶花不由有些擔心，「他傷還沒好？」

小金聽她聲音中十分掛念，不忍再打趣，只是笑道：「他傷已大好，一路騎馬來的，只是剛剛路過城鎮時換了車子，他說你必然會來接，馬上……嗯，多有不便。」

兩人說到此處，一起臉紅。小金是正値青春的少年，在女子面前害羞得快，一偏馬頭比陶花跑得還先。陶花本來臉紅，到此時又覺得好笑了。

她催動火雲追到了車前，在馬上借力一躍上去。車周並無士兵，馬匹跟著大隊，也不需車夫，他安排得甚是妥當。

她還沒有落穩，車簾內探出一隻手來，一把將她拉了進去。她頓失平衡，仰躺著被倒拖進車內。

陶花剛想掙扎起身，他在她頭頂俯身下來，吻住她雙唇。

她都未看清是誰，忍不住要推拒。他緊按住她雙手，貪婪無限。

喘息間歇，她急問：「傷好了嗎？」

他點頭，將她拉起同坐到車凳上，片刻後又問：「失了一邊臂，你會不會嫌棄我？」

陶花看他已經知道，就不再刻意迴避，直接伸手探他後背腰部，「讓我看看。」

他抓過她的手，「你先回答。」

她大怒，「以後再問這種話，軍法處置！」說著聲音溫和下來，仍是執著輕言：「讓我看看。」

他不願在白晝解衣，隨口說：「晚上再看吧。」說完之後才想到這話其實別有深意，不由一笑。

陶花立時有些臉紅，雖然疑惑卻也不好一見面就相詢，只低下頭去。靜默片刻，她仍是擔心不已，側頭輕問：「還疼嗎？」

「早就不疼了。最疼的時候，是那天終於看清，原來那個穿紅衣的女子並不是你。」

她滿面愧疚，「我一直不知道，是武林大會上遇見柳葉姑娘，她問起你我才知道的。」

「柳姑娘她還好嗎？柳葉刀如鬼如魅，快似閃電，若非有她相助，萬萬殺不了耶律德昌。那樣的功夫，竟然排不到《兵器譜》第一，看來生逢桃花箭眞是人生之大不幸。」

陶花被他誇讚還不及謙虛，先已暗自神傷，「柳姑娘跟我說了，若非你肯捨身，就算你倆聯手也是萬萬殺不了契丹皇帝。我……」她緊緊握住他的手，「你這般自苦，萬一有個三長兩短，教我如何……」

秦文擁住她，「情話留到春宵一刻時再說吧，反正咱倆的婚事，這回是鐵定要辦了。」

此刻陶花又想起羅焰曾說過的話，低垂面孔，呑呑吐吐詢問：「我……我聽人說傷了腎之後，會……會……」她終是說不出口。

他當然知道她想說什麼，先是沉吟不語，繼而問她：「若是眞的，那便如何？」

陶花仰頭，「我……我想盡辦法也要醫好你，實在不成，我……我自然陪著你……」她的聲音細下去，漸漸聽不見聲音，「處子終老……」

秦文仰頭大笑，拿過她手掌貼到自己身前，「只怕你這處子之身，連此刻都保不住了。」

陶花頓時滿臉通紅，如遇蛇蠍般急急收回玉手，退開身形坐到邊上去。他坐到她身邊，重又抱她，她急急抗拒，「你……你……你白晝宣淫……」

他笑著握住她亂推的雙手，「剛剛說得那麼好聽，這會兒就怕了？我初見你時就說過你紙上談兵，你還生氣。」說著雙手微微用力，控住她的掙扎，接著懷抱便緩緩壓了過去。

陶花大睜著雙眼，「不可，咱們這是在……」

他已經扯開了她的領襟，「箭在弦上，不得不發！」

陶花戰戰兢兢，卻也推脫不開，正羞怯難當、心亂如麻的時候，車外忽然傳來一聲清咳，是小金的聲音。接著有人翻身下馬，聽得小金的聲音再次響起，「飛騎尉金德貴，叩見大王。」

陶花低低地「啊呀」一聲，急急要起身，秦文按住她。

此時車外傳來趙恆岳的聲音：「秦將軍在何處？」

小金頓了一頓，回答道：「回稟大王，將軍可能在隊伍前面，末將剛剛看到他往前面去了。」

趙恆岳聲音森寒問下去：「那，公主的馬怎麼在此處？」

「這個……」小金微一思索，「方才公主還在馬上，興許這會兒到別處去了。」

趙恆岳冷哼一聲，向著火雲追方向說道：「馬兒啊馬兒，你日夜相伴跟了她也快一年，如今說不要就不要了。」

陶花心內驀然一凜，急忙推開秦文，穿衣起身。

秦文臉色極不好看，低聲問道：「你怕他？」

陶花輕輕搖頭，「不是怕，是……」她又說不清楚，掀開車簾縫隙看著外面，等趙恆岳一行走遠了便一躍下車，跳上火雲追往他離去的方向趕過去。

剛剛看到他身影，連侍衛都還沒發覺時，他已經勒馬轉身。陶花放緩了馬匹，到他跟前問道：「你可是在找我？我剛剛在人堆後面，沒看到你。」

他一言不發，看著陶花雲鬢凌亂，粉頰泛紅，冷冷低聲道：「光天化日，滿面春情，不怕人笑話！」

陶花被他斥得羞惱，又知道他是愛護自己，也就不能發作，低頭支吾了半晌。他仍舊冷冷呵斥：

「你什麼時候學會騙我了？他不過才剛回來，連汴京城門都還沒進呢，你就開始騙我了！我把大周軍權交付與你，把一腔熱情滿滿給你，你……你到頭來就學會了騙我！」

陶花只覺心內「咯噹」一聲，又痛又悔，輕聲跟他解釋：「我……我剛剛……」又不知該怎麼跟他說出口。

趙恆岳四望一眼，低低跟侍衛吩咐了幾句，說罷便強拉著陶花縱馬而去。

到了宮內他總算放開她，聲音仍是森寒，「好歹你是回來了。今天我十分忙碌，你不可再擅自離開。」說罷扔下她又急匆匆走了。

陶花回屋愣了一會兒神，想到這般匆忙離開恐怕會惹得秦文不悅，於是趕緊叫過林景雲，讓他去一趟秦府請秦文過來，以便好好解釋幾句。

林景雲微微皺眉說：「公主，秦家上上下下好幾百口人，將軍又是重傷後甫歸，似乎這麼急請不太通人情。」

陶花想了想覺得有理，不由對這個能跟自己商量些話的年輕人頓生好感，就對他說：「那你自己看著辦就好了，反正……」

林景雲一笑，「反正，我會把公主的心意轉達到。」

陶花匆匆用過午飯，不久林景雲就傳話回來，附在她耳邊低低密語：「秦將軍說今晚的慶功宴後，他過來找您。」

陶花點頭，見林景雲辦事頗為得力貼心，遂跟他多聊了幾句。又見他這幾日愁眉深鎖，似有心事，也順便細細問了一問。

原來這個少年是苗人後裔，父母因生計奔波到冀州渤海縣，只是漢人居處對苗裔多有忌憚。渤海縣的縣令夫人剛好在他們搬過去不久就渾身發疹子，四處請名醫都找不到原因，後來竟懷疑到苗蠱身上。苗女擅蠱天下皆知，縣令即將林景雲的母親捉了去，拷打無果，最後押下了牢。林景雲的父親萬般無奈，寫信讓兒子回家探母一面，不知道她還能撐多少時候。

陶花聽完，深皺眉頭沉思片刻，輕聲說道：「此事可大可小。咱們現在飛鴿傳書到冀州，讓那裡的官員星夜兼程趕到渤海放出你母親，也好少受些苦難。只是這件事情若不能解釋清楚，怕是你父母在渤海仍舊待不下去。」

林景雲點頭，眼神中掠過一絲冰冷兇狠的神色，「若然他們害了我家，我必也不讓他們好過！」

陶花看著他那狠厲的眼色，心中一驚，又有些同情。她深深理解家仇的折磨，於是不自主地伸手輕拍他手腕，安慰道：「咱們盡快想辦法，你也別因此自暴自棄。」

林景雲怔得一怔，看了看陶花拍在他手腕的手。陶花久在軍營戰場與男子相處，早沒什麼忌諱了，這時見他看著自己，只道他害羞，收回了手不好意思地笑笑。

林景雲也抬起頭來笑了笑，他一向謹言慎行，平時在陶花面前很少抬頭，她更是從未見他在自己跟前笑過。這時看見，才覺到他眉目清朗，是個英俊少年，只是一雙眼睛如虎狼獵豹，有點不同於儒雅漢家書生的異族味道。若不是自己與他已相熟多時，恐怕也會有些忌心。

陶花聽見他低聲對自己說：「別人聽說我是苗人，避之唯恐不及，擔心我手指一抬就會下毒。」

陶花輕盈一笑，「會下毒也是本領。人又不是傻子，都知冷知暖，我又沒有害你，你何須對我下毒？何況你對我這麼好，怎會下毒。」

林景雲又是一笑，「公主，我要說句話，您別怕我冒犯：您也真是天真輕信，就算您沒害我，我要是別有所求呢？我若起了色心，下點情蠱您可就逃不脫了。」說完緊緊看住陶花，怕她忽然翻臉動怒。

陶花毫不在意地大笑起來，「那你剛剛去秦府時怎麼不幫我給他餵上兩大碗？」

兩人正談笑間，聽得外面攪攪嚷嚷，且有女子的哭聲。陶花站起來走到門口，見一個侍女服色的人跪在地上，似在哀求什麼，那些侍衛卻不爲所動。

陶花問了一聲：「怎麼了？」

那女子聽見聲音，以膝爲腿跪行過來，一路把薄綢裙子都磨破了，看著煞是可憐。她撲在地上哭道：「公主救命！公主救命！」

陶花看她生得瘦削，渾身抖如風中落葉一般，溫言問道：「是不是犯什麼錯了？我幫你去求求情，就是不知道有沒有用處。」

此時林景雲卻極輕地扯了扯陶花的袖子。陶花察覺到他動作甚輕，想來是不想引旁人注意，也就沒有回頭看他。可她又不知他是何用意，只能呆立當地。

那侍女哀哀哭道：「奴婢犯了大錯，求公主殿下在大王面前幫忙說項。奴婢死不足惜，只求此事不要連累旁人。九泉之下，奴婢永感公主大恩！」說著連連磕頭，她使力極重，片刻間額頭上已見血印。

陶花伸手攔住她，輕聲道：「起來說話吧。你叫什麼名字？」

那侍女回稟道：「公主不答應，奴婢不敢起。奴婢叫蔡曉虹。」

陶花聞言一愣，瞬間想起這是跟趙恆岳要好、還曾經被她撞破過的那位姑娘，當下心裡有些疑惑：這位曉虹姑娘有什麼事情趙恆岳幫不了，反倒要來求她。不過既算認識，看她哭得這麼可憐，就還是先扶起她來再說別的。蔡曉虹卻仍是狠狠跪著，頭伏在地上，不肯起來，分明是想等陶花先答應了她。

陶花正待開口說「我去試試」，又感到林景雲在背後輕輕拉了一下她的袖子。她就住了口沒有說話，微微側頭看了林景雲一眼，見他極快地微微一抬手，陶花知道這是讓她扶起蔡曉虹，於是添了些力道，不管蔡曉虹肯不肯起，仍是用力一扶。

陶花扶起蔡曉虹之後，見她與自己身量相仿，低垂面孔仍是看不太清面目。陶花忽就有點好奇，想看看趙恆岳喜歡的女子是甚模樣，便對她說：「你抬起頭吧，不用避諱本宮。」

蔡曉虹此時才慢慢抬起頭來。陶花一見她面孔，驟然一驚，心中乍似起了一陣風浪，只覺連船都要帶翻。她卻不敢去深究這件事情，往後退了兩步，跌碰到站在她背後的林景雲。

林景雲妥帖地扶住她，也不再像以前只敢碰袖子或衣角，他穩穩扺住她雙肩，待她站定了又即刻鬆手，一點也不多停留。

陶花說不出是哪裡不舒服，就是覺得有些什麼不甚對勁，想回屋裡一個人靜一靜。她不顧眾人沉默走回內室，林景雲跟了進來，她想到剛剛在外面他兩次扯她的袖子，抬頭看了他一眼。

他正滿眼關切望著她，見她抬頭，便輕輕點了點頭，「公主，她跟您，容貌十分相像。我是自嵩山回來才跟著您的，所以這件事也是剛剛才知道，還沒來得及告訴您。我聽說曉虹姑娘這幾天很不高興，卻不知道是為了什麼事。」

陶花把他招到近前，有氣無力地說：「此人非同尋常，大王喜愛她。」

林景雲輕輕點頭，「這個我也聽說了。」

陶花看他不過乍來此間，即已各路消息摸得通透，顯然是機靈之人。而她也沒有別的心腹可以說得上知心話，她幼年苦練箭法，朋友中只得一個耶律灤，連個知心丫頭都沒有；後來混跡落霞山，山匪窩中也甚少女子；再後來進了軍營，身爲公主，那就更沒什麼朋友了。此刻，她倒有些依賴眼前這個人，淡淡垂眉道：「本來，我是很高興大王找到一個伴兒，可……」她皺起眉頭。

林景雲看了看她，接著剛剛的話續道：「我聽說的是，有一回下大雪的時候，曉虹姑娘跟人打雪仗被扔中了一個大的，滿頭滿臉都是雪，於是發了急，猛擲一個雪球出去，正巧打中了大王。大王一瞧見她……」他的聲音低下去，「我聽那天在場的侍衛馮大哥說，大王當時清清楚楚叫的是您的名字，撲過去就再沒讓她起來。」

陶花眼神有些發呆，默然良久，嘆道：「我原來一直指望，有了曉虹，他就不再想著我了。」

林景雲冷笑，「公主，您且想想，大王畢竟是少年男子，您跟他日常起居相處，怎能不讓人想入非非？」

陶花皺著眉頭，「難道這世間便沒了朋友親人不成？就像……就像你跟我也是日常相處……」

他嘴角一揚，眼神中一縷光芒一閃而過，「公主你別太信人了，也許我是勉力自控，才不致對您失禮；也許……」他抬頭看了看她，「也許我打一開始接近您，乃別有目的。」

陶花大皺眉頭，「你還嫌我的事情不夠多是不是？沒看見我現下有多煩惱。」

果然他立刻收斂神色，低聲道：「公主，事情已這般明白，您最好趁早作打算。天底下做事不擇手段的人多得是，您若想不傷和氣又想獨善其身，那可挺難。我勸您還是跟秦將軍說明此事。他手握重兵，若眞想跟您長相守，必然會有辦法，若不想跟你在一起，那你便也不用再對他如此情深。」

陶花聽得心中一凜，急忙搖頭，「此事不可再提。咱們剛剛與契丹打完大仗，將士疲累不堪，怎能為此事又牽扯刀兵？」

兩人正商量著，聽見外面又傳來曉虹的哭聲。陶花起步去看，正看到大王的侍衛架著曉虹要走，她急忙出聲制止。不想那幾個侍衛卻並不聽她，反而說：「公主，我等奉大王命令，請公主和蔡姑娘同去儀熙殿。」說著有兩個侍衛迎上前來，分明就是請不到便不走的意思。

陶花別無辦法，只能乖乖跟著他們去。林景雲跟在她身後，卻被那兩個侍衛攔下了，陶花衝他擺擺手，讓他留下。

蔡曉虹一路上都在哭哭啼啼，陶花則不明所以。到了儀熙殿，一進門先看到秦文也在，連衣服都沒換，軟甲尚在身。陶花心中疑惑，他今日剛剛到家，如此繁忙怎麼也來了這裡。秦文覷了她一眼，目光淡和，無喜無怒，一如他平日在戰場之上、軍營之中的樣子，讓人不知道他在想些什麼。

陶花驟然看到他總有些欣喜害羞，立刻轉開頭再看向別處，坐在秦文旁邊的還有一人，面目熟悉，細細一看竟然是寧致遠。

陶花甚覺奇怪，再往前看過去，見趙恆岳站立當地，背負雙手，目光中卻是一反平日的陰沉冰冷。

蔡曉虹一進來就撲地哭泣，趙恆岳十分厭煩，「我對你怎麼樣了嗎？現在就開始哭！」說完指了指旁邊一張椅子，讓陶花先坐下。

陶花一看今日這情勢，心中直覺不妙，她沒去坐椅子，而是走到趙恆岳身邊，輕聲問他：「出什麼事了？」

趙恆岳看見她過來，剛剛訓斥曉虹的厭煩神情收斂了些，聲調也和緩不少，「你先坐下歇著吧。」說完這句卻又狠聲加了一句：「我知道你今天累得很！」

陶花落坐之後覷一眼秦文，他神色平緩，旁邊的寧致遠卻明顯憂心忡忡。

趙恆岳揮退侍從，命他們出去時把門牢牢關嚴，而後自袖管中抽出一幅畫卷，摔到地上去。

蔡曉虹膝行兩步趨前，湊到那畫卷前，不住啼哭叩頭。

陶花看到那畫卷封皮，赫然便是當日秦文飛鴿傳書遞給自己的那卷春宮圖。她不由大吃一驚，抬頭看向秦文，正好察見秦文也看向自己，眼中的驚異一閃而過。

她細細想了想，自己的畫卷趙恆岳見過，但他並未拿走，連打開都不曾打開就原封不動交還，所以這幅應該不是自己的。可是她不敢篤定，畢竟今日裡並無特地去查過。

她一言不發，也不再看秦文，靜觀其變。

沉默了有半盞茶工夫，蔡曉虹已經頭破血流了，她本指望陶花幫她求情，卻不想陶花自己也是疑心重重。整個屋子裡只剩下咚咚的叩頭聲音，極是淒慘。

忽然之間，寧致遠起身重重跪下，「大王，此事是微臣之罪，私傳畫卷入禁宮，與曉虹姑娘全無干係！」

曉虹聽見這話，趕忙又哭說：「大王，此事與寧公子無關，是我，是奴婢之錯……」

趙恆岳冷笑一聲，「你們倒是互相迴護得很！」他猛然嗆咳兩聲，跌坐在背後的椅子上。

陶花頓時明白了，定是寧致遠和蔡曉虹有了私情，甚至到了傳遞這種畫卷的程度，難怪趙恆岳會大發雷霆。她抬頭看他那咬牙切齒的樣子，從未見過他如此盛怒，又帶些委屈，他向來是意氣風發、神采飛揚的。陶花頓時有了憐惜迴護之心，見他跌坐在椅子上，便起身過去站到他身邊，又不知道該怎麼安慰，只能輕輕去握他的手。

沒想到趙恆岳卻猛然甩開，狠狠瞪了她一眼。

陶花被他瞪得一個失神，他剛剛甩開她手時的力道就沒避好，竟然被他帶得往前傾了一傾。趙恆岳坐著，她站著俯身，往前一傾正往他身上倒去。他急忙撐起雙手扶住她，穩穩助她站直，神情和緩許多，低聲說：「你回去坐著，不關你的事。」

陶花只好回座，又往地上那副畫卷的封面看了一眼，果是跟自己那卷一模一樣，看來這正是近來最盛行的一本。她抬頭苦笑著看了一眼秦文，赫然見他面色雖溫和平淡如舊，眼神卻冷峻異常，讓陶花心中一寒。

寧致遠頭伏在地上不敢抬起，「大王，微臣犯重罪，唯求一死，只是此事確係微臣一人癡心妄想，與曉虹姑娘無關。微臣生性輕薄，也曾經……也曾經給公主送過畫卷，那副畫微臣已經取了回來，卻不知怎地多了一句詩……」

趙恆岳聽到這裡，冷哼一聲，寧致遠頓時嚇得失了一瞬聲音，回過神來又繼續懇求：「是微臣輕薄放浪，大王要殺要剮臣俱不敢有半句怨言，只求大王放過無辜的曉虹姑娘……」

他還沒說完，趙恆岳冷冷打斷他，聲音中已然沒有了憤怒，只剩下冷漠，「你倒還惦記著替她求情，不先想想你寧家兩百多口人。」

此言一出，寧致遠頓時有了哭腔，跪行向前，「大王寬容！我家人毫不知情！」

陶花聽到這裡忍不住想出言相勸，但見趙恆岳黑沉一張面孔，只怕自己出言也討不了好去。她望向他面孔時，正看見他緩緩轉頭，目光朝秦文直射過去。秦文不卑不亢迎視他的目光，面色仍舊平淡無波，眼神深邃。

趙恆岳緩緩靠到椅背上與秦文對視，半晌無語。

寧致遠生怕錯過機會，又趕緊哀求：「大王，我父親爲了大周嘔心瀝血、事必躬親，請大王看在我父親面上……」

趙恆岳沒等他說完，冷冷哼了一聲，「難道沒了你寧家，我大周竟不能立國了不成？」他的目光重新看向秦文，「我們文有鄭丞相，武有鄧、李兩位將軍和長公主，我又不是不能出征。咱們且試試，缺了你們家，大周還是不是大周！」

陶花驚呼一聲：「恆岳！」抬頭瞪著他，似是不能置信他竟說出了這麼一番話。

趙恆岳轉頭迎視她的目光，注目半晌，而後低下了頭。

蔡曉虹聽他半晌無語，想著或許能有轉機，開口哭著叫了聲「大王」。

他仍舊低著頭，緩緩說：「我第一次見你，是個大雪天……」

地下的蔡曉虹痛哭失聲，「奴婢感念大王恩情，大王待奴婢情深意重……」

「雖然咱們還沒挑開來說這件事，可我想著人心都是肉長的，難道你還不明白我對你的心思如何？」

曉虹哀哀點頭，「奴婢當然知道，大王待我無一處不是體貼周到，姐妹們都說，就是尋常人家夫妻，就是公主們招來的駙馬，只怕都沒有這樣的心思。」

他繼續說道：「也不是說你就不能嫁給別人，只要你喜歡，只要你高興，你說什麼就是什麼。我跟你在一起這麼久，什麼時候違拗過你一點半點？我只是不許你跟著他胡鬧這見不得人的勾當！」

曉虹只如搗蒜一般在地下磕頭。

趙恆岳的聲音猛然轉冷，森森地說下去，「寧家是我朝重臣，原不該爲這種事讓你們滅門，只要你做事別太過分。」

寧致遠不知該如何對答，不住叩頭求大王寬容。

陶花懵懵懂懂聽明白了，再愚鈍、再聽不明白也該能看明白了，只是跪在地下的兩人一直低著頭又繃著心弦，沒注意殿中的局勢而已。

既然已經聽明白，她也就無法再迴避，這件事她必須要開口明志。

陶花深深坐到椅中，看了一眼殿中眾人，低垂下面孔緩緩開口：「小滿，我不懂讀書，可是幼小的時候，父親就跟我講過『莊王絕纓』的故事——大臣酒後調戲他的妾侍，妾侍折了那人的帽纓下來，莊王卻讓所有人都把帽纓折下，爲了保護那個酒後失行的大臣他卻沒有治罪，後來這人爲莊王效了死力。莊王少年英明，他登楚國國君之位的時候，年紀也跟你差不多，仁政治國，寬以待人；等他觀兵周疆、問鼎中原的時候，也不過才二十多歲而已。我一直把你當作小孩子，什麼都想讓著你、寵著你……」她嘆了口氣，聲音變得嚴厲，「可是你已經不是小孩子了……同樣的事情，爲什麼莊王可以絕纓，你卻口口聲聲要讓功臣國士滅門？」

趙恆岳毫不退讓，「那是因爲，他根本不在乎那個女人！世人都知道，他的王妃是那個流傳千古的賢德樊姬，誰去可憐絕纓宴上被戲弄的女子？」

陶花冷哼一聲，「照這麼說，你倒是個多情之人了？你在乎曉虹姑娘，是嗎？你看看她現在什麼樣子！你看看她頭上的血都快流乾了！」

趙恆岳一拍椅子扶手，猛然站起。椅子被他這一拍之力給推到地上，他大吼一句：「你明明知道我在乎的是你！」

第二十八章 夜宴

椅子摔在地上哐啷幾聲巨響，震得蔡曉虹和寧致遠都停了叩頭。等那巨響過後，室內頓陷入靜寂，只有趙恆岳的呼吸聲微微可聞。

陶花愣了一瞬，隨即一言不發地轉身疾步出門。趙恆岳似知失言，站在原處手足無措，側頭看了看秦文。

秦文冷冷迎視趙恆岳一眼，縱身追出門去，在門外石子道上追到了陶花，一把攬住。見她雙目已然含淚，他於是將她抱入懷中，輕聲道：「別怕。他雖是大王，卻不能一手遮天。今早你走後我已覺不妥，他急命我進宮時，我便命人飛鴿傳書到烏由，令幽州軍分兵一半回師幽州城。若是你我有失，他們即刻南下。你把鐵箭令拿去調開京郊駐軍，到時候這汴京城唾手可得，大周天下亦是指日可待。」

陶花大驚回望他，「你……你怎能作如此打算？周國屢受戰亂之苦，咱們又方興兵戰完契丹，百姓疲乏，怎可內戰？」

秦文冷冷言道：「大王忌心我秦家也不是一天兩天了，今天這一場戲分明演給我看的，不爲畫卷，而是爲了對秦家的疑忌！再忍下去徒勞無益。」

陶花仰頭與他對視半晌，緩緩搖頭，「你錯了，大王並沒有忌心秦家。你重傷之時，他是以一座城池換杜姑娘來救，怎可恩將仇報？他……他恐怕真的就是因爲我……」她面孔微紅低下頭去，「其實，我早已覺得有異，只是……只是沒想到他這麼當眞……」

秦文深深皺眉，「我早跟你說過，不要與他有情事。」

「我……我沒有……」

秦文正要說話，一抬頭卻看見趙恆岳慢慢走近，遂拍了拍陶花肩背低聲道：「他來了。」

陶花轉身，看見趙恆岳一步步走到她身邊，似乎想對自己說話。

她立刻轉回身去，起步就要離開。

「姑姑，」他在背後低聲呼喚，「我錯了，我口不擇言惹你生氣了，求你別跟我計較。」

陶花低頭微微嘆了口氣，面孔沉下來，「我知道你為曉虹的事情難過，可你不該因此便胡言亂語！算了，我們回去吧。」

趙恆岳耷拉著腦袋，十分溫馴地聽她安排，默默跟著回去。

三人重回儀熙殿，見曉虹和寧致遠還跪著，陶花再次開口：「放了他們吧，曉虹並沒有明媒正娶進門，何況……」後面的話她沒說出來——蔡曉虹見出了事，立刻就知道來求陶花，她顯然是明白的，知道她自己為何得了寵幸。她知道大王是靠不住的。只可惜，寧致遠對她的感情難道能比趙恆岳更靠得住嗎？這點陶花也不知道，也無意為他人分憂了。

趙恆岳點點頭，喚了侍從進來，不動聲色吩咐：「宮女蔡曉虹賜嫁左丞公子寧致遠。」兩人千恩萬謝離去了。

他又抬頭看看秦、陶二人，「今晚太華殿大宴群臣，為秦將軍接風，想來我們此刻過去正好。」

陶花點頭，毫不避諱拉著秦文的手一起走過去。

三人到了太華殿，熙熙攘攘已有不少人落坐，更有陸陸續續正在進來的。殿中佈滿層層長案，眾人均是席地而坐。侍從領秦文坐到左側首席的一側，秦老夫人和秦梧已經坐在那裡了。趙恆岳逕直走到正中主席坐下，拍拍自己身邊的座位讓陶花過來。

陶花走到他案後，靠左邊坐了。過一會兒再往左邊挪挪，正中的主席和左右兩側首席是緊挨著，不一會兒她就挪到了秦文身邊，兩人相視一笑。

再過一會兒鄭丞相也來了，坐在主席的右邊，陪著趙恆岳一起跟秦老夫人敘了幾句話，大讚秦文英雄了得。秦老夫人只不停誇讚陶花。

等到眾大臣都落坐之後，廳內漸漸安靜下來，趙恆岳舉杯向眾人道：「咱們當日慶功宴上便說過，要等秦將軍歸來，再行慶功之事。此次契丹之戰大勝，一雪這數十年來受異族欺壓之辱，這第一杯酒，敬天下百姓，從此不受夷狄之苦。」說罷他以酒灑地。接著再斟滿一杯，續道：「這第二杯酒，敬今天在座的諸位，是大家齊心協力，個個奮勇迎戰，才終得打敗契丹。」眾人齊聲回應「多謝大王」，聲震屋宇，一齊舉杯而盡。

待第二杯飲盡之後，趙恆岳又斟滿一杯，且親身站起，向眾人說道：「這第三杯，敬咱們大周戰勝契丹的兩位大英雄，是他們捨生忘死，才有咱們一戰全勝。」

他還沒有舉杯，廳內歡呼聲已經此起彼伏，紛紛叫著「秦將軍」和「長公主」。陶花甚少在宮中與群臣飲宴，但是軍中諸將全都認得她，見她在座，當然不會冷落了這位巾幗。趙恆岳向陶花和秦文舉杯，兩人站起還禮。秦文的眼神仍是冷冷刺人，趙恆岳把杯中酒一飲而盡，微微笑了笑，目光和暖如常。

三杯過後，眾人歡呼聲剛落、尚未舉箸之時，在那短暫寂靜空隙間，秦老夫人忽然開口道：「多謝大王抬愛我家孫兒，我們原不敢跟長公主同列，但既然今日大家如此欣喜，我也聽說長公主人才了得，一直未有匹配。今日老身斗膽相問，大王看公主可願下嫁我秦家？」

陶花聽得此言，心中稍稍吃驚，沒想到秦老夫人選在今日，且是大庭廣眾之下提起此事。他們二人的婚事雖然兩家已經心知肚明，卻因婚期不定而未公之於眾，今天秦老夫人既然提起，那就是要讓他們兩人從速完婚了。

陶花轉頭看了看秦文，他顯然有些吃驚模樣，吃驚之外倒也有幾分欣慰，察覺陶花望向自己，便向她微微一笑。陶花想到這是他們二人的婚事，不由頓覺羞澀，臉色漲得通紅。她正要收回目光之時，卻聽得身側一陣亂響，轉頭一看，原來是趙恆岳突然站起，身周杯盤全都被帶翻。

這邊變故，讓近座諸人都有些吃驚，坐得遠的不知道出了什麼事，但看見美食當前竟無人動作，自然不敢妄舉，頓時廳中一片靜寂。

陶花本能地側頭看向翻倒的杯盤，因她就坐在近旁，必須要小心規避才能不讓湯汁流到身上。她這側頭一瞬，正看到坐在趙恆岳另一側的鄭丞相在桌下狠狠拽大王的袍子。

趙恆岳重新坐下，秦老夫人忙道：「請大王恕我言語造次。」

鄭丞相當即起身回道：「哪裡哪裡，大王是喜不自禁，我跟隨大王這麼多年，還是頭一次見他高興到站起來。你看你看，這菜都打翻了，快來人收拾。」

鄭丞相雙手幫助侍從收拾杯盤，腳下又踢了趙恆岳一下。趙恆岳卻仍未開口說話，鄭丞相只好繼續接話：「京城上下，誰不知道秦將軍文武雙全，英雄了得，每次將軍出征，汴梁城萬人空巷。我聽說這秦府門口的青石板，都快被媒婆的鞋子給踏破了，哈哈，老夫人應當比我們更清楚才是。我還聽說京城女子傳唱的歌謠：『來生不爲女兒身，免見將軍誤新婚』，那是一見秦將軍，連終身都要誤了。」說罷大笑。

秦老夫人聞言也大笑，連說過獎，又趕緊把陶花好好誇了一回。

鄭丞相看看趙恆岳，見他沒有開口的意思，於是自己答道：「那是那是，長公主也是人中龍鳳，鐵箭無敵，賢良淑德，跟秦將軍眞眞般配之選，天底下再也選不出這麼珠聯璧合的一對了。再說，他們兩人在軍中配合默契，互相顧念，這是咱們全軍上下都眼見爲實的，是不是啊？」他最後一句是向著眾人說的，頓時廳中轟然答「是」，一片笑聲。

秦老夫人望向趙恆岳，「大王……」分明是在等他出言。

鄭丞相也轉頭，「大王……」接著在眾人一片笑聲混亂中壓低聲音，只有主席中的趙恆岳和陶花聽見他說：「軍中虎將都在，大王不可讓弟兄們寒心。」

趙恆岳看了陶花一眼，回望秦老夫人，滿面堆上笑容，「此事是大喜之事，只要長公主點頭，我奉上舊屬徽地做她的嫁妝。只是，公主曾經跟我說過，她是武人出身，選夫婿時曾有願要比武招親。」

陶花一驚，當即接口：「我說過這話？」

趙恆岳轉頭看著她，「烏由大戰時，你不是親口對我說過這話嗎？」

陶花頓時發窘，「那……那是開玩笑的。」

鄭丞相哈哈大笑，向著眾人說道：「無妨無妨，長公主這是不放心，想看看駙馬爺這勇冠三軍的名頭是不是虛的。那咱們就校場比武，諸位在座將士盡管下場，有大王給你們撐腰呢。」大家全都一笑，當然是沒人打算來爭這鋒頭，只不過是顯示大王愛重武將而已。

觥籌交錯間眾人開始飲宴。陶花抿唇不語半晌，抬頭看一眼秦文，見他正含笑望著自己，看見她抬頭了，就輕輕一揚嘴角，分明是讓她放心的意思。

鄭丞相和趙恆岳在另一邊交頭接耳密密議了幾句，聲音卻越來越大，到最後似乎爭論起來，趙恆岳忽然起身離席，鄭丞相趕緊跟了出去。

陶花坐了一會兒，不見他們回來，只覺如坐針氈，也起身跟出去。

陶花走到殿外，看見鄭丞相的背影正在殿外一株柳樹底下，就悄悄走過去。正聽到他說：「秦家是我朝重臣，秦文手握兵權，是公主聯姻的上上之選。何況他二人情意相投，大王有甚不放心？」

趙恆岳坐在那柳樹下的一條石凳上，看著地面，不說話。

他們兩個人一個低著頭，一個背著身，都沒察見陶花過來。

鄭丞相又開口，聲音低了些，「秦文與公主之事，全軍將領均略有耳聞，大王此刻便是要後悔，也已經晚了。大王愛重將才，咱們大周才能興旺，怎可因一個女子失了軍心？」說著鄭丞相的聲音更低了下去，也多了些柔和，「其實，我亦早已看出大王喜愛公主。這自古以來，偏偏情關最難過，大王你年紀輕輕，我何嘗不明白。我鄭知易跟在大王身邊有六年了，大王處處行事妥帖、自律嚴苛，我很是放心，也深知能跟隨大王這樣的明君是我等的造化。其實，我也不願大王懊惱傷心。等將來咱們收復吳越，大王登基為天子之時，咱們遍選天下美女，難道還找不出一個勝過公主之人不成？」

趙恆岳仍是低著頭，淡淡答道：「找到勝過她的人又怎樣？又不是她。」

鄭丞相還要進言，趙恆岳輕輕搖頭，「丞相，我並不是為此阻撓婚事，我只是不放心秦文。」

鄭丞相十分不信，以爲他是面皮薄不願承認，於是直言道：「大王對公主之情，深淺厚薄，老臣是看得清清楚楚，也早就委婉勸過大王。」

趙恆岳抱住自己頭顱，深深俯到膝上，「我知道，丞相說過許多次了。你我名爲君臣，實如父子。你說過的話、交代過的事情，我都盡力去辦到、做到。只是這一件，我前後想了好久，也盡了全力，可是，我實在是無能爲力……我做不到……讓丞相失望了。」

鄭丞相走過去，眞如父子一般輕拍他肩背安慰。

陶花在原地站立良久，只覺頭腦混沌一團，看他低垂頭顱的那副喪氣樣，忽然心底深處一陣陣痛惜難過，不由自主地走了過去，自鄭丞相手中將他攬過來。鄭丞相看見她過來，吃了一驚，趙恆岳卻是認得她的懷抱，連頭也沒抬即撲入她懷中。

陶花撫著他的頭髮，柔聲說：「小滿，你還小，以後你就知道，好姑娘多得是。」

趙恆岳緩緩搖頭吐語：「阿陶，要是五年前你跟我說這話，也許我還能放得下，可現在已經晚了。不過你放心，我知道你不喜歡我，也不會纏著你的。我說過，我欠你一條命，欠你一個好夫婿，這一輩子都會好好對你。我只是覺得，秦文他不是你的良配。

「你自己去想想，跟他來往過的女子有幾個落什麼好下場？你知道顏素素如今在哪裡？她已經出家，這樣一個美貌才女餘生只得青燈古佛相伴。還有田倩如，她曾是他的未婚妻，如今滿門滅族，只有她一個被他放了，他放她到西北邊疆充軍！有一件事你怕是還不知道，他跟田倩如在九華山上就有過了肌膚之親，不然田家怎甘動用虎符去提親？他跟我們提起這事時講得十分明白，他並不喜歡她，就只是爲了制住這田家小姐。還有，你問沒問過蕭二小姐怎樣了？契丹烏由一戰大敗，兩代皇帝都死於此戰，蕭二小姐在秦文詐降後與他出雙入對，戰後既失了名聲又難以面對國人，愧難自處，兼而傷心萬千，竟至橫刀自刎。今日你陶花又如何？你還沒出嫁，全汴京城都知道你們兩個要好，誰知道明日你會怎樣？這人心思冷漠狠毒、功名心重，十六歲時就懂得凌遲陶若來逼你回救，絕非阿陶你的良配。」

「可是，」陶花慢慢開口，「我喜歡他啊。」

「在烏由時，你跟我說過你們不會在一起了。」

「他爲我捨身，我怎能不顧？」

「那你這不是喜歡，你這就是報恩而已！」

「報恩……」陶花緩緩咀嚼著這兩個字，「難道你對我不是報恩？」

趙恆岳抬起頭來看著她，「你要是這麼覺得，那，我也沒有辦法。」

第二十九章　相鬥

校場比武之日，連附近道路亦俱成人山人海，老臣們都說，堪比三年前秦將軍自晉北歸來時天子在校場閱兵的盛事。當時踐踏死傷無數婦孺，御史大夫進言從此取消閱兵盛典。這次就沒敢遍告民眾，只有官員、家屬前來，卻也把校場擠了個水泄不通。

秦文一人單騎立在碩大的校場正中，銀甲素衣，俊逸無雙，卻又威嚴不可親近，目光所及之處立刻鴉雀無聲，在場中站了半晌竟是一直沒有人下場跟他比試。

趙恆岳帶著幾名要臣坐在正中的看臺上，如此盛事，大家全都穿戴整齊，重甲覆身。陶花坐在大王身邊，從頭到尾癡癡看著場中。趙恆岳幾次跟她說話，無非是體貼問她冷暖天氣、是否勞累，她都要隔上一陣才能反應過來。

眼看太陽升至了正中，大家用飯休息完畢，回來又繼續看著，直到太陽漸漸西沉，竟是終無一人下場。鄭丞相看那太陽馬上就要落下，只剩最後一縷餘光在外了，哈哈笑道：「秦將軍勇名果真威震四方，居然無一人敢下場，看來公主這良緣已成。」

話音甫落，太陽剛要將最後一縷餘光收去結束這一天時，猛然一人拍案而起，喝道：「備馬！」

周圍人等全都轉過頭來探向聲音源頭，看見趙恆岳已然站起，大踏步走下場去，在侍衛手中牽過自己的戰馬飛身而上。到此時，全場都看見他一身黑衣金甲疾馳到校場中央，馬勒住時，衣角的十二章紋還在夕陽餘暉中閃閃舞動。

鄭丞相呼叫不及。陶花大驚起身也要下場，林景雲在她身後輕輕拉住，「公主，你此刻下場去勸，不但勸不住，恐怕他二人還鬥得更狠，此事必然成為坊間笑談。」

陶花頓足，站在原地不知如何是好。鄭丞相已經跑了下去，遠遠地叫二人住手，那二人哪裡肯聽，竟然一句話不說就戰在了一處。

鄭丞相大呼小叫都沒有用，回身向陶花招手比畫，她立刻會意，取出弓箭以三支鐵箭大力射過去。她坐在正中的看臺，距離本就不遠，這三支箭的力道便足夠將兩人兵器蕩開了。

鄭丞相趁著這短短兵刃不交的間隙，趕緊對兩人說：「馬上兵刃太過凶險，你們眞要打，乾脆空手到地上摔跤玩吧。」他已然知道勸不住兩人，所以退而求其次了。摔跤是軍中常用的訓練項目，既可比試，又較無致命傷害。

他說的倒是實情，馬上兩人便一起躍下，遠遠扔開了兵刃，站到校場中央。四目相對，如驟逢的猛獸，彼此試探著挪動腳步，尋找著最佳攻擊點。

這一架直打到天黑，看臺上眾人早已驚呆，不敢發出半點聲響。校場內寂靜如空谷，只有兩人的撲擊聲和沉重的呼吸聲。

天黑之後，有侍衛挑燈過來，主臺上眾人湊到近前燈下來看。勸退之聲又開始此起彼伏，只是鄭丞相卻不再開口了。

燈光下兩人滾得一身泥土，仍是勝負難分。秦文自幼便得嚴父教誨，招式間有章有法，看臺上時有摔跤教習忍不住讚歎，跟周圍兵士講解他這一招如何精妙。趙恆岳招數狠辣，他幼時混跡街頭，各樣不要命的打法全都學會，來周國後又有名師指點，勤奮刻苦，兼之天生高大，竟是不弱於秦文。

慢慢地，兩人俱都力盡，此時秦文便開始占些上風，因爲力盡之時，招數精妙就變得尤爲要緊了。眼看著秦文一個翻身將趙恆岳壓在了身下，以身軀壓住對方的雙手，而後自己的雙手伸到他脖頸之中。平時的摔跤比賽到此時，底下的人就會道聲「輸了」起來，然而趙恆岳卻硬是不說，秦文手上遂漸漸加了些力。

陶花緊咬住嘴唇，看他手上力道越來越大，剛要出言示警時，先聽到了秦老夫人無比低沉的一聲「文兒」。秦文的手頓時一鬆，便在這一鬆的空隙，趙恆岳翻身而起一頭往他胸口撞過去。兩人一齊跌倒，伏於地上喘息，一時間竟都起不來。

鄭丞相急命侍衛將兩人隔開，再抬兩副擔架過來，而後他與秦老夫人對望一眼。秦老夫人也是習武出身，懂得觀戰，她輕嘆口氣，「這一跤，算是和了。」鄭丞相也點頭道：「正是。」

陶花一直看著他二人打鬥，知道趙恆岳受的傷要比秦文重，他用的全都是不顧自己而硬使蠻力的打法。她就先走到他擔架旁邊去看了看，問問他有沒有骨傷。他只是看著她笑，連說話的力氣都沒有。她再回頭看看秦文，他眼神冷冷地，滿身泥土卻一樣高傲，躺在擔架中只對她說了一句話：「你立刻從宮中搬出！」

陶花愣在當地。人群已經散去，明月高懸，夜空萬里無雲。

她把前情回憶一遍，所有的事情，都變得如此清楚明白……他待她的心意，遠遠超過了她的想像，也從來不是鬧著玩。

神思飄忽時小金到了面前，低聲稟報：「將軍剛剛交代我，請公主先住到秦府去，他已吩咐人打掃房間了。」

知會否冒犯公主。」

陶花轉頭交代侍衛：「我今晚宿於秦府，你們去宮中幫我拿隨身的東西。」

林景雲皺眉，「這大半夜的……」卻不敢違拗她，帶上幾個人走了。

林景雲剛剛離去，鄭丞相疾步從一側跑過來，到陶花跟前深深一揖，「公主，老臣有些話欲講，不知會否冒犯公主。」

陶花知曉他是個明白人，便點點頭，「丞相有話但講無妨。」

鄭丞相還沒說話，人先撲通跪地，陶花急忙伸手去扶。他卻執意不起，只微微嘆口氣，緩緩言道：「這從古到今，便流傳有無數傾國傾城的故事，妲己妹喜、褒姒西施。也有人治國不力，就把罪責都推到女子身上，說是紅顏禍水。老臣從來不覺得這禍國之罪該由女子承擔，正如古人所言：『西施若解傾吳國，越國亡來又是誰。』只是，老臣卻覺得，若能有一個賢明識大體的女子輔助督促，這本該亡國的或許就有了轉機，這本該疾苦的天下或許就成了太平盛世。」

陶花站在原地細心聆聽，一言不發。

鄭丞相伏首於地，聲音低了下去，隱隱約約可聽到他說：「大王是我和先太子教導出來的，政事上一向明白，也懂得廣施善行，可是他本性卻有些隨他生父的暴烈，不順心時會發作一下，自從與公主情苦，那是時不時便要發作，無辜殺人的事，亦非沒有過。」

陶花微覺驚訝，「他從不曾在我面前如此。」

鄭丞相抬起頭來，「所以老臣才來求公主。咱們周國這數十年來沒有一日太平，如今萬幸遇到了明君，也是歷經幾代積累才能教出一位好皇帝，公主怎忍心讓我們的心血全都成空？老臣本意是想要公主盡快嫁入秦府，再為大王選一位賢妃，可誰知，他卻已禁受不起了。情之苦處，老臣也是過來人，難以責備、難以規勸，只有眼睜睜看著他舉措越來越無理失常，公主屬意他人又是眾所周知之事，只怕這樣下去，天下終有混亂一日。」

陶花聽到此言，不由後退了兩步。鄭丞相以頭叩地，咚咚作響，「公主，請萬萬體恤天下蒼生，要知道，百姓戰亂流離之苦，遠勝過這金門玉戶中的相思情誼！」

陶花微微一個踉蹌，她早已明瞭他的意思，心中淒苦萬分，「可是……可是……」

鄭丞相聲音漸高，「老臣一直以爲，公主便是那賢明識大體的女子。公主出身陶氏重臣，自幼得忠義侯教導，又是親自領軍上陣的將領，自然明白天下禍福所在。公主若肯輔助大王治理天下，這大周國的百姓從此不必受苦！」

陶花的眼淚盈上眼眶，哽咽著說道：「丞相也知道，秦將軍……他……他爲我身受重傷，我怎可負他？」

鄭丞相長長嘆了口氣，「此事公主不必憂心。將軍既然出身秦家，又怎會不明事理，公主可知道秦將軍的身世？」

陶花一愣，微微搖頭。趙恆岳曾把自己的複雜身世毫無保留地告訴過她，秦文卻是從來沒有。

鄭丞相低頭，「秦家之事，老臣不便多言。公主盡可去問秦老夫人，問問老夫人是想讓公主嫁入秦府，還是留在大王身邊服侍。」

陶花茫茫然站在原地，只覺心中千頭萬緒尋不著可落腳之處。她也沒想到去扶起鄭丞相，心神恍惚走了開去。鄭丞相既讓她去問秦老夫人，她遂迷茫著吩咐車駕去了秦府，她今晚本來就打算宿在那兒。

此時已是深夜，秦府竟然燈火通明。秦老夫人在正廳接駕，看見公主的神色已明白大概，不由也嘆了口氣。

陶花眼眶仍是微紅，想要開口，卻是說不出話。

秦老夫人遣退眾人，離座走到她跟前，輕輕攬住她拍拍肩背，和聲道：「不瞞長公主說，老身看見公主如此傷懷，倒是放下了一大半心。公主若是一意要跟大王爭個短長，老身倒眞的放心不下了。唉，只可惜，這麼賢明識禮的女子，我秦家竟是娶不到了。」說完才放脫懷抱，回到自己的座位上。

陶花穩住心緒，望著秦老夫人說：「鄭丞相讓我來聽聽秦將軍的身世。」

老夫人點頭，緩緩說道：「是，我秦家失卻的好媳婦，並不止長公主一人……我兒秦重平，當年在朝中執掌虎符，那也是軍功赫赫，一劍能鎮百萬兵，若論英俊無雙，比文兒今日有過之而無不及。那時因爲當朝公主爭嫁，還惹得后妃不和。重平二十一歲時娶得孫皇后膝下的軒雲公主，公主是深宮中長出的弱女，我兒卻是軍旅中長成的將領，重平對她雖然禮敬有加，我卻知道他並不喜愛。後來，吳越自立爲國，重平率兵討伐，在長江岸邊與吳越國血蓮教交戰，就在揚州碰見了血蓮教聖女文瑾瑜。他們二人久戰不能決勝負，萌生了惺惺相惜之意。時值夏季，長江起了水患，血蓮教是綠林隊伍，並無應對之策，我兒便以水攻奪了揚州城。城中敗兵逃亡時，他不追敵寇，反倒是遍尋水中，在觀音山下救出那文瑾瑜姑娘。江水寒冷，文姑娘受了風寒，他日夜侍奉在側，唉，也是前生冤孽，兩人就這麼要好了。」

秦老夫人微微嘆了口氣，「只是那文姑娘既爲血蓮聖女，失了處子之身便自愧於教中，當夜就回去領罰。她不辭而別，重平遍尋不著，朝中又已經聽見了風言風語，皇后親下懿旨，召了重平回京。軒雲公主也有她的傲氣，避居宮中不肯見他，如此一年有餘。這一年之中，所得吳越城池又盡皆失去，吳越大軍竟然北上，有了與周國一爭高低之意。聖上無奈，只能再次令重平爲將，又請出老身任監軍之職，以防變故。這般他才終得出京。在揚州城下駐營時，文姑娘抱著一個嬰兒來見他。她犯了教中重罪，本該受死，但那血蓮教主卻對她傾心已久，設法保住了她的性命。文姑娘已知自己有孕，也就勉力求生。只是，那教主如何容得下這個孩子？幸而文姑娘強悍，在產床之上與人動手，拚死救下了這個嬰兒，帶他出逃。這便是文兒了，他的名字是重平取的，自然是爲了愛重他的母親。」

陶花吃驚，「原來秦將軍竟不是軒雲公主的孩子？」

秦老夫人點頭，「這段往事我們不曾跟他細說過，如今也是該說的時候了。軒雲公主待他如同親生一樣，幾次護住他性命，否則以孫皇后的脾氣，斷不會容他活在世上。重平在揚州重遇文姑娘之後，孫皇后催得先帝連下幾道金牌，要召重平回京，殺死文姑娘。那時兩軍戰事正急，重平帶了他們母子兩個想遠走避世，臨行前來跟我辭別，我當場質問他：若他這麼走了，吳越國揮軍北上，何人可擋？他答不出來。我便斥他，以一己之私，卻要天下百姓陪同受罪，且先不說我秦家一門老幼的性命。他跪在地上，甘受我的斥責，萬分爲難之至。後來，那文姑娘看見如此情形，不忍他作難，當場橫劍自刎。重平一看見她取劍便撲過去相救，可文姑娘身有武功，動手也甚是俐落。重平一撲過去，她頸中鮮血立時噴出，全都濺在重平臉上……」

秦老夫人說到這裡，手覆前額低下頭去，良久之後方才緩緩抬起，眼眶發紅繼續說下去：「重平第二天就病倒了，收復吳越從此成空。只是他們忌憚重平，亦不敢再北上，於是形成割據之勢。軒雲公主聽說重平臥病，立刻從宮中趕到軍前侍奉，再也不提舊日嫌隙，以皇室之尊，日日親奉湯藥，又處處維護文兒，待他十分慈愛。後來重平慢慢病好了，幾年後兩人也就有了梧兒，此後夫妻常保和睦。直到文兒十五歲那年，江淮一帶有人私通吳越國作亂，重平率軍平叛，苦追匪首直至吳越境內，在揚州城外觀音山下落入敵軍陷阱。本來，以重平的身手，即便面臨千軍萬馬也該能衝得出來，他卻認出了那裡是他和文姑娘相遇之處，不肯突圍，就死在了那裡。文兒已經長成將才，秦家軍後繼有人，想必他也可放心伴她去了。他死之後，軒雲公主自盡殉夫，留下秦文、秦梧這一對孤苦的孩子……」

秦老夫人再次低下頭去。陶花聽見如此慘烈悲痛的故事，同覺傷感。秦老夫人卻是慘澹一笑抬起頭來，「長公主，生在將門官家，便該知道承擔天下禍福，爲聖上分憂。公主看那文姑娘雖然出身草莽，卻也知道一死以釋夫君與百姓，如今……如今卻無人要公主性命，人人都知大王對公主愛重萬分……」她嘆口氣，「唉，我也知道公主和文兒要好，曾想藉著這次慶功宴促成你們的婚事，誰知道大王對公主的心思已經比我們想的都深了。事已至此，那也沒有別的辦法，只能望公主體恤蒼生疾苦……」

陶花低下頭，喉中哽咽，「我怎麼能讓秦將軍傷心？他重傷才癒……」

秦老夫人緩緩搖頭，「他是我的孫兒，我自會開導教誨他，公主不必掛念。只是，我今日也明明白白告訴公主，既然出了此事，公主再想進我秦家的門，那是絕無可能了。」說著她把面色一沉，「爲了情事，竟至幽州軍回調，你們兩個做得出來這等好事！」

她面色嚴正看住陶花，「我們秦家歷代多得聖恩，尤以大王爲最。梧兒自契丹歸來便有心事，爲著羅將軍不肯下山爲官，綠林中人入仕朝中總是有心結，大王爲此三上落霞山，終是說動了羅將軍；文兒受傷，若不是大王捨城，哪兒請得動神醫來治？便是傷好了，將他留在烏由鎮守北疆也是情理之中，何況大王又對長公主有心。可他卻是親自來跟我說，文兒重傷才癒，且是我唯一的孫兒，我們一家上下必然掛念得緊，當然要回來。大王如此仁善，你們卻在盤算著起兵，這等不忠不義的事情，也不怕揹上萬世罵名麼！」

陶花低頭，「我……我沒有。」

秦老夫人冷聲答道：「好，那麼就算此事是文兒主謀，我原不該訓誡公主，可長公主雖非趙姓公主，卻掌著大周軍權。大王待公主怎樣，公主比我們都清楚，別平白辜負了這份信任！雖說這天下並非一個人便能爲所欲爲，只是你們也得看看，誰能替得了他！誰能抗衡李涵慶二十萬淮南軍！淮南可是先太子的封地，那李涵慶，更是大王心腹中的心腹。你們兩個人縱可單騎衝出，把兩百口秦家老小置於何地？把百姓們置於何地？幽州軍與淮南軍內戰，契丹吳越來犯，你們又把大周天下置於何地？」

第三十章 訴情

窗外敲了兩聲鼓，二更天了。

月明星稀，幾隻麻雀被驚起，繞樹飛了幾圈，不知何枝可依。

陶花出了秦府大門，正巧碰到林景雲送東西過來。她搖搖頭，「回去吧。」

林景雲看她面色，不敢多問，又陪著她乘車回去。

她在哀痛之中不願多想傷心事，便轉開話題隨口問他了一句：「你娘親的事怎樣了？」

他低頭稟道：「我剛接到父親的家書，說是宮中遣派一名專治疹證的御醫到渤海縣，治好了縣令夫人的頑疾，縣令親自上我家登門謝罪，我父母從此可以無憂了。」

陶花點點頭。

他又續道：「沒想到大王如此細心，我……我……」

陶花慘澹一笑，「你也是要變得跟旁人一樣，勸我從他了。」

林景雲卻斷然搖頭，「不會，我仍是要勸公主追尋自己眞心所繫，只是，我以前並不知道他待您如此周到眞誠，還以爲他只是貪得美色。」

「美色？」陶花一撇嘴角，「他從不覺得我美，我初見他時……唉，算了，往事不提也罷。」

林景雲聽她口氣仍是心煩無比，便多問了一句：「公主心裡，是想要秦將軍？」

陶花嘆氣，「現下，還能輪到我來說想要不想要？」

「那您是要依順大王？」

「作夢！」陶花險些跳將起來。她乃縱橫疆場的大周名將，排名《兵器譜》榜首的桃花箭，寧折也不會彎，流血也不流淚，一聽到「依順」這兩個字，她就想撕成碎片！

林景雲一笑，因坐得近，說話也就無忌了些，「公主啊，就跟小貓被踩到尾巴一樣，不對，是踩到痛腳，一隻腳受傷壞掉了，還正巧被人不偏不倚踩到這隻。」

陶花冷哼一聲，「他以爲他這麼對我，我就會屈服了嗎？我早晚要把這隻痛腳斬掉！」

「斬掉……您自己不疼嗎？」林景雲目光灼灼追問一句。

「疼也得斬，誰教它壞了！」

半晌，林景雲嘆氣道：「公主啊，您眞是個傻姑娘脾氣，您要是執意跟秦將軍長相厮守，就該轉轉腦筋想想辦法。」

「事到如今，秦老夫人都趕我出門了，還有什麼辦法可想？」

他苦笑回應：「公主，秦老夫人年事已高，你們兩個若眞情深似海，難道還不能等等？」

陶花不語，過了一陣，幽幽說道：「這天下之大，莫非王土，就算我們兩個人能彼此守候，又有什麼地方可以容身？」

林景雲一笑，「大王封賜了『鬼師傅』一座城池，是西北邊陲的酒泉。大王說了，所有事務財政都歸『鬼師傅』掌管，他不會插手。」

陶花一愣，先好奇問了一句：「那位『鬼師傅』爲什麼要酒泉？那地方風沙大，又偏遠。」

他嘆了口氣，「聽說，『鬼師傅』乃是西涼人氏，因爲皇位爭端被嫌忌，逃到了中原。他日夜思念家鄉，於是常住在酒泉，不時登上陽關遙望。」

「眞可憐。」陶花也一同輕嘆，又說：「你知道的還挺多。」

「我是江湖中人，當然多少知道些。我見公主這麼難過，就想盡辦法幫您出出主意。」

陶花沉吟不語，半晌說：「景雲，如今，我只能靠你了。」

林景雲點頭，「爲公主分憂，是屬下本分。」

陶花抬起頭來看住他，臉色認眞，「你想辦法幫我傳話給秦將軍，告訴他我怎麼都不會嫁給大王，必然會等他。我就不信小滿他眞的不娶妻了，總有一天能讓我們守得雲開見月明，到那時我們就到西北去，遠遠地避開他。」說著她取出一支木箭，一折兩半，遞了一半給林景雲，另一半放入自己襟內，「我們兩人有斷箭之盟，在烏由一戰時爲使苦肉計給弄丢了。你把這個交給秦將軍，他自然明白。」

林景雲接過斷箭，躬身答：「遵命。」

林景雲辦事周到俐落，不出三天就爲陶花帶了回話：「將軍說，等到他傷好了就請駐陽關，在那裡等候公主。」

陶花到此才覺神清氣爽些，從此後每日只是早起晚歸練箭。趙恆岳傷重不便起身，雖然同在宮中，卻是連面都沒見過。只有躲到無人處了，她才會悄悄問起大王的傷勢，還密密囑託不可向旁人提起。

這麼過了七八天光景，長寧宮的侍從來請陶花過去，說大王要看看她的鐵箭令。她剛剛練箭回來，挽著弓就過去了。

她把幾支鐵箭令往趙恆岳跟前一橫，「想收就收回去吧，用不著拐彎抹角的。」

趙恆岳仍舊臥床，半欠起身子小心翼翼察看她臉色半晌，輕聲問：「眞的這麼生氣？」

陶花冷冷轉頭，「不敢。」

他小聲爲自己辯解：「說好了比武招親的，要是不許人下場，那還叫什麼比武？」

她冷哼一聲，「你以爲我是爲這個生氣？」

他變得不明所以，「那是爲什麼？」

「不爲什麼。」她神色如冰，不想跟他多說一句話。

他的神色已經由剛剛的好奇變得嚴肅，「阿陶，告訴我到底怎麼了。你要是怪我下場，再怪我我也還是要下，不然這輩子都會後悔；你要是怪我喜歡你，那我是沒辦法，請你原諒；可要是怪別的事情，你得讓我聽聽到底是什麼。」他雖然一向眼觀六路、耳聽八方，這次的事情卻沒人跟他通氣，鄭丞相和秦老夫人都不打算來傳這種話，不想讓他覺得自己得到美人是依靠權勢。

陶花依然面孔森寒，「我沒生氣，我說了不敢。你是周國大王，萬民仰望，我指望著你平平安安、規規矩矩的，就是我這小民的福氣了。」

趙恆岳思忖半晌，問了一句：「秦老夫人不敢讓你進門了，是嗎？」

陶花看他已經猜出，也就不再避諱，恨聲道：「趙恆岳！我在契丹雪地裡把你救回來，到頭來你就這麼對我！」

他聽見她把話說得這麼重，「咚」的一聲仰頭栽到床上去，望著屋頂不說話。

她繼續發怒道：「你聽著，我陶花生平最恨的就是被人脅迫，最不怕的也是被人脅迫！當初拿凌遲陶若來脅迫我父女，我爹爹便讓我一箭射死了陶若！」

他聲音裡無喜無怒地平平答了一句：「阿陶，凌遲陶若的不是我。」

她卻更加大怒，「那你就試試，看我會不會嫁你！不讓我嫁他，那好，我不嫁便是了！可你，你就是收了我的鐵箭令，就是把我筋骨打斷了綁到床上去，你只要敢近身，我也要咬斷舌頭噴你一臉血！」

窗外一根枯枝似被她的高聲震斷，啪地跌落到地上。

趙恆岳側過頭來震驚地看著她，似不相信她會對自己說出這麼狠絕的話來，他的牙齒已經微微有些發抖，須勉力才能平住情緒。過了好一陣子，他才說：「阿陶，傷我的心，就讓你這麼高興是嗎？」

他的唇角竟然有了一絲微笑，「如果傷我能讓你舒服些，能讓你現下不這麼混亂難過，那你想說什麼就說吧。可是，我得告訴你，自那天校場比武之後，我什麼都沒做過，我怕你生氣，這幾天一直惴惴地想著怎麼跟你解釋。今日劉太醫來瞧傷的時候，悄悄跟我說你問起我了，還囑咐他不許跟別人說。我知道你是想我了，還硬撐著不肯承認，那我忖著，我不妨找個由頭讓你有臺階下地來看看我，所以才說了想看看你的鐵箭令。」

陶花綳著嘴唇，不答一語。

「自從你知道家仇的事，咱們倆天天都在一起，你總說咱們是親人啊朋友啊，沒別的，我也不戳穿你，你是姑娘面皮薄。可是阿陶，你知道，咱們倆既不是姑姪也不是姐弟，你跟我在一起，難道不是每天都開開心心的？你肩膀不好，我親手去學的推拿，每天幫你按肩膀，你也從來沒有推拒過，現在說什麼綁到床上這種話，你……

「我也不知道該說你什麼了，我也不捨得拿重話壓你。我要是想對你用強，還用等到今天？還用得著處心積慮隱瞞你家仇的事情？當初爲了讓秦老夫人應允這門親事，我簡直跟媒婆一樣快踏破她秦府大門，好在後來宮變，咱們掌了權，她再沒什麼推脫餘地。

「不錯，秦文一身好武功，人也長得俊，世家公子，文武雙全，十六歲的時候就讓蕭二小姐心動到私許終身。可是，他這些也都是他的家族教給他、傳承給他的，你喜歡他這些，便須接受他的家族。秦老夫人不讓你進門了，你就得自己想辦法去爭，你跑到我這裡來發什麼脾氣？我早跟你說過，你的姪兒小滿已經走了，被你傷透了心，再也不回來了。他隱忍著五年相思、一心一意幫襯你，到最後還要被猜疑是爲了權柄、是爲了什麼赤龍會，那好，他就走了，反正他已幫你得到了秦家的婚約。現在秦家悔婚了，你跑來找我，可我不是你的姪兒小滿，我……」他轉過頭來盯著她，「我是想娶你的趙恆岳！」

他又把頭轉開，仍望著屋頂，「我知道，我沒有他好，咱們倆在燕子河邊第一次遇見他時，就爲這事吵架了。我的武功不如他，可我拚著受重傷，也不能輸給他；我的文采不如他，可我能每天耐心地教你認字；琴彈得也不好，可是阿陶，你也聽不懂那些東西……唉！」他說到這裡嘆一口氣，「這麼一條條說下來，才眞的知道我是沒有一樣及得上他，怪不得你不喜歡我。我是沿街討飯長大的，怎麼比得過他這世家出身的貴冑天驕？我本來還以爲，你跟那蕭照憐不一樣……」

陶花上前一步，語聲中的寒意減去一些，「別這麼說，我知道你對我好。只是……」

「只是什麼只是？」他的聲音猛然提高了，狠狠瞪著她，「小滿已經走了，也早就跟你說清楚了。烏由陣前，你還跑到我懷裡哭什麼？你自己投懷送抱，還要怪我喜歡你嗎？」

陶花又羞又惱，怒道：「你……你……」

「我怎麼了？我從來不曾對你有過一分一毫的壞心眼，可你今天居然跟我說什麼脅迫強娶這種話。陶花，你給我聽著，我要是存心想對你用強，你連咬斷舌頭的機會都沒有！」

她這是頭一次聽見他喚她的全名，頓退了一步，不知怎的有些傷心。他急忙把眼神轉開，不去看她傷心的神色，他怕自己心軟。

他冷冷地說：「既然話說到這分上了，那咱們來說說今天要看的這鐵箭令。我就是收回你的鐵箭令，難道你還冤枉嗎？你拿著它們，指不定哪天就拿去調幽州軍回京了！」

陶花一陣驚惶，明白他已經知道了幽州軍回調的事情，她急忙辯解：「沒有，那不是我……」又趕緊改口，「不，不……那是我。」

趙恆岳一聲冷笑，「是誰都不打緊。擅發軍令的，跟知情不報的，全都應當處死罪。我殺你們兩個，那是我身為周王的本職分內，沒有滅族，那是我格外容情。」

陶花大驚，「恆岳……不，大王……」

他轉過頭來，半笑半恨地看著她，「你要是想讓周王忘了這件事呢，也成，過來親親我。你剛剛不是說你不受脅迫嗎？」他臉色陡地寒下來，「那咱們今天就來試試！」

陶花低頭垂目半晌，「恆岳，你別鬧。」

他不答話，冷冷向外呼喝：「來人，傳那幾個幽州軍將領來見……」他話還沒說完，陶花已經走近床邊，俯下身去，以柔唇覆上堵住他的嘴。

趙恆岳伸個懶腰，斜著眼推開她，「我讓你親親我，不是讓你來咬我，不算！」

陶花卻也已經被逼到了極限，她忽地大哭。

這份眼淚從校場比武那晚一直忍到現在，沒在鄭丞相跟前落，沒在秦老夫人跟前落，卻是在他跟前落下來了。

她一邊大哭，一邊數落念叨：「我知道自己笨，可你從來就沒跟我當面說明白過。後來出了個曉虹，你跟她那叫一個親熱，連馬場都不許我進，還跟我說你要走了，再也不回來了，你以爲我那時候不傷心嗎？烏由陣前我去找你，我……我只有你一個親人，不然我還能去找誰？契丹一戰，他爲我捨身，你都不告訴我，這麼大的事竟故意瞞我，這算什麼？柳姑娘、羅三哥……所有人都看我的笑話！你不想讓我嫁，那你就跟我直說，當著所有朝臣將領的面下場去比武，你……你讓我如何面對大家？以後，還有誰敢要我？」

「我要你！」他毫不猶豫接了這句話，伸出手來抓著她，「我要你，阿陶。你別哭。」從來沒見過她哭得這麼厲害，他立刻亂了方寸，恨不得她要什麼就給什麼，她說什麼就應什麼。

她重重一掌拍開他的手，「可我不想跟你！我要是跟了你，全天下都知道我負心，都知道我陶花貪圖權貴嫁給大王，撇下了爲我一身傷病的秦將軍……」

「不是，你不是貪圖權貴，你是被我逼的，好不好？」他就像哄一個小孩子一樣地安慰她。

「那更不好！我陶花鐵箭，打遍契丹中原，到頭來屈服給一個帝王，我不受這樣的折辱！」

「阿陶，戰陣之事，從不是一個人說了算。你的鐵箭再強，也強不過千軍萬馬，就當是我脅迫你吧。」

「你敢！你把我逼急了，我就眞拿鐵箭令調開京郊駐軍，跟他一起逃到西北邊塞去！什麼大周天下，我才不管，我長在契丹，不是爲了父親才不來什麼周國！」

「阿陶，你們走不了的。他還沒有回到京城，我就已經親自到京郊駐軍下令，一月之內不受虎符調遣，只聽我和身邊幾個親信侍衛的命令。」他隨口吐出這些，他看見她這麼洶湧的眼淚已經完全失措，只想趕緊安慰她勸服她——不是她屈服，都是他的錯。

陶花卻頓時呆住，瞬間渾身冰冷。她雖在情事上和趙恆岳有分歧，但向在軍事國事上全心信任他。他把虎符給了她一份，她心思單純，自然受人之託、忠人之事，從沒有過貳心，秦文提起反叛之意時，她也立刻反對了。此刻卻如兜頭一盆涼水潑了下來，原來她細心保管的虎符只是虛設，原來他竟是處處防範著她。本來，她應該知道作爲臣下總不能得到君主的完全信任，總要有些防範制約。可是此刻她竟不知爲何胸中氣血翻湧，頭腦中混沌一團難以靜心考量，只覺冷得渾身發抖，轉身就出了門。

趙恆岳立時知道失言，不顧傷勢從床上跳起來追了出去。

他身上傷還沒好，站都站不穩，只攔住她輕聲細語致歉，跟她說不是不信任她，而是自己肩負舉國安危，不敢怠慢。

陶花已經氣得顫抖，心中波濤翻滾混亂不堪，恨聲起來直言無忌，「你……你原來就是這麼對我的……我對你可是……可是……」她說到這裡猛然頓住，她想要說什麼？

他對她怎樣，已經完完全全說明白了，那麼，她對他呢？她這話是要接什麼樣的後語？

心裡頭一陣訴說不明的恐懼，陶花轉身要走。趙恆岳在一怔之後，一把拉住她臂膀再不放手。

陶花不去看他，不停轉身想要甩脫他手臂，他卻是更加緊緊抓住，一刻也不放鬆。兩人就在門外爭執著，誰也不肯先讓步。

她漸漸焦急起來，手上使力也重了，最後是用了推雲手去推。他竟不躲閃，硬生生等她推到手上，一擊吃痛，手被震開去。

陶花並未使足力道，否則他此刻手臂早已折斷。她見他鬆手，立刻自隨身箭囊中取出鐵箭虎符，重重擲到地上，起步便要繞行離開。

此時正是暮春，萬物生機，小徑兩旁的草坪上滿是綠意。

佳人的紅裙拂過草面，拂過那曾連繫兩人的鐵箭虎符，眼看著就此割斷這份信任，連裙角都要消失不見。趙恆岳心內又是悔意，又是情意，再加上萬分焦急，猛然間重重跪到地上。

在外的侍衛見此情景，都不知該如何自處，想要一起跪下，這樣一來卻又顯得人人都看到大王下跪了，亦是不妥。林景雲跟著陶花過來，此時人也在門外，他把目光移向別處，只當什麼都沒看見。其他的侍衛見他如此，就都學著轉開了目光，遠遠避開。

趙恆岳跪在地上，模模糊糊似在說：「……我錯了，我知道你也是真心喜歡我，早就知道……」

陶花大為氣惱，「我那是口急說錯了！」說完隨即懊悔，這豈非承認了剛剛的後語是這句話嗎？難道，剛剛她想說的後語，眞的是這句話？她自己都不明白起來。

他伸臂抱住她雙腿，「說錯了我也要你。」

陶花再也走不脫，只好探手挽起地上的人，「跪什麼跪！不知道男兒膝下有黃金。」

「黃金有什麼稀罕，阿陶才是寶貝。」

「可這天底下也不是所有寶貝都歸你。」

「其他的我都不要，只要你這一樣。」

「偏偏就是這一樣，已經許了旁人了，豈能反悔！」

又過了十數日，趙恆岳才漸漸開始起床走動，陶花卻是一日不比一日，最後病倒了。這一病遷延數月，周身寒冷痠痛，整日昏沉於床榻之間，箭術武功都生疏不少。御醫說她是慟哭之後受了冷風，寒氣入骨所致。

趙恆岳在旁嘆息，心中已生悔意，又不忍放手，只能衣不解帶在她身邊照顧，三餐都是親手服侍。病重那幾日他在陶花房內搭了張睡榻和衣而臥，半夜裡她痛醒時一直叫冷，他即刻緊抱住她，以身體給她溫暖。這麼下來，陶花雖然氣苦，對著他卻也說不出什麼狠話來了。

（待續，請繼續閱讀《瀲灩江山（下）誰道無情勝有情》）

番外　杜若仙

這個世界上有兩種人：運氣好的和運氣不好的。

我無疑是屬於第二種。

小的時候，我跟娘學跳舞，娘給我取名「若仙」，希望我「風吹仙袂飄飄舉，猶似霓裳羽衣舞」。可是，就在娘覺得我可以出師，可以代替她出去掙錢來支撐起這個家的時候，有幾個醉酒的士兵闖進我家裡。他們叫著「杜舞娘、杜舞娘」，就抱住我娘親，我知道娘不情願，急衝上去打他們。然後他們看見了我，朝我撲過來。

我娘定是嚇傻了，抽出一人的佩刀跟他們拚命，最後竟被他們殺死了。他們看見死了人，馬上清醒了，不打算再留活口，一刀刺進我左胸。我卻沒有死，迷迷糊糊覺到他們把我和娘拖到了亂葬崗，然後我就昏過去了。

我是在劇痛中醒來的，有人在我左胸的傷口裡探探摸摸，而後又用針線縫上。我疼得想死掉，可是四肢都被固定，動都動不了。後來知道，是師傅救了我。

本來被人救應該是件運氣好的事情，可是被鬼救就不見得了。

我這個師傅每天都在半夜去亂葬崗，拖回來屍體把牠們剖開，起初我被嚇得尖叫，後來便見怪不怪了。做鬼麼，當然要有鬼的樣子。

師傅他總老戴著面具，我也不知道他是個男鬼還是女鬼。他高興的時候，會跟我講講他的一些發現，比如他說我是那種極罕見心臟長在右胸的人；他不高興的時候麼，我就連吃的都沒有，只能去掏摸死人口袋，運氣好也能找到點吃的。不過，我說過了，我向來是運氣不好的那種。

運氣不好到什麼程度呢？我雖然一直不怎麼能吃得飽，卻偏偏越長越胖了，到最後甚至連行動都會受阻。師傅說是因爲我受了那一次重傷，必須用藥養著的緣故。我一生中最美麗的時刻，如果「美麗」這個詞還能用在我身上的話，就是給那幾個士兵看到的時刻。你瞧，我這運氣。

偶爾，我會見到有人找我的鬼師傅治病，那些人都奇奇怪怪的。後來有一次師傅讓我出去買糧食，路過一處小村落時，我聽見一個婦女在哭喊，她哭的聲音讓我想起了我娘，我便循聲過去。

她是在哭她的孩子，孩子脖頸中長了一個大包，郎中們全說必死無疑，那小孩已經奄奄一息了。

這種大包我見過，師傅曾經割過一個，那人現在活蹦亂跳的。所以我就過去，說我幫他們治。他們都不信我，可畢竟沒別的辦法，還是讓我試了。那個孩子活了過來，那家人給了我好多好多糧食，我揹不動，他們就送了我一頭騾子幫著揹。

再後來，我收到過無數金銀珠寶、寶馬良駒，卻只愛那一頭騾子，因爲牠的主人跟我娘親有一樣的哭聲，所以我格外愛惜牠。直到……

直到收到他送給我的戰馬。

我去給他治病，是因爲師傅收到了一樣大禮，可是他自己卻不願去，他說他不能爲五斗米折腰，所以這個折腰的人只能是我。

如果爲五斗米折腰的意思就是爲他那樣的人治病，那好吧，老天爺，你行行好，讓我多折幾次吧。可是沒有，我說過了，我從來都是運氣不好的那一種。這一輩子，也就只見過一個他。

第一次見面，他昏在榻上，是個長得很俊的年輕人，如果還能睜開眼睛，應該更好看些。我撥開他身後的傷口，圍觀的那些號稱是鐵血男兒的人，全都倒抽一口涼氣。可是我沒有，我見得多了，我只能說，算是怵目驚心，卻不值得讓我杜若仙動容。

我問起這傷口怎麼來的，原來，他是爲了報仇。是的，我也日日夜夜想著，如何找那幾個士兵尋仇，只可惜我不會武功，找到了也是白白送死。如果可以選擇，以受這樣重的傷爲代價來報仇，我會不會做呢？我不知道。而他做了，我就覺得他比我強。

我在施刀之前守了他兩日，想看看他能不能受得起我這一刀。

這兩日中，他床前一直有個紅衣女子。英俊少年負傷，床邊上有個女子守候，本是平常之事，可是這個女子卻不停在換，只有衣服不換。我好奇之下就問起她們來，她們便告訴了我關於他的故事。

原來他捨得受這樣的傷，都不是爲了給自己報仇。

那一刻我覺得，若是能拿一輩子好運氣來換一個這樣待自己的人，也是值得的，雖然我一向沒什麼好運氣。

我是手捏活跳的心臟都不會動容的杜若仙，看著他的傷口卻忽然心痛了。因爲心痛了，我格外小心，在施刀之前先讓他們去找了個死囚，試過一次之後才敢動手。

我知道很痛，把他綁了起來，他卻沒有掙扎，只是一邊狠狠捏著榻側的木頭，一邊握著那紅衣女子的手。

完刀之後，那榻側的木頭被他硬生生捏成了粉末，而那紅衣女子的手依舊嫩如柔荑。紅衣女子看見那木頭時，嚇得臉都白了。那一刻我很瞧不起她。我想，如果是我，我一定不會害怕，他爲了我連性命都不惜，又怎麼會傷害我一分一毫呢？其實，如果眞的是我，我根本就不會吝惜一隻手，爲了他，什麼都是甘願的。

有了這個念頭的時候，忽然覺得心裡湧出些頗奇妙的感覺。如果是我，如果是我？那該是天底下最幸福的事情了吧。

摘掉一邊腎後，他的傷口開始癒合見好。可是總有人說，腎虛，男子將不能人事。我師傅又不是沒給人施過，早跟我說了這是無稽之談，他說一顆腎足夠活了。

然而，我卻親眼看見他，面對著女人呆呆木木的。

我在給他檢查傷口的時候試過他，他很奇怪我竟要檢查那些，他對我說他不想，讓我別試了。

我又去試那個被我割了一刀的死囚，那死囚沒事，生龍活虎地差點把我吃了。

於是我明白，他是眞的不想。

按說，我作爲神醫的任務到此已經圓滿結束了。可是，既然那些治不好病又總喜歡嚼舌根的老頭子們說是我治壞了他，那我就幫人幫到底吧。

好吧好吧，我才不在乎那些老頭子們怎麼說，那是我的藉口。我只是想與他多待一刻。

我日夜服侍在他床前，每天看著他是我這一生所能想到的最大幸福了。

他總是悶悶不樂，我們試過無數美女名妓，最後他煩了，對我說：「不必再試了，這些人還沒一個有你好看呢。」

我聽完這句話差點歡喜得暈倒。雖然，我知道，他並非在稱讚我的容貌，他只是在說他不喜歡那些人而已，我知道自己長什麼模樣。

我一定要治好他。

我知道他不是腎病，只是鬱症，於是配了一種既有益癒合傷口又可緩解愁緒的浴湯，陪他泡浴。他早已經不在我跟前害羞了，我有時會動手去挑逗他，他卻像跟我比賽一樣，偏不理會。

我都快要發瘋了！難道我竟治不好他了嗎？

爲了搏他一笑，我甚至跳舞給他看。我知道，很多人看到我跳舞的樣子都會笑。

可是他沒有，他看得出神，然後說我跳舞的樣子很美。我以爲他是在取笑我，可是不是，他很認眞。於是我跟他說，我這醫舞雙絕的名頭，只是因爲我的病人們尊重我而已，其實沒有人喜歡看我這胖姑娘跳舞。

他卻跟我說，舞技與琴技一樣，神韻爲上，形態爲次。如今的看客卻都是先看人、再看藝，這也是他爲什麼很少撫琴給人聽的原因。他說完就爲我撫了一曲。

我多想跟他說，看他這樣的人撫琴，是很難不先看人再看藝的，除非那人眞的是瞎子。

我出盡百寶，都沒能讓他一笑，很是傷心。

有一天，老天爺在打噴嚏的時候忘了我一瞬，於是我的壞運氣暫停了那麼一刻。我們在外散步的時候聽到有人談論今年的武林大會，說起什麼「塞北桃花箭，江南柳葉刀」，那兩人爭論著桃花箭能不能打得過柳葉刀。我看見他撇嘴一笑，說：「桃花箭要是能打得過柳葉刀，我也就不用賠上半條命了。」這是我頭一回看見他的笑容，煞是好看。可是我還不及欣賞，就知道自己必須抓住這個機會。我單刀直入問他，那件紅衣的主人是誰？

他跟我講了好多。

我問他們有沒有過肌膚之親，他說沒有。我忽然便有些心疼，「只這樣，就值得爲那女人搏命嗎？」我實在沒忍住，把這話吐了出來。

他說他有過很多機會，可是他總覺得不必，他以爲，她必然是他的，因爲他們兩人是最般配的一對。我順著這個話題說了開去，讓他多想想當初情動時的感受，可是他似乎不願多想。

他說，想一次，便多痛苦一次。

唉，爲什麼這樣的男子，沒有讓我遇到呢？我果然是運氣不好的那種人。如果是我，我可不忍心把他孤零零一個人扔在這裡受苦。

有很多人來看過他，獨獨沒見過那名紅衣女子。有天，來了一個眼睛很亮的年輕人。他見到那人，話一下子多了起來，平時他是不怎麼跟人說話的。他不停問來客關於「她」的事情。我知道，那個「她」，必然是那名紅衣女子。

我心裡不舒服，就回自己房間了。

我坐在房間裡唱歌，唱起娘教過我的「山有木兮木有枝，心悅君兮君不知」。

不想，被那個眼睛很亮的年輕人看到了。他來跟我道別，聽到了我的歌，然後問一問他的病情，跟我說：「心悅君兮君不知，你不告訴他，他又怎麼能知道？」

我要告訴他嗎？

當然不，我說過了，我一向是運氣不好的那種人，多做多錯。

所有的人都絕望了，都認爲他不會好了。只有我，我知道他會好的。

難道一定要像那些庸醫們一樣，夜夜笙歌才叫康健？我覺得他很好，自己心愛的人不在，爲什麼要對著不相干的人示情？

那段日子，我們在一塊說了好多話。

他說起好多不開心的事情，包括打敗仗的事，他說這些話從來沒跟任何人說過，連那名紅衣女子都不曾告訴。因爲他要在她面前維持一個完美的樣子、永遠完美的樣子。他只把我當作唯一可以說說心事的好朋友。

我很開心。

我也告訴了他我的事情，帶他看我的騾子，他當時就送了我一匹戰馬。他卻不知，我並不是沒有，只是因爲愛惜這匹。

我說我要報仇，這些話從沒跟任何人說過，我最討厭乞憐示弱。

他點點頭，「我記下了。」

我吃了一驚，立刻跟他說：「如果，如果要受這樣重的傷來報仇，那我萬萬不要你去。我再也不要報仇了，我只想你平安一世。」

他說：「要是我愛的人也像你這麼想，那該多好。」

是啊，那該多好。可惜，他愛的人，並不是我。

那天，他蹦跳著到我屋裡來，那是我第二次看見他笑。

從那時候開始他一直在笑，所以，我現在想起他來，最後的樣子也是笑著的。

他給我看一隻小木馬，那眞是手工拙劣的一件東西，不像大人做出來的。至少，以我的刀功，絕對能做出更好的。他卻如獲至寶，我要拿過來看看都不行。

預備浴湯的時候，侍從交給我一封信，說是公主寫來的，本來跟木馬在一起，因爲他還不知道自己的病情，不能讓他看到。

我把信放進衣袋裡，這位公主想必就是那名紅衣女子了，送一隻拙劣的小馬都能讓他歡喜成這樣。

那天晚上，嗯，那天晚上他抱我了。當然，是爲了別人的衣服。

我穿著那紅衣女子的衣服，在他面前起舞，而後伏在他胸前問他，如果是那紅衣公主，他會如何？

他失控了片刻，把我拖到木盆裡去抱住。我也清清楚楚看見他動情了，他的情思跟他的身體一樣強壯，怪不得那些病歪歪的庸醫們整天咒他不能人事。沒有他，能省出多少美女。

只可惜，就算他不能人事，似我杜若仙這般女子也不會看一眼別人。正如，就算那紅衣女子不在，他也不會看一眼我。

他即刻道歉，我也即刻起身換衣。那天晚上，我背對著他換衣服的時候，我卻覺到他在看我了。

我很猶疑要不要轉過身去，賭上一記？也許，也許他一時情動，眞的會好好看我一次，哪怕只有這一次，我心願已足。

可是，我又害怕，我一向是運氣不好的那種人。假如到最後，他想著的仍是別人，我可怎麼收場？

我走出門去，把那紅衣擲還給他，他沒有留我。

我只好走了。

已經到了這一步，再沒有我能留下的空間。

他們曾送我千兩黃金，我把這些金子分為十份，給了十個小丫頭，讓她們去服侍剛剛恢復的他。

我告訴她們，就是汴京城的顏素素、吳越國的姚碧君，當年也到不了這個價錢。我也告訴了她們，怎樣去服侍一個男人，作為一個醫者，我比別人都更加清楚。當我一點點教給她們的時候，就像師傅教我醫術一樣平淡，彷彿那人……與我毫不相關。

天知道，我是多麼嫉妒她們，我多麼希望自己只是這麼一個默默無聞的小丫頭。可是不行，我若是做了小丫頭、小舞女，那還有誰能來救治他呢？

我走了，騎著他送我的戰馬走了。

數日後回到家鄉，一進城門就有人跪到跟前，我以為又有人生病了，卻不是。是有人為我報仇了，將那幾個士兵在集市口凌遲，說是不等到我回來，不能讓他們死。他們的家人跪到我跟前，只求能得個速死。

他們的樣子都很慘，已經沒什麼人旁觀了，因為太可怖。我杜若仙當然不會為這種事情動容，我本該多折磨他們一刻，但我還是讓他們速死了。

不是因為我好心，只是因為，我已實在沒辦法承受——有他在的空間，有他在的記憶。

江湖傳言，若仙妙手，可醫天下絕症。

可是，誰來告訴我，該怎麼醫好相思？

回到家裡，我好好泡了個澡。

我穿著衣服到了浴盆裡，閉著眼睛想像起那刻在他懷抱時的情景。

假如，當時只要稍稍糊塗一下……

唉，我從來是運氣不好的那種人。

只有這一抱，一生也不會忘記了。

濕漉漉的信紙從衣袋裡滑出，才想起我還帶著那紅衣公主的書信。

她是運氣好的那種人，豪情公主，鐵箭桃花，什麼都有。她苦練箭法，救過一個小孩，救過他，就什麼都得到了；我救過的小孩沒有一千也有八百了，我是從閻王手裡把他奪回來的，我也一樣苦練舞技醫術，可是，我知道，我是運氣不好的那種人。蒼天，你待我不公。

我看了她的書信，她說，願處子終老相陪。

哈，我仰天長笑，公主，你不必處子終老，為他處子終老的，怕是我杜若仙！

不過，也有一樣，是我可以在這紅衣公主跟前驕傲的，那就是……

我知道他最狼狽的事情，最難過最傷心、打敗仗的事情都知道，可是你，你不。

國家圖書館出版品預行編目資料

瀲灩江山（上）盼若雙燕長相守／楚妝著.
—— 初版. ——臺中市：好讀，2012.11
面： 公分，——（真小說；22）
ISBN 978-986-178-256-0（平裝）

857.7 101019563

好讀出版

真小說 22

瀲灩江山（上）盼若雙燕長相守

作　　者／楚妝
總 編 輯／鄧茵茵
文字編輯／林碧瑩
美術編輯／鄭年亨
行銷企畫／陳昶文
發 行 所／好讀出版有限公司
台中市 407 西屯區何厝里 19 鄰大有街 13 號
TEL:04-23157795 FAX:04-23144188
http://howdo.morningstar.com.tw
（如對本書編輯或內容有意見，請來電或上網告訴我們）
法律顧問／甘龍強律師
承製／知己圖書股份有限公司　TEL:04-23581803

總經銷／知己圖書股份有限公司
http://www.morningstar.com.tw
e-mail:service@morningstar.com.tw
郵政劃撥：15060393 知己圖書股份有限公司
台北公司：台北市 106 羅斯福路二段 95 號 4 樓之 3
TEL:02-23672044 FAX:02-23635741
台中公司：台中市 407 工業區 30 路 1 號
TEL:04-23595820 FAX:04-23597123

初版／西元 2012 年 11 月 1 日
定價／ 250 元
如有破損或裝訂錯誤，請寄回知己圖書更換

Published by How-Do Publishing Co., Ltd.
2012 Printed in Taiwan
All rights reserved.
ISBN 978-986-178-256-0

本書經作者楚妝授權，透過北京麥士達版權代理有限公司代理，同意由臺灣好讀出版有限公司出版中文繁體字版本。非經書面同意，不得以任何形式任意重製轉載。

讀者回函

只要寄回本回函，就能不定時收到晨星出版集團最新電子報及相關優惠活動訊息，並有機會參加抽獎，獲得贈書。因此有電子信箱的讀者，千萬別吝於寫上你的信箱地址

書名：瀲灩江山（上）盼若雙燕長相守

姓名：＿＿＿＿＿＿ **性別：**□男 □女 **生日：**＿＿年＿＿月＿＿日

教育程度：＿＿＿＿＿＿＿＿＿＿

職業：□學生 □教師 □一般職員 □企業主管

□家庭主婦 □自由業 □醫護 □軍警 □其他＿＿＿＿＿＿＿＿

電子郵件信箱（e-mail）：＿＿＿＿＿＿＿＿＿＿ **電話：**＿＿＿＿＿＿＿

聯絡地址：□□□ ＿＿＿＿＿＿＿＿＿＿＿＿＿＿＿＿＿＿

你怎麼發現這本書的？

□書店 □網路書店（哪一個？）＿＿＿＿＿＿＿ □朋友推薦 □學校選書

□報章雜誌報導 □其他＿＿＿＿＿＿＿＿＿＿＿＿＿＿＿

買這本書的原因是：＿＿＿＿＿＿＿＿＿＿＿＿＿＿＿

□內容題材深得我心 □價格便宜 □封面與內頁設計很優 □其他＿＿＿＿＿

你對這本書還有其他意見嗎？請通通告訴我們：

＿＿＿＿＿＿＿＿＿＿＿＿＿＿＿＿＿＿＿＿＿＿＿＿＿＿

你買過幾本好讀的書？（不包括現在這一本）

□沒買過 □ 1 ～ 5 本 □ 6 ～ 10 本 □ 11 ～ 20 本 □太多了

你希望能如何得到更多好讀的出版訊息？

□常寄電子報 □網站常常更新 □常在報章雜誌上看到好讀新書消息

□我有更棒的想法＿＿＿＿＿＿＿＿＿＿＿＿＿＿＿＿＿＿

最後請推薦五個閱讀同好的姓名與 E-mail**，讓他們也能收到好讀的近期書訊：**

1. ＿＿＿＿＿＿＿＿＿＿＿＿＿＿＿＿＿＿＿＿＿＿＿＿
2. ＿＿＿＿＿＿＿＿＿＿＿＿＿＿＿＿＿＿＿＿＿＿＿＿
3. ＿＿＿＿＿＿＿＿＿＿＿＿＿＿＿＿＿＿＿＿＿＿＿＿
4. ＿＿＿＿＿＿＿＿＿＿＿＿＿＿＿＿＿＿＿＿＿＿＿＿
5. ＿＿＿＿＿＿＿＿＿＿＿＿＿＿＿＿＿＿＿＿＿＿＿＿

我們確實接收到你對好讀的心意了，再次感謝你抽空填寫這份回函

請有空時上網或來信與我們交換意見，好讀出版有限公司編輯部同仁感謝你！

好讀的部落格：http://howdo.morningstar.com.tw/

請填妥後對折黏貼，直接投郵即可，無須貼郵票。

廣告回函
台灣中區郵政管理局
登記證第 3877 號
免貼郵票

好讀出版有限公司 編輯部收

407 台中市西屯區何厝里大有街 13 號

電話：04-23157795-6　傳眞：04-23144188

沿虛線對折

購買好讀出版書籍的方法：

一、先請你上晨星網路書店http://www.morningstar.com.tw檢索書目或直接在網上購買

二、以郵政畫撥購書：帳號15060393 戶名：知己圖書股分有限公司並在通信欄中註明你想買的書名與數量

三、大量訂購者可直接以客服專線洽詢，有專人為您服務：客服專線：04-23595819轉230 傳真：04-23597123

四、客服信箱：service@morningstar.com.tw